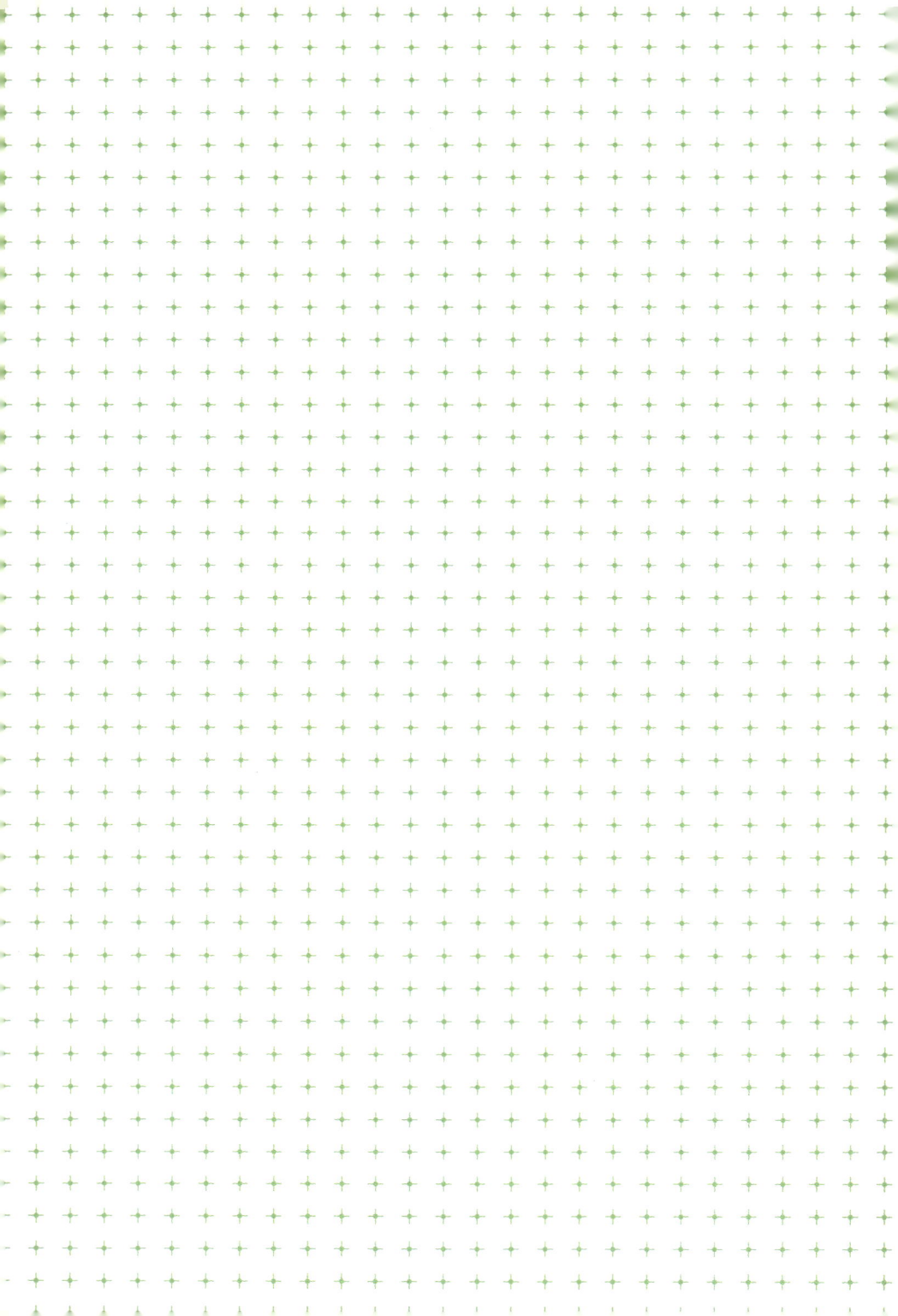

杜骏飞 著

COMMON SENSE 常识课

江苏人民出版社

图书在版编目（CIP）数据

常识课 / 杜骏飞著. -- 南京：江苏人民出版社，
2023.9（2024.10重印）
（杜课通识系列）
ISBN 978-7-214-27548-6

Ⅰ.①常… Ⅱ.①杜… Ⅲ.①中国文学－当代文学－
作品综合集 Ⅳ.①I217.2

中国版本图书馆CIP数据核字(2022)第200135号

书　　　　名	常识课
著　　　者	杜骏飞
责 任 编 辑	陈　颖
特 约 编 辑	贺银垠
装 帧 设 计	朱赢椿　杨杰芳
插　　　画	Nix（nickydu.game@gmail.com）
责 任 监 制	王　娟
出 版 发 行	江苏人民出版社
地　　　址	南京市湖南路1号A楼,邮编:210009
照　　　排	江苏凤凰制版有限公司
印　　　刷	江苏凤凰新华印务集团有限公司
开　　　本	890毫米×1240毫米　1/32
印　　　张	12　插页5
字　　　数	256千字
版　　　次	2023年9月第1版
印　　　次	2024年10月第4次印刷
标 准 书 号	ISBN 978-7-214-27548-6
定　　　价	78.00元

（江苏人民出版社图书凡印装错误可向承印厂调换）

试以常识为友，一卷治愈人生

common sense

致谢

致谢我的学生们。他们时常出现在本书的内容里。有的同学是因为就便请教问题，有的同学担任了微信公众号"杜课"的文本编辑——这个公众号的推文和音视频，是本书的内容蓝本。还有的同学，是因为一起吃饭或外出游览后，为我们的师生交往写下了日志，更多的时候，他们充当了我的第一读者。

这几年，伴随着"杜课"入学的弟子，是我写作本书的主要灵感来源。我要在这里列述一下他们的名字：2016 级的张雅静、王璟、代黎明、魏安、王梦颖、范德兰，2017 级的黄牧宇、汤丝敏、刘行、孔德淇、佘倩倩、胡园、王静颖、王巧玲，2018 级的周书仪、江珊、夏镜淞、蒋沐淋、蒋文妍、张冠生、王之涵，2019 级的江璐璐、李鸣、杨昕晨、费凡、张帆、童思寒、高岩、刘蒙轩、谷伟，2020 级的苏子涵、付峻莹、陆理宁，2021 级的郭小菲、何可。其中，我要特别致谢先后为"杜课"担任编辑的几位同学，他们是：魏安（任期 2016—2017），王静颖、胡园（任期 2017—2018），江珊、王之涵（任期

2018—2019），费凡、高岩（任期 2019—2020），苏子涵、付峻莹（任期 2020—2021），郭小菲（任期 2021—2022）。

如果要往前数，还有二三十届学生曾和我结下深厚的师生友谊，他们都曾是我在"杜课"公众号里上课的灵感，也是我整个教师生涯的见证。在我从教三十周年之际，李海权等老学生筹办了一场纪念活动，有许多同学特意从外地赶来，我们之间有过一场难以忘怀的谈心。我还读到过周雷、李海权、孔祥武、李兰、袁仲伟、曾姝、张义涛、吴洪、方曼、张蒿尹、陈颖、李赫然等同学的回忆文章。在学生们的讲述中，你们那些年轻的面庞、那些珍贵的经历，重新在我眼前浮现出来。也感谢多年来定期回来看我的同学们，我时常从你们那里重温起当年的流金岁月——是的，我们早已是彼此人生的一部分。

我要致谢所有对"杜课"推文有所贡献的人们。以下是一份版面编辑的名单，他们中有一些是我教过的学生，但大部分是"杜课"的读者，与我还不曾谋面：周文、郭诗雨、刘梦婷、刘一醇、赵文丫、张斌、小沫、陈坦君、劳尔、汤佩兰、杜杨、贺芳菲、余萌萌、徐慧敏、宋婧妍、王琳、黄玉琴、高宁、缪佳林、杨婧婕、白俊英、王静、王小蓓、罗嘉珍、胡沙沙、韩雪、张心如、戴画雨、魏颖、卢依凡、韩红伟、苏依桐、陈伟杰、杨曼、高琴、许艳艳、钱明雅、赵家宁、黎佳瑜、丁丽茹、闵博文、陶宇明、王罐头、郑师景、康康、MOMI、翟濯、曾宪雯、冯雅雯、康文丽、周琪、涂梦蝶。他们是一期期"杜课"的助产士。其中，有不少人在"杜课"中与我时有问答，结下了精神对话之缘。另有一些同学不在上述名单上，例如王书琪等写了阐释"杜课"内容的文章，沈捷等写了讲述从前读书生活的文章，还有一些忠实读者（如 Dr. Wang 等）以留言方式贡献了真知灼见，他（她）们的名字都列在正文里了。还有数十家由"杜课"粉丝主办的微信公众号，它们曾热切、勇敢、无私地支持过"杜课"，我长久地为之感动，恕不能在此一一列述了。

我要致谢这些年曾鼓励过我、关心过"杜课"出版的人们，他们中有领导和前辈，有学友、同事和业界同仁，有艺术家、教育家、社会贤达，也有企业家、出版人。我尤其要提及张一兵教授和胡金波先生，谢谢他们的爱护和勉励。我还要提及作家毕飞宇先生和申赋渔先生，一度他们对"杜课"出版的关心甚至超过了我本人。我要致谢"郑钢新媒体教育基金"，我和编辑同学们铭记着那些珍贵的帮助。我还要致谢几位门生故旧：陈秀竹、庄桐、时雪松、侯印国、陈靖等，多年来，他们一直在支持我从事社会教育事业。

致谢我的朋友、艺术家朱赢椿先生，是你卓越的设计，赋予了本书美好的气质。

最后，我要郑重致谢"杜课"的所有读者。这个公众号的"粉丝"，目前也只有十五六万，但其数量似乎长期保持恒定，无论"杜课"因为什么原因不更新，粉丝都基本上不增不减。最让我感动的是，有时候，粉丝们还会给我留言说：多保重，少写一点，希望"杜课"的内容早日出版。还有一些读者，曾写来长长的心得和滚烫的话语，给我慰藉，使我内心安宁。

谢谢你们，我并没有建成最好的课堂，也没有办出最好的公众号，却有了最好的你们。

杜骏飞

2022 年 10 月

　　我直到做了父亲之后，才慢慢领悟到，其实，眼前的每一个学生，包括那最平庸、最不起眼的孩子，都是父母心中的珍宝，承载了他们的无尽希望。

　　如果我的孩子天资稍差，抑或顽劣不驯时，我希望他的老师如何，那我亦自当如何。

　　许多新生入学后，慢慢会在内心集聚起这样一种痛苦的感受：在这个校园里，乃至在这个陌生的环境中，其实没有人真正在意你。

　　于是，教师的主要责任，就是用一切可能的方式让他知道：我在意你。即使你不用温和的鼓励和赞许，也要用严厉的批评和敦促告诉他。

　　即使是一句问候，一个提问，一个眼神，也能让学生感到自己的存在。

　　每一年的毕业时节，都在和我的学生告别。本科生，四年，研究生，两年或三年。从素不相识，到共享一份份喜怒哀乐，到教学相长，然后从相濡以沫到相忘于江湖。

往往是，师生之间刚刚成为真正的相知，就不得不在路口告别。这是每一个教师的酸楚时刻。我见证了你们的成长，见证了你们的青春光华，见证了你们步入更新的人生，却被迫移开视线，然后又回到下一个原点，等待下一个学年，面对下一批懵懂、陌生的你们。

所以，这真是甜蜜而感伤的职业。

在一个"百度知道"的时代，教师所能传授给学生的，其实已不是知识，而是智识。智识里有知识，但更重要的是超越知识的那一部分：例如意志力、方法论、价值观。

智识是方法，所以教师需要有方法。智识是智慧，所以教师需要有智慧。智识是态度，所以教师需要有态度。智识是性情，所以教师需要有性情。智识是人格，所以教师需要有人格。

这就是一个典范的教师值得尊敬的全部原因。

教师的职业本质，其实是从未来回来跟学生说话。

我曾经举《肖申克的救赎》为例，说明教育的意义。老瑞德说："我回首前尘往事，那个犯下大错的小笨蛋。我想和他谈谈，我试图讲道理，让他明白什么是对什么是错，但是我办不到，那个少年早就不见了，只剩下我垂老之躯。"

真正好的教育，是像这样穿越未来和过去的玄秘低语。因为有教师的灵魂传信，学生才不至犯下他本可避免的大错。

经验表明，学生对教师的回避，未必是出自冷漠，而有可能只是期待；同理，沉默的学生往往思如泉涌，木讷的学生往往感情深挚，粗疏的学生往往大有担当。还有，中上之才往往前途无量。

但洞察这些，需要时间。一个阅人无数、愿意体察学生的老师，比执着于学分、成绩的老师更适合这个职业。

最好的教师不是为教书、打分而来，更不固执于把学生分为三六九等。他让每一个学生有机会认识自己，发展自己，然后——成为最好的自己。

我常跟弟子谈餐桌礼仪，特别是在中国式的酒桌上。我是刻意为之。

在今天，教导学生社会化，比教会他们写作论文更刻不容缓。论文关乎学业，而社会化水平关乎生存。

无论你是否相信，如何与人打招呼，如何敬酒和祝祷，如何回馈别人的善意、应对意外的挑战，确实比论文、作业和学分更关乎他们一生的命运。

如果一个人的身份是学生，他们大多是无所谓好坏的，在学校里，他们平等而无辜。这是一切教育、奖惩的逻辑起点。

当然，从他们成年后的历史来看，其中有好苗子，也有坏基因。

教师对改变一个人的人生无能为力，但在告诉学生何为好坏时大有可为，这就是价值观教育。这是学校里唯一可靠的教育路径。

价值观的养成大多取径于耳濡目染的熏陶，从这个意义上说，学校即风气。

学校很难改变所有人抽象的人生，但具体的教师面对具体的学生时可以！

教师不是用来教育一群抽象的"学生阶层"的，而是用于帮助一个一个具体而微的个人的。

好的教师，应该也的确能够改善他所面对的学生的人生。当他这么做时，眼前遍布预感，内心充满责任。

这就是教师的职业精神。

一个教师，难免会时常想到这个职业有什么回报。我也跟同学们说：等到退休后，我会走遍大江南北，挨家挨户地去你们家吃饭。还说：将来同学们要时常回来看望冷冷清清的老师。

但实际上，我知道，这些都是不重要的愿景，也是教师职业回报中最不重要的部分。

最重要的是什么？是我们有机会在学生人生中扮演如此关键的角色。

这个世界上有那么多的学生，偏偏是你来到我的面前。这个世界上有那么多的教室，偏偏你只来到我的门前。正如这个教师节有那么多的文章，偏偏是你读到了这一篇。

我教了你，你成了我的成就，这是我能收到的最大的报酬。

英文里有一句话：I love you not because of who you are, but because of who I am when I am with you（我爱你不是因为你是谁，而是因为和你在一起时我成为谁）。我想把它翻译得古雅一点：

眷爱非为君如是，

如是为我半由君。

那一天，从仙林赶回鼓楼，去参加同学们为我举行的教师节茶叙。坐在车上，窗外飘泼大雨，使我忽然忆起了有一年的雪。

在那个大雪纷飞的清晨，我带学生在鼓楼茶馆上过一次课，结果课堂失控了，刚讲了两个段子，学生就兴奋地跑到露天打雪仗去了。

我还记得当时的热闹，以及香茶的味道，不过那些学生的名字、课上的内容，是再也想不起来了。

这大约是一个教师最纯粹的回忆，也是漫长职业生涯能给我的全部意义。

《常识课》，刊录了我作为一个教师的通识辅导。其内容，以微信公众号"杜课"为蓝本，我在致谢和跋里，讲述了"杜课"的故事。

本书在一千余篇"杜课"中，选编和改写了九十篇，题为《常识课》：它不是时政讨论，不是人物故事，不是专业知识，也不是思想文化，而是一个讲述人生常识的选本。

那些未被选编的内容也很重要，但，还是留待以后吧。毕竟，在我们的教育中，最需要擦亮的，恰恰是那些被长久遮蔽的常识部分。

而人最重要的素养，也正是我们称之为"常识"的内容，它们大多无法用考卷来衡量，容易被专业教育、应试教育所轻视。例如：敬畏的能力，反思的能力，爱与同情的能力，社会化与同理心，容错性与宽容力，沟通与理解力，幽默感与快乐，运动家精神，忍耐与自我约束，遗忘力与钝感力，勇敢，专注力，想象力，奉献、牺牲与利他精神，审美，学习力，领导力，以及信仰的能力，等等。

这些内容，是《常识课》的主要部分。我希望，其中有一些吉光片羽，或能对读者有用；我更希望，《常识课》能像一些古老的思想故事那样，长久地陪伴一些读者的人生。

本书的编订，纯以教学的先后排序，也间或记录师生生活的场景。我想，流水般的讲述，或许才是自然的。好的人生故事，大概也像流水一样，朴素又安静。

杜骏飞

写于 2017 年教师节

2022 年 10 月改定

目录

第一卷

1

第
六
卷

第
七
卷

6

7

常 | common
识 | sense
课 | 第一卷
  | 共 ⑫ 课

1

感恩曲

主题词：感恩

作者按：写于感恩节午夜，改于次日。

编辑注：今天，南京的初雪还未融化。

感恩此刻为我驻留，
愿这一瞬长相望。
感恩时光无情如逝水，
逝水浮尘世轻飘荡。

感恩既往有所思，
我之所思在相知。
感恩一切不足道，
唯有星辰永照耀。

感恩至爱亲朋，
五百年始得此相逢。
感恩无数陌路人，
贻我来世相识犹可能。

感恩劳燕分飞时，
毕竟握手曾相伴。

感恩与君错过后，
共一轮明月照山川。

感恩风雨，
未久继之天晴。
感恩寒夜，
终于托付黎明。

感恩命途尽波澜，
如大江大海。
感恩此生素简，
视繁华人间若等闲。

感恩岁月沉寂，
让人静谧欢喜。
感恩一切告别，
让我们永存怀念。

网络写作的 22 条戒律

主题词：互联网，写作

1. 互联网是发言者的天堂。但是，沉默的旁观，也同样使人受益。因为，最好的思考者都是冷静的。

2. 不要对一切来自网络的信息都信以为真。网络上的虚假和欺骗比现实中更多，因为在互联网上弄虚作假的成本更小。网络上的偏见和谬见更多，因为奇谈怪论在互联网上的流传更广。

3. 进一步地，不要对网络语言过分信以为真——尽管，在未来某个成熟的网络时代，网络可能是极其真实的。作为人类交流的一种间接符号，语言是现实的影子；而当语言来自更为表象化的网络媒介时，你所看到的，通常只是影子的影子。

4. 在现实中忧郁和孤僻的人，有可能在网络写作上分外活跃。对于他们来说，网络生活是一种对人际交流缺陷的弥补；但是，这种弥补有时是饮鸩止渴。应该切实地改善性格、人格和人生处境，而不能完全依赖虚幻之境。失之于现实的，仍然应该补之于现实。

5. 网络是语言和行为的延伸，网络写作由此而可能。

6. 网络写作的第一要义是尊重网络，尊重网络即是尊重它所代表的社会空间。

7. 网络写作的第二要义是尊重他人——包括你的论敌，尊重他人，才会得到他人的尊重。

8. 网络写作的第三要义是尊重语言，尊重语言才会使你成为真正的写作者。一味耍酷的网络语言，可以成为流行，不过，通常它也只是流行。

9. 对于网络写作者来说，赢得尊重与赢得注目是两回事。一只反复嗥叫的小狗也可以赢得注目，但它永远不会赢得尊重。

10. 一些常见的网络对话，是人际交流，是写作前的准备，却不是文本的写作；写给自己的微博，与写给大众的微博，不是同一种写作。真正严格意义上的网络出版或发表，应该具备以下五个要素：作者具有可识别的真实身份；来自严肃而负责任的写作；不违背法律及伦理；言之有物；刊登于有公信力的网络媒体。

11. 网络写作的责任，等同于大众媒体。虚拟的言行，一样有可能触犯现实的刑律。网络没有秘密可言，要学会保护你笔下的当事人，包括保护你自己。思想无疆界，写作有准绳。

12. 网络写作不仅是文字，未来的网络写作者，是以视频、音频全副武装起来的人；即使如此，在任何时候，你仍然应该苦心修炼语言文字的技能。

13. 网络写作的语言不仅是汉语，在未来，众多网络写作者会精通外语；即使如此，你仍然应该葆有对汉语写作的热爱和忠诚。因为，汉语不只是悠久、独特、有力，而且，它的确是美好的。

14. 不管你如何依赖网络写作，都不可放弃对纸面书写的练习。纸面书写更加严整和郑重。纸面书写更加独立和安静。纸面书写饱含着对文字的深沉体认，它更加接近写作的本质。

15. 适量地写作。写作很多的人，未必是作家；当然，写作很少的人，也很难成为作家。不管写作多少，每一次写作都应该全力以赴。

16. 不是所有人都可以成为"作家"。即使你不是作家，你仍然可以做一个具有良好素养的写作者。

17. 比网络写作更重要的，是网络阅读。唯有一流的阅读，能产生一流的写作。

18. 网络写作不只是在线写作。尽管你可以在线写作任何文字，但是，人类真正重要的、杰出的、成熟的作品，都来自离线的那一部分。深思熟虑和反复修改，仍然是一切写作的真谛。

19. 要学会感恩地书写，学会感谢给你启发的人。要学会诚实写作。杜绝抄袭的最好方法是：诚实地注引他人的资料和观点。

20. 网络只是媒介，它是装盛信息和意见的容器。没有内容，网络就什么都不是。不写作有价值的内容，网络的写作者也就什么都不是。

21. 从来就没有什么网络作家——只有使用网络的作家，和使用网络的非作家。作家的名望只基于写作本身。

22. 最后，我要总结并陈述以上戒律中最为重要的部分：比网络更重要的，是现实；比写作更重要的，是人生。

父母与子女

主题词：父母，子女

编辑注：谈话节选，刘梦婷记录。

父母与子女的关系，是非常深沉的话题。在不同的年龄阶段，父母与你的关系是不一样的。

在童年时期，他们是你的保护者、哺育者；在青少年时期，他们是你的支持者，也是你的助力者；等到你成年在社会上自立以后，一般来说，他们便只能充当你的朋友和顾问了。

所以，父母与子女，不同时期的关系，必然呈现显著的差别。

如果从人生的经历来说，父母与子女的关系，很像一场旅行。在这场旅行当中，你从 A 地到 B 地，也就是从小长到大，经历了很多的人生小站，直到老去为止。当中，有几站，你是跟父母一起过的。终于有一天，父母老了，不能再提供任何帮助了，甚至要你来反哺，来赡养。然后不久，你就没有父母了。

父母是你的同路人，但只是一个阶段的同路人。在这个过程中，子女要做好准备：在父母能够帮助你时，你必须尽快长大。很快有一天，你需要独立生活下去。

想到这一点的时候，你应该意识到，你跟父母所共处的时间是一个常数，每过一天自然就少一天，请认清你与父母的关系，请互相珍惜。

你们在父母的人生旅程当中，也只是其中的几站。没有你的时候，他们夫妻俩有自己的旅程。有了你之后，陪伴你一同成长。等到他们生命结束的时候，也就留下你，先你而去。

在这个过程中，其实，他们唯一不放心的是：没有他们时，你是不是能够独自前行。

因此，父母所有的爱，所有的关心，所有的支持和帮助，都是为了有朝一日，当他们不能再帮助你的时候，你可以无所畏惧地继续人生旅程。

第二点是相互帮助。父母与子女之间，什么叫相互帮助呢？

在你小的时候，父母是单方面地帮助你。但是当你成长到八九岁的时候，其实已经可以帮助父母了。这个时候父母也应当鼓励孩子来帮助自己，做点家务。

十几岁的时候，你已经可以跟父母谈心了，这时父母不仅应该允许，而且应该鼓励孩子跟自己谈心。同时，你也已经有能力在文化上反哺父母，告诉父母一些新奇的玩意，回答一些技术性的问题。

等到你上大学以后，就要考虑为家庭作一些贡献。贡献不一定指金钱，也可以是其他的责任。为家庭作贡献的过程，初步养成了你的社会能力，促进了你内心的成长，并且，你开始向父母证明：你的人生是可期待的。

接下来还有一个关键词：相互谅解。

为什么要相互谅解呢？因为几乎每一个人都不是完美的，父母亦然。当你觉得父母有点问题的时候，其实你自己也有这样那样的问题。所以，在这种情况下，相互谅解就很重要了：尽管你的父母不那么好，不那么让人称心如意，但是他们是你仅有的。同样，尽管你不那么好，不那么让父母称心如意，但你是他们仅有的。

父母与你，彼此是世上独一而二的存在，所以你们要相互珍惜，这就回到了第一点。

如果父母做了不太完美的事情，力所能及地去谅解他们。因为，这就是他们的水平，而你的人生使命，则是要超越他们。但愿，在你将来做父母的时候，做的比他们好。

如果你的父母比较糊涂，说错了话，做错了事，而且后果很严重。可以放置一段时间，过后，你依然要想办法去宽恕，直至帮助他们。这也就回到了我讲的第二点。

当然，父母对子女也应当如此。父母不能要求子女实现自己未竟的理想。父母也不宜要求子女成为一个让亲朋好友都羡慕的人，例如要上名牌大学、要挣高薪、做大官。父母不可以这样想。

因为，这个世界是由许许多多不同的人构成的，不同的人有不同的人生。这个世界也是一个复杂系统，是先天和后天的诸多复杂因素在决定不同的人生。

你的子女到底能不能拥有好的人生，不只取决于你的要求和他的努力。同时，他所做的一切，他要实现的一切，也不是为了让父母满意，而是为了让他的人生符合自己生命的本义。

他应该获得属于自己的体验，这毕竟是他的人生。

所以父母应该适度引领子女，但也应该谅解他们。他尽力了，你们支持了，你们相互帮助过了，之后的一切，就都是合理的。这就是为什么人们会说：一切都是最好的安排。

当不完美被谅解时，父母和子女的关系就开始完美了。这里，蕴含着深沉的慈悲和感恩。

恋爱是一棵树爱上另一棵树

主题词：恋爱，失恋

编辑注：答问，夏澈整理。

你问我，恋人之间，什么样的相处模式最好。我想，也许没有确切的答案。

情侣之间的相处，需要两个人对爱情的认知一致。互相依赖或是单方面依附的爱，都可以被认可，只要双方觉得这样很好，并且不厌倦于此。

在恋爱关系里，外人不必去评价这段关系好或不好，因为时间会给出答案。

如果采取偏激的方式看待恋爱，认为它必须服从标准答案，你很可能找不到爱情。如果你把恋爱看得太沉重、太唯一，甚至认为它攸关生死，爱的关系会走向它的反面。

有些人在感情失意后反应很激烈，久久不能从失恋的阴影中走出来，甚至想自杀者也大有人在，这是因为他们把恋爱当成了整个世界，把一个人对他（她）的感情看作人生的全部意义。这样的观念，是对恋爱本义的扭曲。

尽管小说会歌颂那种"至高无上的爱情"，例如为了爱牺牲自我，为了爱而如飞蛾扑火。但是，就现实生活而言，一个人为了一段挫败的感情便失去对生命的责任感，失去对世界万物的向往，这种人生观是残缺的，这样的人格也是不完善的。

一个人，如果有人生抱负，有崇高的想象，有自主的精神，有对自我价值的肯定，他就绝不会因为失恋而寻死觅活。

至于有些人在恋爱后，生活的重心向感情偏移，从而疏远好友、家人，这倒不必紧张。

心理学家曾有过这样的描述："热恋中的人是浑然忘我的，不要说父母，就连自己都忘掉了。"这种热恋的实质，是心理上的脆弱面，也是一种美好的病态，是上帝设计人类时预设的一个桥段：让人投入更多感性，从而使生命得到更多的延续。

热恋中的人，迟早会恢复正常。越是快速热恋的人，越容易快速恢复正常。

所以，不要紧张。当然，如果恋爱的狂热对其他人形成了过多的困扰，请你警惕。

理想的恋爱，是一棵树爱上另一棵树。理想的婚姻，是两棵树相互热爱。

我希望，你的人生是有根的，你的爱是有根的。恋爱中的人，你要有自己的立足之地，不会因为另一棵树的不相扶持便丧失了你人生的价值。

两棵树相互依偎，即使分开，你依然是一棵完整的树。

对于现代女性来说，不管任何时候，你都要有自己的事业，自己的爱好、个性，自己的朋友圈和人生目标，而不仅仅只有恋爱。

持久的爱情，大多会在恋爱中尊重对方、尊重自我，保持激情、保持理性。

你的人生是由诸多维度编织而成的，有事业、有友谊、有爱情、有亲情，还有精神归依和社会公益。这样的人生航船，就有了许多锚，它使你得以轻松地锚定在不同的港口，任何一个锚的松脱，都不会影响你继续自己的人生航程。

微博掐架定律

主题词：互联网，社会，心理，掐架，对话

编辑注：原题为《微博掐架定律：一个关于网络社会心理机制的素描》。

互联网的"掐架"，距离人类理想的沟通有多远？以下，是一幅网络社会心理的众生相和流民图。

1. 分歧倍增定律：如果双方观点有分歧，那么，每一次掐架之后，分歧都将倍增。

2. 镜像定律：那个喜欢与你掐架且你也喜欢与之掐架的人（人群），通常与你（你们）颇为相似。

3. 排斥第三方定律：掐架只会有正反方；如果出现任何第三方，那么他将会同时被正反方误以为是对方。

4. 题材因果定律：如果掐架的题材是老题材，掐架的结果仍会是老结果。

5. 题材循环定律：如果掐架的题材是新题材，那么，掐架将使它回到老题材。

6. 心境定律：如果你看见掐架，说明你需要掐架；如果你经常看见掐架，说明你喜欢掐架。

7. 心境定律逆定律：如果你看不见掐架，那就没有掐架。

8. 分贝定律：掐架双方中分贝更高的一方，通常更为不自信。

9. 活跃度定律：对于一个给定的主题 T，掐架中发言最为活跃的参与者，通常对 T 的发言权最少。

10. 分岔定律：对于一个给定的主题 T，掐架都将会尽可能快地导向一系列与 T 无关的讨论。

11. 耗散定律：一场掐架的耗散率，决定于双方的体力而非脑力消耗的进程。

12. 热力学第九定律：观众的热度与掐架的深刻程度成反比，与掐架的新鲜程度成正比。

13. Narcissus（水仙）定律：相较于真理，掐架者无疑更喜欢自己。

14. Echo（回声）定律：掐架者通常不能正常说出想说的话，而只能不断地重复别人的言语——包括对手的错的言语。

15. Moebius（莫比乌斯）定律：越有能力的掐架者，越不愿意掐架；越不愿意掐架，就越没有能力掐架。

16. 测不准定律：对于大多数的掐架，我们无法测量其讨论文本的价值。

17. 测不准第二定律：对于大多数可以测量的掐架文本，我们无法测量文本作者的真实立场。

18. 测不准第三定律：对于大多数可以测量其立场的掐架者，我们无法测量其在第二天的态度转变。

19. 羊群定律：一场掐架中，观众最终所采取的立场通常会与其所认为的大多数保持一致。

20. 人数定律：一般来说，掐架人数越多，掐架越没有结果。

21. 切贝雪夫大数定律：但当掐架人数成为一个大数时，掐架将很快分出结果。不过，其结果只匹配常人心智，而不太可能是创见或真知。

22. 修辞定律：如果争论演化为掐架，那么其原因一定不在観点，而在修辞。

23. 军规定律：如果你发生了在线掐架，而非理性的讨论，那或许不是因为语言能力不足，而是因为大部分的在线讨论根本不适合于任何人的理性表达。

师生关系

> 主题词：老师，学生，师生关系，教育
> 编辑注：答问，赵文丫记录整理。

　　师生关系是分时期、分程度的。小学、中学、大学及研究生时期的师生关系，是完全不一样的。

　　小学时，老师是学生半个监护人，是半个陪伴者。中学时，老师是学生的知识提供者，也是学习顾问。大学阶段，强调学生自主学习，大部分老师只习惯处于待命状态，当学生去激活他的时候，他才是指导者；如果不激活他，他只不过是一个授课人。所以大学时期的师生关系，要求学生具有高度的主动性和良好的互动能力。越是好的大学，越重视通识教育，而非职业学习。

　　研究生阶段，分为两种情况：专业硕士，也就是职业硕士，强调高级职业能力养成，所以老师可以说是师父，教你准备或改善职业生涯；学术硕士，乃至博士，老师主要教你如何做学术

常识课

研究。

研究生阶段，主要进行专业性及目标性学习，这也是与大学通识教育的不同之处；导师会给博士生许多建议，学生需要自主地制订学习计划。博士生在得到导师的指引后，要尽快找到适合自己的选题。博士生做出的科研成果，应远超同行水平。也可以说，博士生的工作目标，就是在特定领域走在学科的最前沿。

具体的师生关系，是有深度差异的。

第一种境界，是讲学授课，如果老师和学生的关系限于课堂，那么就是授课关系。

第二种境界，是互动交流，如果关系更进一步，学生应该把自己的疑问和发现说出来，与老师分享，并且得到老师的解答和指点。

第三种境界，是心灵分享，学生与导师分享人生体验，不过，在学校尤其是大学里，很少有老师会与你分享人生阅历。但实际上，在一个人的成长过程中，除了知识文化外，更重要的收获是对人生的领悟，包括成长的规划、世界观的形成等。这些很难通过自学而获得。自我摸索需要很多时间，付出很多代价。

第四种境界，是亦师亦友，这可能是最高境界：师生感情深厚，相知相得，直至携手并肩，互帮互助。古语有言"弟子不必不如师，师不必贤于弟子""青出于蓝而胜于蓝""教学相长"等，都是描述这种了不起的师生关系的。

好的师生关系里，不仅老师要有老师的德性，学生也要有学生的德性。好的老师，注定会遇到好的学生；好的学生，也迟早遇到好的老师，这是由教育心理的本质决定的。

在学生和老师之间，要寻求最理想的关系，就要相向而行，循序渐进，直至学生得遇导师，老师也得到知己。这样的师生多了，大学就算是真正意义上的大学，教育就算是真正意义上的教育了。

早恋

主题词：早恋，教育

编辑注：谈南京外国语学校 Lumina 小组的工作计划，计划人为杜从周同学。

早恋的问题，不是一个议题，而是至少三个议题。第一，早恋的早，有多早？第二，早恋的恋，是如何恋的？第三，是什么样的孩子在早恋？也许，最重要的议题因素，还是人本身。

我们通常习惯于模糊地谈问题。但显然，九岁的早恋和十三岁的早恋，以及十六岁的早恋是不同的。正常的早恋和出格的早恋也是不同的。自然，不同的孩子遇到同样的早恋问题，其表现与结果也是不同的。

所以我们确实能够看到早恋，但它们是形形色色的早恋，并且，早恋的后果也是形形色色的。

那么，你告诉我，有没有一个精确的有关早恋的定义呢？

此外，你能不能告诉我，有关早恋的批判应该基于什么样的定义？例如：一个什么样的孩子，在多早的年龄，进行一场什么样的恋爱，是值得反对的？如果作不出定义，讨论将缺乏理性。

谈虎色变不好，以讹传讹更不好。在讨论早恋问题时，我们需要孩子的内心足够健康，家长的观念足够明智，评论者的观察足够实事求是。

我提供几个基于教育心理和生活常识的判断：

1. 不同年龄的孩子都会与异性之间产生正常的情感，这是人生成长的一部分，只要不超越年龄就好。

2. 知识、教养、心理发展水平至关重要。

3. 不当的早恋确实会造成一些负面的影响，比如可能会干扰学习、易触发越轨行为等。但更危险的是，由于管教不当，给孩子带来一生的心理阴影。

4. 一些早恋过程，有风险，但也有机会实现对学习动力、生活能力及人生志向的正向激励。有些早恋的孩子能够在成绩上互相追赶，以取得对方的愉悦与偏爱；也有人会因为对某人有爱慕之心，以至于在生活中处处提高标准约束自己，努力成为一个更好的人；自然，早恋也可以锻炼学生的社交能力，增进人际关系。当然，也有些早恋刚好相反。这取决于孩子本人的心智，更要求监护人和教育者能因势利导。

5. 青春期的孩子有很强的逆反心理，越是压迫他们，越会起到反作用。解决之道仍是平心静气的谈心。

6. 对早恋，不管多么严厉的批评，都还需要一个前提：家长、老师给予学生以人格尊重、智力尊重。

7. 一个身心健康的孩子比什么都重要，身心是否健康的议题，远比早恋、网游、学习之类的议题更本原。

8. 一个身心健康的孩子不容易陷入负面的情感危机。即使遇到，也容易开朗地走出来。

9. 一个身心健康的孩子，通常来自健康的家庭。这样的家庭，洋溢着情感和理性，有尊重，有自尊，有爱，有对话，有谈心，有信任，有论理，有对知识的皈依，有平等，有笑声，有一盏温暖照耀着团聚的夜灯。

校园霸凌

主题词：校园霸凌，反霸凌，教育，家长

编辑注：谈南京外国语学校 Lumina 小组的工作计划，计划人为杜从周同学。

在校园霸凌事件中，霸凌者和被霸凌者是少数，沉默者是大多数，是最容易被忽略的一个群体，也是霸凌事件当中最重要的一把思想钥匙。

尽管这些沉默者仍为青少年，但他们都被深深地打上了文化的烙印。费孝通在《乡土中国》中曾言，中国社会存在一个差序格局。人们依照与自己的距离来划分亲疏远近，关心与自己亲密的阶层，对与自己不亲密的阶层则置之不理。

我们中国人的公共性是比较弱的，往往不会为非亲非故发声。在多数暴力事件中，大部分人会下意识选择沉默。但是，沉默对他们自身也是很危险的。今天校园中保持沉默的大多数，将来走上社会，会成为一群冷漠的看客。

校园霸凌事件的出现，一定是因为校园机制出了问题。故在寻求解决办法时，无论如何不能忘记一个文化解决方案。在校园中务必要形成一种习惯、传统和规则，即所有人都会对霸凌有所反应，对不平事发出质疑。

要鼓励孩子的良善之心、关怀之心、怜悯之心和反抗之心。往往，在霸凌现场，只要有几个路过的孩子敢于发声制止，其所形成的群体压力就足以避免悲剧的发生，减轻被施虐者的心理伤害。

培植健康的文化土壤，要比事后除草重要得多。校园霸凌事件的消灭，最终一定是因为整个校园文化对此零容忍。

真正的坏小孩是极少的，他们大部分是坏文化的受害人，也是不自觉的模仿者。当校园里出现强势的孩子，不管善恶，都会引发跟从。面对霸凌事件，如果老师和其他同学都选择沉默，就会纵容越来越多的孩子向恶的强势靠拢。慢慢地，校园霸凌文化就会逐渐形成。

教育是一个孩子社会化的最初阶段，也是现代社会最主要的上升通道，对于青少年来说，必须懂得四个基本的社会生存法则。

法则一：关怀法则。关怀他人，是我们最推崇的人生准则。只有带着悲悯之心看世界，人生才完整。

法则二：表达法则。面对霸凌事件，我们有权发声。不管是通过什么样的途径，都必须去表达自己的观点。沉默也是一种态度，但那往往是对强权的让步。

法则三：对等法则。要明白，如果你是沉默者，那么或许有一天，你也可能是受害者。谁也不知道在这个世界里，伤害和意外会降临在谁的身上，你的沉默很可能将是对你自己的伤害——这种后果甚至会持续一生。

法则四：动员法则。要意识到，社会和学校都是一个大系统，每个孩子都是系统内的成员。当面对霸凌事件时，一个孩子需要学会如何以群体的能力、智慧和资源去抗争，为此，即使你还小，也要具备一定的社会动员能力，懂得如何与"人民"站在一起。

女生节寄语

主题词：女生，女生节

1

不是每一个成功的女生，

都成了职场强人。

最可靠的人生标尺是：

你终于成为你应该成为的你。

这句话有很多含义，包括：

扬长避短，顺势而为，尽心尽力，敝帚自珍，

待己如待人。

2

你和自己相处得有多好，

你和恋人的相处就会有多好。

所以，要学会了解自己，

理解自己，尊重自己，爱自己，

放飞自己，宽容待自己。

这也将是你恋爱的样子。

3

当你还年轻的时候，

要时常从遥远的未来看自己。

在最美好的年华，

做你认为最美好的事，

并且，备加珍惜。

一束花，一次相聚，

一整天图书馆的宁静。

4

一般来说，女生可以

是女生最好的心灵密友，

但男生更容易

成为女生最好的事业伙伴。

5

要爱艺术，即使是最平常的艺术。

逻辑决定了一个女性的下限，
而艺术则决定了上限。
理解艺术，比从事艺术更为重要。
理解艺术，但不用去理解艺术家。

6

要注意年龄，但不可焦虑于年龄。
注意年龄，才会珍惜青春。
不焦虑于年龄，是因为每一个年龄
都有着那个年龄的青春。

7

一个女生在日常生活里的善意，
将预示她的整个人生。
但善意不是软弱，
善意是有鉴别力的扶持。
善意也不是盲从，
善意是智慧而平等。

8

追求经济自立，要能栖身，
但在困窘中，也能保持从容。
只有从小就有教养的女生，
才能在面对金钱时，保持自尊。
戒绝浮夸，永不与他人攀比。

富且不炫富，穷则不愧穷，
做一个自在安放的人。

9

一个女生最重要的学习能力，
不是勤恳，而是专注。
因为有很多勤奋并不用心，
而专注的女生才能水到渠成。

10

爱学习的女生，意识不到自己的性别，
但生活中缺乏性别观，很难做好女生。
妆容重要，但本来的自己更重要。
不要比照模特扮美，而要对自己微笑。
你喜欢自己的程度，会影响别人的态度。
美的关键在于洁净、欣悦、自尊，
因此梳妆不必华丽，但要认真。
自信者简约，读书人优美。

祝女生们节日快乐！

爱国

主题词：爱国，爱国主义

编辑注：谈话记录。

问：杜老师，跟您讲个段子，"我每天的时间是这么安排的，早上'恨'美国，中午'恨'韩国，晚上'恨'日本。毕竟人的时间是有限的，只能抽空'恨'下新加坡以及其他国家和地区了。前段时间喊我'恨'菲律宾，还没准备好，媒体就喊可以不'恨'了。最近看大家都在抵制韩国，我翻遍家里也没找到有啥韩货可砸的，一怒之下到隔壁把老韩打了一顿……"

答：爱国是分层次的，难在思想境界。爱国是一种行为，不是一种行为艺术。

晚清杰出的外交家郭嵩焘，曾经在给他的同年沈葆桢的一封信中谈到办理洋务的三个层次。

最高层次是"求制胜之术"："有循序渐进之略，期之三年五年以达数十年之久。"是说要把外交作为内政的延伸，高瞻远瞩，长期规划，全面提升国力。

第二个层次是"了事"。"一切政教风俗，皆不敢言变更，而苟幸一时之无事，则所以了事之方，熟思而审处之，勤求而力行之。"是说虽无法改革制度、提升国力，但通过外交的手段把事情办成。

第三个层次是"敷衍"。"事至而不暇深究其理，物来而不及逆制其萌，如是，则且随宜敷衍。然而情伪利病之间，缓急轻重之势，稍有不明，则愈敷衍而愈坐困。"是说搞外交的人，不知根本，不辨表里，不知轻重，头疼医头、脚疼医脚，最终往往是仓促敷衍、日益支绌，处境维艰。

我想，关于爱国行为，亦可分为这三个层次。最了不起的是"以经略爱国"，次之则是"以成事爱国"，最差则是"以躁急爱国"。

空心人

主题词：抑郁，空心人，大学生活，中学生活
编辑注：谈话记录。

问：越来越多的年轻人认为生活没有意义，感觉自己"抑郁"了，您对他们有什么建议？

答：我见过这样的同学，也有一些中学生、大学生跟我聊过这方面的苦恼。根据我的理解，那种思想状态，未必都是抑郁症，但内心深处确实是空洞的，我称之为"空心症"。

他们每天都在机械地生活，找不到自我，不知道目标是什么，更不知道实现了目标之后会怎样，所以在这种时候他们的表现就会很接近抑郁症。

什么样的人容易产生空洞感，什么样的人容易成为空心人

呢？大概，不知道自己是谁的人，最容易如此。

如果班级里所有学生都是千姿百态的，都有自己的性格，都有自己的选择，都是性情中人，那么他很难空洞化，因为他是活生生的一个个体，他不是一个符号，不是一个被人随意安排的螺丝钉。他可能不顺利，可能不那么成功，但很难抑郁。

在现代教育的巨大压力下，就连每个学校也都是一个符号。很多学生是在被圈养的状态下，被迫产出更多的学习成绩。但是，他们内心的个性、激情和人生愿景，被无情地忽略了。

如果你从小学开始，就被符号化、机械化、无差别化地教育成人。这就会带来一个致命伤：你除了学习成绩，参加比赛、获奖、升学之外，人生并没有剩下些什么。

想象一下，当你长到十六岁、十八岁，长期积累的心灵匮乏、精神困窘，一定会伤害到你。最轻微的表现是，你会感到迷茫，重一点，你会感到失落和幻灭，那时，已经很接近抑郁了。

那时，你已经找不到人生的乐趣和意义。你从前被灌输的所谓意义，是别人的意义，而不是你自己的。例如，你升学之后，班主任会有荣耀感，父母会有荣耀感，但这一切好像都不是你自己的。在这种情况下，你当然会产生幻觉：你是他人生活所使用的符号，这些符号跟你的人生并没有任何关系。至于自己想要什么，你却不清楚。

这么多年来，你长期假装忽略自己的所有要求，以至于现在真的不知道自己是谁，以至于你已经丧失了唤醒个体激情的能力。这个时候你开始变得冷漠，要么对别人冷漠，要么对整个人生冷漠。这种状态，就是空洞化，这就是很多大中学生内心深处的魔障。

如果要我来谈论拯救之道是什么，那就是：从父母开始做起，从小学老师开始做起。我们一定不要忘记：一个学生的成长，不是为了学校、为了家庭等，而是为了自己。他所有的成长都是自己的，人生是自己的，喜怒哀乐也是自己的，他必须要自己规划人生方向，不能通过一个指令、一个任务或者一条纪律去规划自己的人生轨迹。

问：您认为，这种现象跟整个社会的需求有没有必然的联系？

答：家长的背后，是社会；学校的背后，是制度。假如工业上急功近利，雾霾就来了；农业上急功近利，粮食上就有农药残留；教育上急功近利，学生就精神空虚。

尽管学习成绩可能不错，升学率很高，奥数获奖无数，但是，这些中学生、大学生毕业之后，人生的幸福感降低了，很多人没有达到他理应达到的人生高度。

那是什么原因？因为当他长成一株植物之后，就不再有灵魂了，他只是作为实验室器皿化培养的一部分，没有生命目标。很显然，这样的植物是长不成参天大树的，所有的参天大树都是在森林里、在山谷里，它们需要自足的、自在的成长。

可是我们的教育没有给他们这样的机会，总是希望把他们放到一个圈养的环境下，给他们营养液，让他们每天以更快的速度成长为一棵"树"，为人所用。可这样的树并不是树，它们只是木材而已。我们要培养的是人才，而不是木材。同学们要成为的，也是人才，而不是木材。

问：我们的教育应该是一个塑造的过程吗？如何按照自己的意志自由生长？

答：我们需要更多内在的驱动，而不需要太多外在的塑形。内在驱动就是让一个青少年有自我觉察，有自我肯定，逐步以哲学作为成长动机。千万不要相反，让所谓家庭计划、社会需求成为他成长的动力。

内在驱动与外在驱动之间，是有天壤之别的。

想象一下，什么样的生物是按照他人的意志来成长的呢？只有饲养场的生物才是这样长大的，他们没有灵魂，只是等待被收割的食品而已。可我们毕竟是万物之灵，万物之灵应该有灵魂，有感情，甚至要犯一些错误，这才是真正的成长。

这个问题的答案，是要把童年还给孩子，把自由和欢乐还给他们，把天赋和个性还给他们，把缺点还给他们。然后，给他们更多的选择，给他们更多内心的激情和生命的冲动，也给他们塑造自己的机会，这些事不能由家长来代替，更不能由班主任的权威来代替。

我国教育的"致命伤"就在于此，很多孩子过得不快乐，甚至在抑郁中成长。幸运的会走出抑郁，终于变得正常，不幸的会走向病态，那就是空心症，抑郁、躁狂、幻灭，这都是跟教育的真谛背道而驰的。

一个称职的教育家，必须意识到教育是为学生的，而不是为他自己的，也不是为教育战线的。老师们可能也需要好好反省一下，自己是否能将学生看成有独特人生使命的人。我曾在给母校的赠言中写道："教人成人者，固教之善者，教人成己者，善之善者也！"为人师长者，对此不可不察。

对于同学们来说，有一件事是你可以左右的：要让自己具有精神上的免疫力。一个人的精神是关不住的。一个懂得个性价值、天赋价值、性情价值的学生，懂得在不利的环境下，如何想方设法地修复自身。

我从前说，"男生要甩，女生要拽"，这并不是一个玩笑，这是一个真真正正的告诫，如果你没有自由欢快的成长体验，就很难成为你自己。要对所有的饲养有免疫力，要保持自我。或许，因为坚持自我，你会犯一些错，但勇敢探索的你，十有八九能够成长为更好的自己。

简言之，当花园不再是花园时，你自己要长成一个花园。

给考研失利同学的一封信

| 主题词：考研，失败，落榜

小 Z 同学：

见字如晤，问候不一！

感谢你的信任，我也很理解你在考研复试遇挫后的心情。为山九仞，功亏一篑，懊恼伤心，在所难免。

但行百里者半九十，在撞线的一刹那分出胜负，也是竞赛的常态。故此，决赛不利，介意失落犹可，而孤愤哀怜则不必。

在现行的招考体制下，考研是一个艰难劳累的过程，能坚持到面试环节的学生，都像你一样很不容易，他们大多很有学习能力，也都曾焚膏继晷，花了很多功夫。因此，从考官的感情上说，淘汰任何夙夜赶来的考生都于心不忍。

但学校对招录是有差额淘汰的明文规定的，职分在兹，理当遵循。

关于复试的规则是这样的：所有面试考官对所有面试学生打分，以加总打分最低者为淘汰对象，规则很公正。

我注意到，在大部分面试过程中，在毫无商量的情况下，几乎所有打分人的评判排序，都非常一致，你至少可以将此理解为：所有考官的价值标准是一致的，评判结果是较为公允的。这也是我信赖此种考察规则的原因。

自然，面试的时间较短，给予考生表现自己的机会有限。我相信，即使在考核相对公正的条件下，这种规则也难免会有缺憾。所谓沧海遗珠，古来多有；贤才俊彦，亦有怀才不遇，其或举步维艰。论者思之，岂不动容，抚今追昔，空余浩叹。因之，将心比心，对于考官而言，只能诉诸事理、但求无愧而已。

承询面试疏失，以经验来说，面试低分的原因有很多种，常见的是：回答专业问题不够专业、思维方式或知识面的严重缺陷、英语口语不过关、人际交流水准欠缺或情绪控制力差等。因手边无记录，不知道你属于哪一种，但建议以上述为对照，有则改之。唯此，对于继续考研有益，对于今后的人生道路亦有借鉴。

我还要郑重地提出：我从来都不认为，一个年轻人的事业成长，只有学业深造这一条路，特别是实践型专业的学生。

君不见实践领域的风云人物，学业不继者大有人在，出身寒微者更是数不胜数。所谓天生我才，必有别用，锥处囊中，其末立见。至于有志于学习者，不论多迟，都未为晚。

也许，在困顿中发奋，在曲折中前行，寻找最适合自己的道路，才是人生真谛。

如果你遇到挫折就自怨自艾，甚至无心奋斗，无意生活，那只能说明自己生来就是弱者。

还记得吗？司马迁在《报任安书》中说：盖西伯拘而演《周易》，仲尼厄而作《春秋》……《诗》三百篇，大底圣贤发愤之所为作也。那么，你呢？

曾有人问苏格拉底："世上何事最难？"答曰："认识你自己。"进而又问："世上何事最容易？"答曰："给别人提建议。"今天我写这封信，对我，是一件最容易的事，但对你，是一个最难的追问："你能证明自身的价值吗？"

期待你从今天起，认识你自己，振作你自己，实现你自己。我期待着。

近来健康不佳。复此长信，非为说理，是为陈情；非为考试，是为人生。盼你明鉴，并祝开心！

杜骏飞

金陵春意已深，鸡鸣寺樱花胜雪，路过江南时，不妨一探。又及。

听课笔记

一哥：这封信可以安慰广大的失意者，高考落榜的你，工作碰壁的你，甚至是此刻雨中零落的你。

常 识 课

common sense

第二卷
共 ⑪ 课

2

死亡课

主题词：死亡，父母，生命，人生
作者按：致我们终将逝去的生命。

1

在中国人的精神世界里，死亡，是我们不愿谈及的话题，也是一个日常禁忌。述说死亡，仿佛意味着不吉的境遇。自然，也没有专门为认识死亡而开设的课程。

然而，"死生亦大矣"。死亡与诞生，同为人生最重要的议题，又怎容回避？

在清明节这一天，我们在墓地看顾亡灵，在家中缅怀先人。此时此刻，我们是在热烈地弥补着心灵深处一年的缺失，如是而已。

于是，在这样一个清明节的暮晚，理解和超越死亡，就是我们要认真触及的话题。

2

我们不能因为禁忌便拒绝思考，也不能因为恐惧而对死亡毫无准备。

在一生中，我们已看过无数次生灵的死去。

我们小时候看过昆虫卑微地结束生命；及长，看过更大的动物每天因为人类的生存欲而死去，默然、成群地死去。

被我们践踏而死的蝼蚁，被屠宰的动物们，它们在死去时的痛苦，和我们人类有什么区别？

也许只有一个区别：它不是你。

弘一法师临终前，写下"悲欣交集"。"悲欣交集"之"悲"字，如《大智度论》所云："大慈，与一切众生乐，大悲，拔一切众生苦。"法师之"悲"，非单为自己，也非只为人类，他是悲悯众生之苦。

而众生，系指一切有情识的生物，自然包括你我，包括身边的人群，包括远方的陌生人，还包括那些奋力求生的蝼蚁。

你的悲痛，也是我的悲痛。一个生命的死去，也宛如其他生命的死去。也因此，你对生的理解，不应只是你的生存，而应是生的一切要义。

3

惧怕死亡，是因为死亡乃最后的终结。人们意识到死亡之后空无一物，于是便有了无法言传的、无尽的恐惧。

因此，与其说人恐惧死亡本身，不如说恐惧死亡所带来的未知、不可想象与身心无力。

但是，为什么有那么多的人，不去担忧可担忧的生前，而只恐惧无所担忧的死后呢？

《论语》说："未知生，焉知死？"这是孔子的态度：你连生都无法穷尽了解，又何必追求死的意义呢？

4

如今，你早已长大了，大约对生死也有了自己的理解。

你也见过更多的死亡。在你认识的人里，有人病故，有人早逝；电影上，不断上演着死亡的悲剧——艺术家都知道：那种有死亡威胁的情节，有着最大的戏剧压力。

然后，清明节的这一天，我们缅怀那些年高德劭的先祖，还有那些曾与我们朝夕相处的亲友。

每每在这一天，我们会悲伤地想到，他们竟然真的离开了，离开得无影无踪，无声无息。

我们还会不可抑制地想到，这是否就是每一个你认识的人，以及自己的归宿呢？

我们终将面对死亡，不是吗？

我们必须知道的是：死亡不是一个偶遇，而是一个生命必然的命运。

我们还必须知道的是：死亡也不仅仅是一个结局，而是在帮助你书写一幕完整的生的戏剧。

5

仔细想想，在我们繁冗的一生里，曾无数次地与死亡擦肩而过。

在飞行的高空，在高速公路，在游泳池，在山巅，在医院，在窗前。死亡的概率与生存的努力始终伴随你，它从不远离。

恰如人类的站立，始终是对重力的克服；我们的生存，也始终是对死亡的战胜。

在这个清明里，我们还是会不可遏制地意识到，人，是会死去的。

草木枯荣，白云苍狗，我们的祖先都曾经面对过的自然之道，我们也终将面对。

我们不能因为话题陌生，就拒绝理解死亡。我们终将面对他人的离去，我们自己也将身临其中。但是，当那一天到来时，我们能坦然面对死亡吗？

6

人常能为一切做好准备，除了死亡。因之，他倾向于自己不会死，因为这个借口可以使他免于思考一个无法思考的问题。

很少有人意识到，死亡是生命密不可分的一部分。《庄子》里说："孰知死生存亡之一体者，吾与之友矣。"庄子大约是参透生死的，因为他把生与死看作同一个过程的不同阶段了。

而生命还是需要死亡的。当一个生命走向死亡时，是在完成他的生命进程。

一代又一代的人需要死亡，正如劳累一生的人需要休息。造物主在你出生时给你以博爱，而在你死去时，亦是在给你以怜悯。

7

人们为亲友的死亡痛哭，时常是因为他意识到已无法弥补那一种失去。而这一点，是死者健在时他从未想过的。因此，你应该知道，那些哭声里，很可能蕴含着追悔莫及。

要避免追悔的哭泣，唯一的解救之道，是平时的珍惜。

电影《四根羽毛》里说："上帝会把我们身边最好的东西拿走，以提醒我们得到的太多。"

只是，这提醒仿佛永远来得太晚、太晚。当你听见时，你最珍惜的人大多刚刚离去。

父母健在时，你当意识到，他们衰老的生命正在匆匆逝去，你与他们相处的每一天，都是时间的最后的赐予。

当你的师友言笑晏晏时，你当意识到，他们在你人生中出现的为数不多的机会，正在匆匆逝去，你与他们相处的每一天，正日渐成为未来的追忆。

自然，当你本人无所事事、万般无聊时，你也当意识到，你那看上去漫长的旅程也在匆匆掠过，生命的车窗外是一闪而过的风景，耳边正响彻一个接一个无情的站名。

一个没有后天的明天，看上去比一个没有今天的明天更可怕吗？生命始终有限，而时间永不停息。

8

死，是一种能将我们一生盖棺定论的尺度。我们的生命，其价值几何，在死亡之幕徐徐拉上时，演员与观众已心知肚明。

一个人生的匆匆过客，时常在这一刻发出惊叫：我还没有来得及做任何事！而那些从容不迫的幸运儿，或可能在完成自己的生的使命后，得以安详离去。

雨果在临终前，轻松地说："我该休息了。"我最喜欢的哲学家维特根斯坦，曾放弃一切财产去穷乡僻壤教孩子，他最后的遗言是："告诉他们，我度过了幸福的一生。"

耶稣在十字架上说的最后一句话是："成了。"

现在，大概你已经知道，战胜死去，大约是不可能的；但，战胜对死去的恐惧，却并非不可能。

这需要你为生时的生活而尽力，而非为死时的告别而哭泣。电影《肖申克的救赎》里说："要么忙着生存，要么赶着去死。"

是时候了，你要学会做这道死亡哲学的选择题。

9

据说，科技界正在研究不死之道。

我想，在计算机的帮助下"永生"，那种生存，可能不会以我们想象的方式运行，当然，那种数字永生更不会很快来临。

在永生的话题前，诚如孔子关于鬼神之说，我们是应该敬而远之的。我们所要把握的事，通常还是我们唯一能把握的事：在世间做一个认真活着的人，为这个世界做点有益的事情。

如此，当我们离去时，我们方可自豪地说：我曾经来过这个世界，我帮助过这个世界，一如我帮助过自己；我为我的人生留下的最好纪念，就是我曾赋予生命以真正的意义。

都说人固有一死，"或重于泰山，或轻于鸿毛"这个比喻，言重了。但如果我说，你当达到你可能达到的高度，当实现你可能实现的意义，这应该还算是一个公允的建议吧？

10

有一天，你会来到告别父母的一刻。

你站在青青的墓地旁，回忆他们——你生命中的这无可替代的挚爱，感恩于他们创造了你，感恩于他们已尽其所能地陪伴你。但更重要的也许是：你葆有他们的亲密、怜爱和无尽的欢喜，你也曾对他们备加珍惜，而父母，也会自豪于你为他们的生命所作的延续。

然后，你的父母安然离去。

那时他们没有真的死去，只是像河水汇入无尽的海洋，而你，仍然活在他们一生所在的河流里。

11

有一天，你会来到你自己人生的最后一刻。

你当站在生命的高山上，回忆那些你生命中的亲人，感恩于帮助过你的人，回味一生的美丽风景；但更重要的也许是：你会自豪于你在这唯一的一生中所致力的美好工作。

然后，你安然"飞升"。

那时你没有真的死去，你只是把面庞藏于天上的群星中。

写于 2017 年清明，花神湖的向晚

留言选录

小井盖儿：这一篇的内容太丰富，一时都回不过神。很多内容都切中心灵。"父母在，不远游"，老人不在了，懊悔也永远放在那儿，怎么都补不回来。爷爷生前最爱听京剧，今天，我做什么事情都听着《苏三起解》《四郎探母》。京剧还在，记忆还在，但是人不在了。

顾旧：无数次思考过死亡的意义，但一直不敢与他人提及。一直记得史铁生说，"死亡是一个必然降临的节日"。我好像可以坦然接受自己这个节日的降临，却至今无法把至亲之人的离去当作节日来迎接。也许要消除对死亡的恐惧，首先要学会对生命的敬畏吧。

Zz：有一天，你会来到告别父母的那一刻。那时他们没有真的死去，只是像河水汇入无尽的海洋，而你，仍然活在他们一生所在的河流里。

孤独的美好一面

| 主题词：孤独，人生

　　人类是合群的生物，当然是不鼓励孤独的。实际上，也没多少人喜欢孤独。

　　不过，如果你感到孤独无可躲避，不必痛切，你仍可以选择它美好的一面。有别于寒伧、凄惶，你应当自由、喜悦、卓然地孤独着。

　　如此，在一生修持孤独的终点，你甚至能宣告：人，生当孤独。

　　我相信，很多人经历过孤独的时光。但，不会有多少人懂得孤独那不可磨灭的美好。

　　孤独不是形单影只，而是与自己相处，与古人交往，向远方问候；与神祇对话，与自然共舞。

　　孤独不是排斥众人，更不是愤世嫉俗，而是善待周遭，会心不语。无人问津时，不悲不怒，俯瞰凡俗时，不惊不喜。

　　当你沉静地深入其中，你会看到孤独所拥有的深刻风景：犹如绝壁之上的一抹苍翠，高山之巅的万点繁星。

有时，孤独是盛开。

孤独是你与自己的相聚与言说，它并不安静，会有激情低语，会有苦苦争执，会有莺歌燕舞，甚至还会有电闪雷鸣。

有时，你与自己的对话停歇了，时光便成了孤独中的孤独。此刻，万籁俱寂，心内无我，心外无人，尘世间无声无息。

有时，孤独是真我。

孤独是你与他者的区隔。孤独使你自感与众有别，年深日久，无人会意，而你，则益发懂得自己。

孤独让你如百年陈酿，芬芳于心，素简于行。

结构主义的名言是：因为有不同，世界才呈现。如此，因为孤独，你的世界更深邃地存在了。

有时，孤独是初心。

孤独是你发自本能的坚守，一如在那些童真的往事里，花自是花，叶终是叶，黑即是黑，白还是白。你的一切，是天赋自足；你的本意，也不假刀斧。

一场轮回后，十里繁花，终于谢幕。而你，已化作心香一瓣，回到了你的信念的最深处。

有时，孤独是光明。

孤独是你暗夜里的觉悟，是你触手可及的抱负，是你始终明亮的心镜，是你驾驭自我的知行。

佛法说，人有自性，有本自具足的光明智性，当你耀然自在时，连世间都被照亮，此刻，伴随孤独的那一分寂寥，又算得了什么？

此刻，你与孤独同归不朽。此刻，有诗为凭：

孤独，是当我凝视夜空时，它也凝视我。

孤独是镜中人，我沉默他也沉默。

孤独是我对着人们笑着，而他们已离去。

孤独是深流无人潜行，山顶无人等候。

孤独，是你永远站在少小离家的路上，

是三十功名的尘土后，欲说还休。

孤独，是我总能看到孤独，它亲切而温柔，

像怀念一样真实，像传说一样自由。

孤独！我从尘世走过，听见你的声音，

而你，像月影陪伴着我，欢喜而寂静。

2017 年 4 月 14 日记于花神湖

读书是什么，不是什么

| 主题词：读书，读书人

问：虽然近年来我国国民阅读率开始提升，但是国民阅读率低一直是媒体常议的话题。为什么现代人越来越不爱读书呢？

答：我不赞同"阅读率低"这个说法，实际情况是"图书阅读率低"。如果把书的范围界定为传统纸质书，你会看到，身边的人越来越不爱读书，因为人们习惯于从互联网上获取知识、信息。

由于生存环境的压力越来越大，个人阅读时间这一资源是有限的，传统纸质书的阅读一定会减少。同样出于这个原因，青年一代对信息的占有欲变强了，焦虑使得他们不断尝试通过阅读来寻求信息资源，纾解生存竞争的恐慌，解决当下问题，于是，每个人的总阅读量是在不断增大，阅读类型也日渐广泛复杂。

我以为，真正的问题不是国民阅读率低，而是国民阅读质量降低："碎片化"的浅阅读成为人们阅读活动的主轴，"读无能"现象越来越普遍。

这种替代性学习的思维，会使得长期习惯于"浅阅读"的头脑无法接受需要"深阅读"的文本。

现实所带来的"不安定感"和"危机感"，加之"时间经济"的压力，使得人们受到的诱惑增多，精力更加分散，很难沉静、专注地进入"思想"的世界。

而真正有价值的知识都是精深的，没有高质量的阅读，根本不可能接触和抵达它们的内涵。日渐肤浅的阅读行为，带来了大众对深度内容的日渐疏离。最终，肤浅的阅读与"读无能"之间，形成了可悲的自反性。

问：读书对人的用处到底是什么？

答：读书的用处，如果是指功利意义上的价值，大概许多现代人都会认可。毕竟，如今很多人对名利的饥渴已经深入骨髓，读书也不能例外。

况且，从古代起，"书中自有黄金屋，书中自有颜如玉"的格言就在影响无数人对读书的期待。通过读书考取功名、获得财富，一直被公认为是天经地义的事情。

然而，如果把"用处"当作读书的唯一目的，那就把读书看低了。读书更重要的价值和意义在于，对一个人精神世界的滋养、哺育和陶冶，从而使这个人成为一个"更好的人"。

正如王阳明所言："见之功业者，虽广而短；存诸人心风俗者，虽狭而长。"为功业名利而读书，其效果广泛而短浅；为人心风俗而读书，其力量则单纯而长远。

这样的读书，不是什么有形的尺度所能衡量的。如果一定要贴一个标签，那就是："无用"；如果一定要定一个价格，那就是："无价"。

问：读多少书才称得上是读书人？读得越多越好吗？

答：有人会以数量来标榜自己爱读书，喜欢晒书单，谈论一个月读多少书，一年读多少书。这样数着、赶着、算着地读书，其实会离真正的读书越来越远，人也会越读越迷茫。

"学欲博，不欲杂；守欲约，不欲陋。杂似博，陋似约。学者不可不察也。"意思是：读书学习，一定要视野开阔、涉猎广泛，尽量拓宽自己的知识面。但"博"却不等于"杂"，"杂"是缺乏系统性的胡乱读书，也缺乏目的性和规划性。另外，读书除了注重"博"外，还要注重"约"。"约"不同于空疏而浅薄的"陋"，是说读书要抓住重点，掌握核心的知识领域和思考方向，并在那些领域里不断深入下去。

读书的境界，正可以博与杂、约与陋来区分。

如何博而不杂？答曰：聚焦自己的事业领域，对目标知识作同心多元化扩展，并形成系统认识。

如何约而不陋？答曰：要识别真正有价值的关键书目，作深耕式的精读，对核心知识应达到一定的阅读思考强度。不能浮光掠影，更不能孤陋寡闻。

问：每年读书日都会有许多读书活动，应该如何开展这样的活动？

答：读书不是节日。这些仪式感浓重的活动，用处不大。诸如此类的活动，与社会公众的关联度有多高，我很怀疑。活动过了，阅读日也就很少有人提及了。

我们是要这个阅读日，还是要真正的阅读习惯？

只有穷人才盼着过年的饕餮盛宴，只有不肯读书的人才在意着读书节。

对于真正喜爱阅读的人而言，每一天都是阅读日。显然，并非人人都能做到热爱阅读，更并非人人都能每天阅读，这是我们无法回避的事实。

阅读日的存在，主要的价值可能在于：给我们提供了一个契机，有这样专门的一天去讨论阅读。

此外，阅读日的活动推广，年复一年，难得有所创新，不是推荐书单，就是赠送书籍，不是征文活动，就是开办读书讲座，都是懒人的俗套。

2016年新世相图书馆在北京、上海、广州各地发起"丢书大作战"活动，虽然引发了很多非议，但是有一点值得借鉴，那就是图书推广活动可以借互联网接触"网络的原住民"，这也算是用心了。

从长远来看，要真正提升全民阅读质量，不是要设立阅读日这样的节日，而是让全社会养成对知识的尊重，以有深入的思考、深邃的灵魂、深刻的信念为荣。

可惜，在我们的时代，有时知识比不上权力，深思也不敌盲从，社会浮躁四处可见，批判思考不受欢迎。提升全民阅读，显然是任重道远了。

问：请给我们的读书日一点忠告吧！

答：只有真正的好书，才能让你懂得读书。诚如一次好的嫁娶，才是婚姻。

读书让你增加灵魂深度，一卷读罢，生命常如灌满浆的麦子一样丰盈。

读书使平凡的你得以超越沉重庸常的日常生活，一个可栖居的诗意世界，能使你的精神之花永不凋谢。

阅读不是一个行为，而是一种生活方式。就像我天天为"杜课"做功课，不管多晚、多累，也没放弃，这是愿景推动了习惯，习惯久了，便成了生活方式。

读书，能使人理解，使人宽厚，使人悲悯。

任何时候读书都是有用的，因为读书不是起点，而是归宿。只有在读真正的好书时，才会感到，有高扬的灵性在召唤你。

顾旧：愿以阅读，将生活过成诗。

敬畏

主题词：敬畏

前几天你们问我，对《人民的名义》说到的那篇《天局》怎么看？其实，我知道你们是想问，我对尊崇"胜天半子"哲学的祁同伟怎么看。

《天局》的拥趸们说：一口气看完真是酣畅淋漓，豪气万丈，有气吞山河之势。你们还有人说：读过《天局》再看祁同伟，虽然他是反面角色，但那种以命博天的精神也很值得尊重。你们还有人说：祁同伟是真正的"凤凰男"，身处底层，抗拒命运和强权，所以才会毁灭。

果真如此吗？

祁同伟以自己为棋子，与"天"下棋，要胜天半子，直至毁灭的悲剧，究竟因何而起？他要胜的"天"是什么？

他不是以人力胜自然，不是代表草根胜庙堂，而是要战胜法律、道德，是要践踏做人的底线。所以，他才会欺骗、掠夺、谋杀，走向丧心病狂。

祁同伟式的"天局"，不是人生奋斗的壮举，而是不知感恩、欲壑难填、丧失起码敬畏之心的失魂悲剧。

孔子说："君子有三畏：畏天命，畏大人，畏圣人之言。小人不知天命而不畏也，狎大人，侮圣人之言。"意思是，君子敬畏天命，敬畏有德之人，敬畏圣人的话，而小人则相反。

圣经里有一段话，也与此大同小异：敬畏耶和华是知识的开端；愚妄人藐视智慧和训诲。

这些话都在告诉我们：在这个世界上，毕竟还是有一些东西，是值得我们敬畏的，如法律、伦理、真知、自然之道，都是如此。如果你有权、有钱，就任性，就肆无忌惮，最终一定会失败在你的"天局"棋盘上。

当一个人知识越来越多，地位越来越高，事业越来越大，金钱也越来越多的时候，他需要的敬畏也呈几何级数增长。就像开快车，更需要敬畏交通规则，也更需要关注刹车片。

那么，当一个人还处在成长期的时候，需要敬畏吗？还是需要。成长时的敬畏，就像登山需要敬畏悬崖和阶梯。

无所敬畏的人，在本质上，不是勇敢，而是在亡命。这样的人看似一时畅快，风驰电掣，春风得意，但失控的概率，迟早会将他推进深渊。

戛纳电影节获奖短片《黑洞》，用三分钟讲述了一个在人性黑洞中失控的故事：他是公司一名小职员，每天消极怠工、被迫加班，某天在打印时印出了一张画有黑洞的纸。他发现这个黑洞可以连接各种密闭空间，于是慢慢走进了欲望的黑洞。欲望的扭曲一点点让男子面目狰狞，在他通过黑洞钻进保险箱行窃时，保险箱上贴的画有黑洞的白纸落下，他将自己锁在了加速的失控中。

《黑洞》的故事，其实就是一个关于在诱惑面前失去敬畏的寓言。

敬畏不仅是人生的起点，也是心灵的归宿。商人讲求诚信，朋友讲求诚心，学习强调诚朴，皆是因为你对规则、规律、伦理拥有本能的敬畏。

你成了记者，为什么在你的媒体上会有假新闻？为什么在你的笔下，新闻总是情节反转？为什么你那崇高的职业不再受人尊敬？是新闻不再是一个值得敬畏的公器，还是你自己没有记住新闻业的崇高使命？抑或是，新闻业没有恪守新闻真实、准确、平衡的戒律？

我时常跟毕业生们说，愿你们记住八个字：战战兢兢，如履薄冰。这里所说的，就是敬畏之心罢。敬畏，是面对人性的庄严、法律的崇高、自然的规律、行业的伦理时，那种铭心刻骨的尊敬及戒惧。

敬畏，表现在内心，是思无邪念，表现在言行，是端正严谨。对自然，对法律，对生命，对规则，都应当常怀敬畏，如此才有自由，如此才有坦然，如此才能掌握自己的命运。

《菜根谭》里说："自天子以至于庶人，未有无所畏惧而不亡者也。上畏天，下畏民，畏言官于一时，畏史官于后世。"这些话，放在《人民的名义》里，大概是值得所有角色背诵的。

简言之，对于我们这些芸芸众生来说，最重要的德性就是敬畏。

康德的名言："有两样东西我越是思考就越感到无上敬畏之情，我们头上的灿烂星空，我们心中的道德法则。"

愿你铭记。

父亲

主题词：父亲，感恩，家

编辑注：解读董玉方《父亲写的散文诗》。

父亲写的散文诗

作者 / 董玉方

"一九八四年，庄稼早已收割完

女儿躺在我怀里，睡得那么甜

今晚的露天电影没时间去看

妻子提醒我，修修缝纫机的踏板

明天我要去邻居家再借点钱

孩子哭了一整天哪，闹着要吃饼干

蓝色的涤卡上衣，痛往心里钻

蹲在池塘边上，给了自己两拳"

这是我父亲日记里的文字

这是他的青春留下留下来的散文诗

几十年后我看着泪流不止

可我的父亲已经老得像一个影子

"一九九四年，庄稼早已收割完

我的老母亲去年离开了人间

女儿扎着马尾辫跑进了校园

可是她最近有点孤单，瘦了一大圈

想一想未来，我老成了一堆旧纸钱

那时的女儿一定会美得很惊艳

有个爱她的男人要娶她回家

可想到这些，我却不忍看她一眼"

这是我父亲日记里的文字

这是他的生命留下留下来的散文诗

几十年后我看着泪流不止

可我的父亲已经老得像一张旧报纸

旧报纸

那上面的故事，就是一辈子

　　这首《父亲写的散文诗》的歌词，是董玉方写的叙事诗。叙
事诗模拟了一个父亲写的流水账。

　　这流水账是让歌者心痛的散文诗。1984 年，女儿刚出生不
久，劳累的秋收，露天电影，修缝纫机的踏板，孩子哭闹着要吃
饼干。而父亲最扎心的是：要去邻居家再借点钱。这是个年轻的
父亲，贫寒而伤感，他穿着那个时代的蓝涤卡上衣，痛、累且
愧，他的人生筋疲力尽，蹲在池塘边上自责自怨。他没有恨生
活，没有恨时代，没有恨别人，只恨自己生而贫穷。

　　转眼之间，十年过去了，父亲的老母亲离开了人间。伴着秋
天的境况，他想起了自己再也不是有母亲的孩子了。他不再有心
灵的凭借，但还是全家唯一的依靠。他看到女儿的孤单，看到她
瘦了一大圈，是营养不足，还是年幼的内心过早地经历了哀愁？
父亲想到了遥远的未来，他会日益衰老，那时的女儿已风华正
茂，他自己却可能会无所依靠。

这是感情强烈的一刻，他想到：也许要经历许多困苦，才能等到那一天，而这一腔痛楚，不能被女儿看见，只能写进日记里。

无数人为父亲写过诗，但没多少人读过父亲的心事。

也许真正理解父亲的时刻，是自己也为人父母时。那时，过往的记忆才会像黑白电影，一幕一幕涌上心头；你才会知道，那个为你遮风挡雨的父亲，那个在困难险阻前咬牙坚持的父亲，那个不管有多少委屈心痛都不在你面前流露的父亲，是把这一切苦，当作自己的命运了。

生活的遗憾在于，当我们明白了父亲时，他们已经老了。

你已不再能回到他们贫困而年轻的时候去安慰他。即使今天翻看他的日记，你也已不能再回到当时，擦去他在雨中奔波时满脸的泪和汗，你也已不能再回到过去，为自己的不懂事说一声对不起，好减轻一点他那时的困窘与辛酸。

你只有唱起这首歌谣，唱起这首《父亲写的散文诗》。这首歌是许飞首唱的，我记住了她的名字。李健翻唱时，加上了这样的几句：

> 这是那一辈人
> 留下的足迹
> 几场风雨后
> 就要抹去了痕迹
> 这片土地曾让我泪流不止
> 它埋葬了多少人心酸的往事

是的，我们的父辈曾含辛茹苦、竭力挣扎，尽最大可能地养育了我们。其中的往事，是国家半个世纪动荡不安的历史，是所有阶层载沉载浮的历史，也是无数个父亲挣扎求生的无边往事。

记忆使我们长大成人，当我们唱起《父亲写的散文诗》。

留言选录

七秒：我是近来偶然关注的"杜课"，但却越发地喜欢，因为每一期的主题都莫名地会产生共鸣。我问自己，是因为所写的文字是大多数现实的写照吗？我想是的。我想起我的爸爸，也曾为我的学费和课外作文书费去邻居家借钱的模样，我也想起父亲每一次不舍我离开的目光和惆怅。泪流满面。

母亲节的作业

主题词：母亲，母亲节

编辑注：针对劳尔的《母亲节，你会怎么表达对母亲的爱？》一文，杜老师点评如下。

读了劳尔同学的文章，我也想谈几句关于母亲节的感想。

要过母亲节，但要超越这个节日。我们不能只把母亲节当作一个年度节日，仿佛一年中只有这一天才属于母亲。

对母亲的爱，本质上是个人的修行。不要把母亲节当作社交圈的道德秀，仿佛周知天下，便是孝心。

母爱是天下最朴素的感情，也是人生最深切的本能。也因之，我们对母亲的爱，在行而不在言，在心而不在形，在日常而不在节庆，在默默的奉献而不在话语的狂欢。

能恒久地反哺，才是爱母亲；能每天记得，才是母亲节。

极致

| 主题词：职场，极致

问：杜老师，"极致"是一种怎样的精神体验？

答：为了帮你体验极致，我讲个王小二倒茶的故事。

有位老院士李先生来演讲，王小二是会场服务员，负责一项最简单的工作：倒茶。

一个不合格的王小二会手忙脚乱，不知所措，甚至临时找不到茶杯、热水、茶叶。不过，这种王小二，不在我们讨论之列。

如果一个普通的王小二去倒茶，大概直接会将现场冲泡的茶端给老师。

但是在另一条时间线上，那个了不起的王小二却深思良久。他根据李先生来会场的路程和讲座时间，推算老师到达现场的大致时刻，再根据室内气温估测，提前若干分钟给老师沏好茶，以便老师喝茶时水温刚刚好。

在第三条时间线上，王小二在网上看背景资料，了解到这位李老喜欢喝普洱，于是专门泡了普洱茶。学院里没有招待用的普洱茶，王小二还是到老茶迷宋老师那里拿的茶叶。

在第四条时间线上，王小二甚至还在以往的图片上注意到李先生是左撇子，所以把茶放在了他的左手边，把杯把朝着他的手。

在第五条时间线上，李先生到了，坐下来的时候，王小二把茶杯盖揭开，轻轻说了一句：李老，天热口渴，这是十分钟前泡的普洱，您现在喝刚好。

这杯茶，在时间里辗转反复，循环重生。王小二在最后那一刻的茶，想必让李老出现了恍惚，看似一切如意，看似理所应当，但转念想想，他该知道王小二的可敬可畏。

他可能会问：好啊，难得你费心，我来尝尝，这是什么普洱茶啊？王小二说：我查了一下资料，这是倚邦古茶山的春普洱，是您曾经夸过的茶。

后来，李老师常常跟其他人说起王小二：这位小王师傅啊，一个普普通通的倒茶工作，做得用心，了不起。

同样是倒茶，别人花五秒去完成，而王小二却花了五十分钟去冲刺。这就是极致。

在具有极致思维的人眼中，事业中并无小事，只有未达完美之事。

极致者愿意花费多于常人数十倍甚至数百倍的时间与精力，去达到他们所追求的极致境界。

然而，如今社会追求即时效益，这种急功近利的哲学，其实是与极致无缘的。仔细看看：在这个浮躁的社会市场里，已不能容纳极致的灵魂。

极致，是一个人的职业体验，人对其职业了解有多深，就会有多极致。

王小二倒茶，对茶有理解，对自己的工作对象有理解，但归根结底，是对自己的职业使命有深沉的理解。

具有极致思维的人做事，往往并不满足于普通。普通的水平，在他，只是无聊、无意义而已。直至做到令他满意和令他人惊叹的程度，他才觉得自己是在做事了。

在旁人看来，追求极致或许是一个困苦的过程。但在具有极致思维的人那里，他通过追求极致，享受了常人难以体味的愉悦。

那些长年累月沉浸在极致中的人，他每遇到一座山就会翻上一座山，每遇到一道岭就会翻上一道岭，不知不觉，他直达了人生体验的巅峰。

而余下的人们，便只能站在山脚仰望着他们。

编后记

白姑娘：杜老师曾随口谈起自己的极致体验，特别是在前几日"杜课"发表的《雍园记》中。《雍园记》的缘起，原本只是一篇关于校园路名的规划任务而已，杜老师查阅了地理、历史、人文等各种资料将其撰写成文，十几次勘察地形，然后考据、请教、优化、扩展，几十遍地修改自己的稿子，包括在发表的前几个小时又坚持改了几个字，力求完美。杜老师说："有时间我还是会继续改进。"这几日我对杜老师的这句话深有体会，杜老师真的不是说说而已。本期的内容也是一改再改，我觉得已经很好了，结果第二天又收到了杜老师修改过的稿子，然后接着改，从策划到如今的成品，整整一周都在不断地修改完善。我深切地体验着本期的主题"极致"，反思着我们为何只能是个凡人。在我们的字典里，目标仅仅意味着完成，而极致的灵魂追求完美。我们的口头语是"差不多就可以了"，而极致的灵魂往往自问"是否还可以更好"。在极致的深处，埋藏着我们迄今未能超越凡庸的秘密。

如何回答段子手（一）

| 主题词：段子，生活

同学：在网上看了不少段子手发的段子，很犀利，但观点似是而非，不知怎么回答它。

杜老师：说来听听。

同学：段子手说，生活不只是眼前的苟且，还有长远的凑合。

杜老师：长远的凑合，那就是长期苟且。

同学：段子手说，暴力不能解决问题，但暴力可以解决制造问题的人。

杜老师：暴力解决了制造问题的人之后，问题本身会变得暴力。

同学：段子手说，丑小鸭之所以能变成白天鹅，并不是因为它有多努力，而是因为它是白天鹅的孩子。

杜老师：我记得，你不也是龙的传人吗？

同学：段子手说，别觉得灰姑娘的故事多美好，水晶鞋要真的合脚，当初怎么会掉？

杜老师：合脚就不会掉了？你的手机那么合手，你也掉过。还有，你的面膜那么合脸，也掉过吧？

同学：段子手说，你一定要努力，不然你永远无法知道，人与人之间的智商差是无法逾越的。

杜老师：别嘲笑那个努力的人，他要胜过的不是那些天才，而是你。

同学：段子手说，别再抱怨你在十四亿人里找不到对的人，选择题四个选项你都找不到一个对的答案。

杜老师：如果答案是唯一的，那么，在四十个选项里，比在四个选项里更难找到答案。如果答案不是唯一的，那么，找对象就容易多了。所以，真正的问题，还是在于你自己是谁。

同学：段子手说，真正喜欢你的人不会让你费尽周折去找他，因为他会主动送上门来。

杜老师：谁会主动送上门来呢，难道他是个送快递的？

同学：段子手说，长得丑怎么了，我自己又看不到，恶心的是你们。

杜老师：是的，恶心的是别人，不过，丑的还是你。

同学：段子手说，你在"知乎"究竟学会了什么？小时候不努力学习，长大了就只能给别人点赞。

杜老师：小时候不努力学习，长大了就只会转发段子。

相貌危机

主题词：相貌，女性，化妆

编辑注：五月某日，饭桌上，同学们谈起了女性的相貌危机问题，引来了杜老师的长篇大论。

女生问：欧洲有一项社会心理调查显示，只有2%的女生对自己的长相表示满意，为何大多数女生对自己的长相不满意？

答：我想，这个话题里有三个关键词值得讨论。

第一，"女生"。这里蕴含着女生与男生的差别，与性别差异有关。女生与男生到底有什么差别？女生更多被评价外貌，男生被评价外貌则少得多。

第二，"自己的相貌"。你对别人的相貌可能没那么关心。因此，这并不是一个审美的问题，而是一个利益、面子和认同的问题。

第三，"不满意"。它指的是相对不满意，不是绝对不满意，是价值期许的不满意，不是外部评价的不满意。

这三点导向一个判断：女生对自己的看法是"宾格化"的，她把自己置于一个被观看、被支配、被评价的地位。同时，她要用他者的价值观来评判自己，且追求评判的最大值。

只有在这样的前提下，她才会"总是"对自己的相貌不满意。

这时，她充满了功利性，还具有对个人容貌资本变现的期待。往好处说，这是女生爱美的本性，希望更多被他人关注，从而得到更大众化的承认，拥有更为广阔的情感市场。

"宾格化"，是我的一个不成熟的术语。那么，什么是"宾格化"？"宾格化"是生命自我意识中的被动语态。原本，"我"这个词，是"I"，但是很多女生是用"ME"来看待自己的，这就是"宾格化"。

在文明社会中，一个人在什么状态下才会自我"宾格化"，才会定位自己是被注意、被支配的、被评价的、被展现的？

也许，是强大的世俗压力使她自我"宾格化"了，她从小被训练自己不是"I"，而是"ME"。

原本，每个人都应该坚持自己是个主动的、独立的、不同寻常的人，坚持自己是个支配自己生活的人。

不良的教育、不良的媒体环境、不良的社会心理压力，会导致主我转向宾我，这时，女生们才会忽略自己内心的感受，转而追逐他人的感受，不理会自己内心的追求，转而理会他人的追求。

如果从美学的角度来说，我们可以说，一个人比另一个人要匀称好看，但这是一个主观评价。从一个主格的"我"来说，我就是我，是一个不同寻常的自我，这个自我就像花园里的花一样，每朵花都有着自己的花瓣和色彩，也都有自己芬芳的使命。

从全知全能的视角来审视，其实，没有人可以裁判这朵花比那朵花更好看，充其量，人们只能说：这朵花和那朵花不同。

女生问：同样是注重外表，为何女生打扮自己被认为是理所当然、很正常的事情，男生注重外表却会被异样的眼光看待？

答：动物界的雌性似乎大多貌美，但事实上也有很多相反的情况，比如公鸡要比母鸡长得漂亮，孔雀也是如此。

男人也有过度看重相貌的时代。东晋时期，男人都是化妆的，女人倒是不怎么在乎。

"宾格化"是一种政治。在宫廷政治中，后宫、宦官和那些讨好皇帝的大臣，都很在意自己是否受到皇帝青睐，他们的人格都是"宾格化"的。所以人的这类心理追求，是环境压力和社会养成的结果。

在当代，大部分男生从小没有被"宾格化"培养，没有人过度注意到他的相貌。如果长相不是极品，也没有什么人评价他，于是，他也就养成了这样的自我认同，即不以相貌来衡量自己。

不过，当某些男性选秀节目之类的"阉割美学"甚嚣一时，当鼓吹耽美、男色消费的影视充斥荧屏时，家长们要当心了，你们家那些观影的男孩们或许会日趋自我"宾格化"，当他们长大后，满身脂粉气倒在其次，其被动人格与社会角色错位才是最可悲的。

如果说女性的自我"宾格化"，使女性难以成就自己，难以在人格进阶上求得完美；那么，男性的自我"宾格化"，则是社会的灾难，因为男性集体化的阴柔、被动、缺乏承担，对族群命运的影响更为致命。

你刚才问我，为什么同样是人，男生注重外表却会被异样的眼光看待?

答案是,其实没人在意你梳妆打扮,其实也有人欣赏你美如彩蝶,不过,健全的社会更在意的,恐怕还是你的自我"宾格化"。准确地说,整个社会都应该对集体"宾格化"的后果保持警觉。

大家问:该怎么修炼才能摆脱容貌危机,自信起来,避免日益"宾格化"的命运?

答:在一个致力于现代教养的社会中,"宾格化"的人应该越少越好,"宾格化"的现象越少,意味着每个人的自由和权利越可能得到保障。

谈到相貌和自信的问题,各位在日常生活中,要像上台演讲一样,每天培养自己的内在认同和外在风貌,对待自己的相貌,亦复如是。

每个女生出门之前应该照镜子,照镜子不是来评价自己美不美的,而是跟自己说话:

"我就是我,我是自己的仰慕者,然后才是被其他人喜欢的对象。"

"人不是生来被支配的。"

"我要去审视和塑造世界,而不要只被这个世界评判。"

"我要有所行动,我要实现我自己。"

男生出门前,也会照镜子,男生照镜子原本也有丰富的潜台词,不过,如果他只是无所作为地揽镜自照,恐怕潜台词就很平淡了:"我叫某某某。"诸如此类。

宽容

| 主题词：宽容

那时，同学们问我，究竟什么是宽容？我说：譬如容器之于物，宽容意味着盛载之能。

如果有物，或方或圆，或冷或温，然而容器总能包容它。其中，有容乃大的气度，即谓宽容。

还记得春秋时鲍叔牙与管仲的故事吗？鲍叔牙与管仲二人是好朋友，彼此相知很深，但这种相知，并不只是形而上的。

他们两人曾经合伙做过生意，分利的时候，管仲总要多拿一些。别人都为鲍叔牙鸣不平，鲍叔牙却说："管仲不是贪财，而是他家里穷呀。"管仲几次帮鲍叔牙办事都没办好，而且，三次做官都被撤职，别人都说管仲没有才干。这时，鲍叔牙又出来替管仲说话："这不是管仲没有才干，只是他没有碰上施展才能的机会罢了。"更有甚者，管仲三次被拉去当兵，且三次逃跑。人们讥笑他贪生怕死。鲍叔牙再次直言："管仲不是怕死之辈，他家里有老母亲需要奉养啊！"

在两千多年里，世人只知道传颂"管鲍之交"的佳话，却不知如果没有鲍叔牙的罕见气度，又何来此等知交故事！你的人生里，可能遇不到鲍叔牙这样完美的朋友，于是你会好奇：这份宽容，究竟会带来何种感受？

其实，此间意味，你早已感受于父母。

孩提时，你尚不懂事，面对市面上琳琅满目的零食和玩具，会哭闹着要求父母满足自己。等到你长大了一些，你又会要车要穿要娱乐，要其他人都有的东西，而为人父母者，会默默担起你加诸他们的生活重担。大概，天下的父母，总会把自己的委屈吞下，不愿心酸痛楚被儿女瞥见。

等到你成年，儿时记忆总像黑白电影一样在心中回放，你可能会愧疚，自己为何在那么多的"当时"都没有体谅父母，不曾擦去他们落下的汗水，不曾体会他们心中的眼泪。

此一境中，父母之包容，凡为人子女者皆可体会。那时，同学们问我，究竟什么是宽容。我说：譬如林之于木，宽容意味着同理心。

《新约·约翰福音》记道：耶稣在庙里布教，一大群人围着他听。刑名师和法利赛人带着一个因行淫被拘的妇人过来，把她放在群众当中，对着耶稣说，"这妇人是正在行淫的时候被抓到的。摩西在法律中吩咐过我们，这种人应该被石头钉死。"耶稣弯下身子用指画地，像是什么都没听到。

刑名师和法利赛人就接着问："你说该怎么办呢？"耶稣于是抬起身子来，跟他们说："你们中间谁是没有罪的，就先用石子钉她。"众人听到这话，心中都有愧疚，一个一个地离开了，只剩下耶稣一人。

于是耶稣抬起头来问妇人："妇人，告你状的人都去哪了呢？没有人定你的罪了吗？"夫人说："没有人。"耶稣说："那我也不定你的罪，你去吧，以后不要再犯了。"

我们总是能够看到他人的过错，却不易看到自己的罪错。很多人也只能原谅自己的错误，却不能原谅别人的错误。此之谓缺乏同理心。

同理心，是进入并了解他人的内心世界的能力，学者又称之为神入和共情。

你在人际交往中，能体会他人的情绪和想法吗？能理解他人的立场和期望吗？能时常站在他人的角度思考他们眼中的你吗？如果能，你便有同理心。

《论语·卫灵公》中，子贡问孔子："有没有一句话可以终生奉行呢？"先生说："大概就是'恕'了，自己不想要的东西，不要强加给别人。"（子贡问曰："有一言而可以终身行之者乎？"子曰："其恕乎！己所不欲，勿施于人。"）

刘备在《诫子书》中，教导刘禅："以责人之心责己，以恕己之心恕人。"所谓恕道，无非是以恕己之心待人而已。

《马太福音》说："你们愿意别人怎样待你，你们也要怎样待人"。

一个人，难免有智、愚，有贤、不肖，你自己也或厕身于芸芸众生，对于别人的不足、缺失，你能接纳，这不仅仅是一种体谅之心，更寄托了你对这个世界的愿景啊！

己所不欲，勿施于人。说起来容易，做起来难。君不见天下滔滔，太多坚持非分之想者，太多强人所难者，又太多苛求他人而宽待自己之辈矣。

欲得宽容之力，便要时常把自己放在他人之事中，想象自己感同身受时会有何言行，以自我之不足接纳他人之疏失，进而体谅那种种行为的发生。

那时，同学们问我，究竟什么是宽容。我说：譬如水之于刃，宽容意味着无伤于心和不以为意。

刀刃可以伤人，可以断物，但何以不能伤及水呢？宽容他人的过失，已经是一种难以轻易练就的能力，而像无伤于心和不以为意这种美德又从何说起？

在李建成与李世民的皇位之争中，魏徵为李建成出谋划策，多次使李世民陷入困境。玄武门之变后，魏徵成了李世民的阶下囚。此刻，李世民完全可以治魏徵的重罪，但他十分欣赏魏徵的才干和人品，对魏徵此前的作为不以为意，选择重用他，甚至让他做到了宰相，最终使他帮助自己成就了"贞观之治"。

前述鲍叔牙和管仲的故事，也有一部更了不起的续篇。

时光荏苒，鲍叔牙当了齐国公子小白的谋士，管仲却为齐国的公子纠效力。两位公子在回国继承王位的争夺战中，管仲曾驱车拦截小白，引弓射箭，正中小白的腰带，小白弯腰装死，骗过管仲，日夜驱车，抢先赶回国内，继承了王位，称为齐桓公。

公子纠失败被杀，管仲也成了阶下囚。齐桓公登位后，要拜鲍叔牙为相，并欲杀管仲报一箭之仇。鲍叔牙坚决辞掉相国之位，并指出管仲之才远胜于己，劝说齐桓公不计前嫌，用管仲为相国。齐桓公于是决心忘记怨恨，重用管仲。

当管仲被押进宫廷时，齐桓公快步走下座位，亲自为他松绑，当即拜他为宰相。齐桓公的这一举动，使管仲深受感动，从此，他尽心辅佐齐桓公，大刀阔斧进行改革，结果齐国大治，国力大增。管仲又建议齐桓公打出"尊王攘夷"的旗号，九合诸侯，于是，齐桓公终成春秋五霸之首。

在这个故事中，齐桓公的作为比之鲍叔牙更为难得。鲍叔牙身为管仲的好友，宽待容易，亦无伤口需要抚平，然而管仲却是齐桓公的仇敌，曾险些致齐桓公于死地。如此，齐桓公的所为，其宽容之力更非常人所及。

历史上还有很多这样的伟大时刻，宽容者宽容了伤害自己的人，对爱恨情仇，无伤于心；对彼此嫌隙，不以为意。由此，宽容者渡劫了自身，更开辟了新的人生可能。

1991 年，曼德拉出狱当选总统以后，在总统就职典礼上，恭敬地向 3 个曾关押他的看守致敬，让那些残酷虐待了他 27 年的白人无地自容。他却绝非只为政治作秀。他当年出狱时，有一番内心告白："当我走出囚室，迈过通往自由的监狱大门时，我已经清楚，自己若不能把悲痛与怨恨留在身后，那么我其实仍在狱中。"

宽容者未必不曾受伤，却因为更大的道义原谅了对方。是高远的见识、恢宏的气度，愈合了他们的伤口，宽容者因此而臻于无伤之境。

从根本上说，宽容意味着容纳之力，其核心在于容错力，即容忍错误的能力。

那些在日常生活中时刻"吐槽"者、刻薄寡恩者、讥诮他人者、翻脸无情者，通常容错力较差，任何事情，只要有一点瑕疵，就全盘否定。但现实生活不可能永远没有瑕疵，所以他们的视野里永远是一片灰暗，也因此，他们也时常疑心他人看待自己的目光，也经常陷入沮丧和自我怀疑。

宽容是一种可贵而不易得的拯救之力，它使人性得以在不完美之境中运行。宽容的人，宽容待人，也因此得以宽待自己，也因此，天地为之宽，而人生为之易。

宽容，这是我们不完美的一生里最完美的德性。

愿你铭记。

一切坚固的东西
都不会烟消云散

| 编辑注：聆听配乐可扫二维码。

一切人物都会烟消云散，
但后世不会；
一切事业都会烟消云散，
但影响不会；
一切历史都会烟消云散，
但记忆不会。

一切知识都会烟消云散，
但良知不会；
一切思想都会烟消云散，
但理想不会；
一切声音都会烟消云散，
但聆听不会。

一切征程都会烟消云散，
但远方不会；
一切哀伤都会烟消云散，
但慈悲不会；

一切奋斗都会烟消云散，

但牺牲不会。

一切缄默无声都很短暂，

如飞矢之不动；

一切清澈简单都不平凡，

如深流与高山；

一切坚固的东西永垂不朽，

它无法烟消云散。

配乐简介

　　莫扎特这部《安魂曲》，使用的是传统安魂曲形式和拉丁文歌词，真挚、动人。1791年，莫扎特因贫困和疾病在维也纳逝世，未能完成这整部作品，最终由他的学生苏斯迈尔根据他留下的手稿续完。音乐家在第八小节《落泪之日》里，永远松开了手中的羽毛笔管。这是整部安魂曲中最具悲剧性的段落之一，女高音以渐强的音量表现永恒安息到来之前的悲痛之情。

常 识 课 | common sense

第三卷

共 9 课

3

美

主题词：美

　　那天，在灵山会上，大梵天王以金色婆罗花献于释迦牟尼，并请他说法决疑。可是，佛祖一言不发，只是瞬目扬眉，拈婆罗花遍示众人，意态安详。会中诸人不能领会佛祖的意思，唯有佛的大弟子摩诃迦叶尊者妙悟其意，破颜微笑。于是，释迦牟尼将花交给迦叶，说道："吾有正法眼藏，涅槃妙心，实相无相，微妙法门，不立文字，教外别传，付嘱摩诃迦叶。"

　　花之美，人所共知，其美何自，实难言说。大约也是因缘于此，世尊将道理以花开示，而不以语言文字。花的蕴意，诚为广大，以美说法，亦因之流传。

　　美不是一物，虽常有劳作随之，却非人工所及。

　　美得之于心，物不恒美，心以为美，如此而已。

　　美原非确定之事，时常如此，未必如此，大致如此，亦非如此。不同之人，各美其美，美相类之美，美不同之美，皆可谓得其美矣。此为审美之最切要处，亦为人性之最微妙处。

　　人或不知不觉于美，又或遍地见证于美，人或浅尝辄止于美，又或觉悟于美甚深。

　　随处见证复又随时觉悟于美者，是为缘美得道。譬如看到山水之美，觉悟自然；看到机器之美，觉悟工业文明；看到瓦片，觉悟朴实；即便一无所见，也觉悟空灵。

　　美感，半由天赋，半由习得。初阶之美，只是人之常情。譬如异性之美，风景之美，无论深浅高低，凡人概能会意。而假以时日，遇有缘法，阅历渐长，境界跃迁，斯得他人所不能领略处。譬如素简之美，蕴藉之美，侘寂之美，高蹈之美，徐徐入于胸次，或美常人所不美，或不与凡俗共美，会意者往往得证高华之人生。

审美之训练，愈在妙处，愈是艰辛。少年之天赋，摧折甚易。贫困潦倒，陷人于短缺，倘若精神挣扎，终将无力审美。而功利教育，使人鄙俚，使人只知物质，而不知人间之有情有义，有善有美。

北岛写道："玻璃晴朗，橘子辉煌。"以得美之心而言，玻璃譬如日光，橘子像若霓虹。而在凡俗眼里，橘子还是橘子，玻璃只是玻璃。

得美之人，深光丰盈，神采一望即知。不得美之人，晦暗冷涩，枯干一览无遗。幸以美而得道者，如在群峰之巅，观看极远，感动极深，既证来时因果，复又内心通明，无上喜悦，何可言喻，无尽珍秘，不足为外人道矣。

忽然想起，圣经里也有以花布道之事。耶稣看到荒野百合，告诉门徒说："即使是所罗门极荣耀时，他的穿戴，还不如这一朵花。"

人有知性之境，始于真而止于至善；人有感性之境，始于美而止于平易。

春日里，有客邀我去往西湖。我答曰：可去亦可不去，凡我在处，便是西湖。来日若有客邀你去看风景，你也不妨说可看可不看，盖因凡你在处，也都有风景。

有美者，人恒美之。得美者，爱自得其美。清风明月，皆是真美，即人不以为美，而我尤以为美。日月星辰，皆是慰喻，即人不得之于心，而我尤得之。因美得道者，见闻洞开而心神安宁，知万物为自然所化育，感天气以平常而飞升，是为大美。

愿你铭记。

钝感

| 主题词：元能力，钝感

钝感是一种能力，与敏感一样，都涉及先天禀赋和后天养成。但从修炼上来说，人从敏感回归钝感，是一种逆向培养，其难处可想而知。

因此，郑板桥才说，聪明难，糊涂难，由聪明转入糊涂更难，放一着，退一步，当下心安，非图后来福报也。他说的"糊涂"，大约就是钝感吧。

契诃夫曾写过一个故事——《小公务员之死》。

一名小公务员到剧院看戏，不小心冲着一位将军的后背打了个喷嚏，便疑心自己冒犯了将军，几次三番地跟将军道歉，最后惹烦了将军，在遭到对方的呵斥后，竟然一命呜呼了。

小公务员身上的敏感、脆弱、过度紧张，读来似曾相识，想来，他是很多人的生活缩影罢。

在人生的压力下，人会不由自主地活成一个雷达，时刻扫描着周围人的一举一动。他人的一个眼神、一个动作，落在敏感的人眼中，可以发展为无数推测演绎，演变成无数的心理活动。现代人的精明世故、随圆就方之能，无不与察言观色的机敏相关。

不过，有一利就有一弊，过度敏感的代价是自我的客体化，它使人成为依附环境之物，而非独立的自己。

很容易地，他会成为流言的受害人和传播者。很容易地，他会成为把轻响当作雷霆的凄惶人。

钝感者则不然，他们舒缓自在地活在自己的心灵中。他人无事生非，他当无事发生。他人目中无人，他当查无此人。他人否定千百回，他也就当东风吹马耳。在世俗看来，这种钝，形似迟钝、驽钝，于是常常笑其不开窍，讥其不入时。殊不知，正因为钝感，他才安安稳稳地活成了自己。

过度敏感是一种社交病，病人不惮以恶意揣度他人，捕风捉影，吠影吠声，结果自己不得安宁，旁人也渐生厌弃。

钝感的人则健康无比。他看见周遭的世界，常觉得太平安定，对他人的批评，也能感到善意，环境再窘迫，也不能让他失落怨恨。聪明人经常提的一个词是"眼力见儿"，赞的是人有七窍玲珑心，可是，对钝感者，我要提的一个字是"定"，赞的是人因定而致慧心。

我们去动物园，会看到小动物都是敏感的，游客的言行，总能引发它们叽叽喳喳，稍有惊动，便四散奔突。唯大动物才有钝感之力，狮子、老虎，大象、河马，往往举止安闲，对造访安之若素，甚至对惊扰也无动于衷。

钝感的人，内心如大动物，内心足够强大，能力足够超卓，流言奈我何，流俗奈我何，世事纷纷攘攘，又何有于我哉？

钝感的人在人群中，有如巨人之在旷野，他们举手投足，无不意态从容，他们徜徉大地，一任自身性情。

"钝感力"一词，是渡边淳一的发明，其字面涵义为：迟钝的力量。它要求人在面对外部刺激时，反应悠缓淡定，举止不为所动，且这钝感发自内心。

我以为，"钝感"绝非迟钝一义，它其实是从容、笃定、坦荡、自信、举重若轻的人格统一体。

与之相对的，则是过敏型人格。敏感自然也有好处，但如果驾驭不好，过度的敏锐往往带来脆弱的情绪，甚至发展为玻璃心人格。玻璃心，很难成大器，也时常会遭遇悲剧命运。他们容易将际遇里的负面放大，怨天尤人，更自怨自艾，思虑久之，于身心之不利当可想而知。

譬如《红楼梦》中的林黛玉，宝玉在初次见面时，就发现她"心较比干多一窍，病似西子胜三分"，但也正是这份敏感多思，让她始终感到"一年三百六十日，风霜刀剑严相逼"。旁人不相干的闲话、丫鬟们的斗嘴置气，对她而言，都句句扎心，及至彻夜难眠、病弱体虚，为一生的悲剧埋下了伏笔。

日本作家渡边淳一有一个观点，钝感力是我们赢得美好生活的手段和智慧。细读他所拟定的钝感力五律，当知所言不虚：

1. 迅速忘却不快之事。

2. 认定目标，即使失败仍要继续挑战。

3. 坦然面对流言蜚语。

4. 对嫉妒讽刺常怀感谢之心。

5. 面对表扬，不得寸进尺，不得意忘形。

迅速忘却不快之事，是要人能够驾驭自己的记忆，不介意其所不当介意，这必然要从价值观中修行。

认定目标，即使失败仍要继续挑战，是要人不把失败当作羞辱，而只当事务流程来看，如若内心不够强大，气概不够坚毅，又哪来的如斯淡定？

至于"坦然面对流言蜚语"，"对嫉妒讽刺常怀感谢之心"，以及面对表扬不得意忘形，无非都是要你宠辱不惊。如此看来，钝感之人，是以通达化解纷扰。试问，人若看得清捧、看得穿骂，能以钝感之力屏蔽周遭噪音，则心中又有何忧，又有何惧？

要在这一生的荆棘中穿行，你自当披挂浑然不觉的铠甲。钝感，值得我们一生修行。

愿你铭记。

"寒门"高考

主题词：高考，寒门，教育

问：您对高考制度怎么看？它是一个公平的制度吗？

答：高考，是一个复杂问题集，很难三言两语评价。高考制度不完全等同于选拔制度，自然，公平的高考制度也不等同于公平的选拔制度。今天的高考，已经最大程度做到了它自己的公平；只是，公平如它，也并非阶层流动的科学途径，只能说是差强人意。

问：高考制度表面上是以分数论证的，但实际上在 12 年的教育中，不同阶层的人享受的资源一定是不同的，它是否在无形之中为上层的同龄人开了方便之门？

答：社会学家把这个问题讨论为社会资本的不均衡。每一个阶层、每一个人群及至每一个人，对社会资本的拥有量都不同。于是，坐拥雄厚社会资本的人，在向上跃升的时候，会得到额外的加持，高考和读书生涯也是如此。这本身，不是考试不公平，而是社会不平等。

问：那么，这种社会不平等是什么因素造成的，可否在教育不平等问题上予以克服？

答：布迪厄认为，社会成员因占有不同的位置而获得不同的社会权利。这几乎是在阐明，社会的不平等是必然和持续的。

不平等，仍然是人类社会的常态，因此勠力消解不公平，拯救人类在不公平泥淖中的挣扎，才成为社会进步工程的主旋律。

如果你问，家庭出身之类的不平等如何铲除？我认为，在可见的未来，没有什么好办法。人与人，天资上本有差异，这平等吗？每对父母的性格、身份、能力也不尽相同，这平等吗？但如果要论社会的改造，则还是要努力使各不同阶层都有一些改变命运的机会，还是要努力使社会阶层的分布趋向于平衡，而非两极分化，或差别太大。所以经济学家阿马蒂亚·森说，要使社会安排具有合理性，就伦理要求而言，须在某个极为重要的层面上对所有人给予起码的平等考量。

问：在资源不平等、本身就有社会资本的运行的环境下，"寒门出贵子"这句俗语是不是该改为"寒门再难出贵子"呢？

答："寒门"历来难出贵子，古时江浙两省是出科举状元的地方。何故？因为江南地区水土丰饶，富贵人家、书香门第更为密集。反观穷乡僻壤、边远地区，则出状元几无可能。社会、经济、文化资本的递增效应古来有之，而门第之不平等，亦复如此。

如今，"十年窗下无人问，一举成名天下知"已经很少见了。追本溯源，还是因为今天的高考更强调全面素质的考察，这就使得家庭出身、社会阶层的不平等效应被放大了。从前，考生只需考虑题目怎么解，文章怎么写，因此，不论贫富贵贱，智力和勤奋度，即是晋升的钥匙；但如果考生之间要比较素质、阅历、思维、知识结构，那么，对于"寒门"子弟来说，就难乎其难了。

譬如高考作文考的是对共享单车的思考，但若你来自偏僻山区，对共享单车没有了解、体验和见闻，必会遇到思维瓶颈。这种考试，对于山里的孩子来说，哪里还有公平可言呢？

问：您对"寒门"学子有没有什么建议？他们没有很多社会资源，但或许能接触互联网。

答：若我是"寒门"学子，我首先会认识到：贫寒可能在哪些方面影响到我的发展，我把它暂定名为负面清单。在此基础上，以奋发图强之心，采取力所能及的方式，从知识、思维、心理等层面抵消负面影响。

如果阅历不足，无法体验时代前沿，可以尽量通过互联网、电视来感受外部世界的变革。如果只是"死读书"，在理解力上将会单薄无力，进而导致知识结构和思维方式的贫困化。

如果身边教育资源匮乏，可以通过挖掘式自主学习和阅听公开课来弥补。在互联网上已有数千门世界一流大学公开课，更不要说社会教学视频之类的资源。显然，今天并非只有高端人群才有机会享受到知识培养，除非你有意局限自己。

"寒门"学子在学习时要注意，奠定元知识永远重于获得单纯知识，元知识是那些能帮助你获得、理解及消化知识的知识。例如：数理思维、哲学观念、逻辑、阅读、知识树、信息查询及处理方法等。

"寒门"学子还要特别注意心理健康，要有奋发、自信的锐气。身处贫寒家庭，身处不利的社会地位，如果再怯懦自限，那就没多少机会进取了。一个人的内心渺小了，他眼前的障碍就高大了。

问：如果是极贫寒家庭的孩子，连上网条件都没有，也没有人告诉他如何弥补，当然也看不到今天所谈的话题。他应该怎么办？

答：刚才我所说的，确实是相对弱势的普通人群，而非极贫寒家庭的人群。如果是谈论那些无法与外界连通的放牛娃，那么，这个问题就与教育本身无关了。那些极贫寒家庭，根本不具备自我拯救的能力，遑论教育之公平。

一个进步的国家，必然要扶贫，必然要以宏观经济调整、公共政策调整来拯救底层。

问：现在看来，人类的不平等太深重了，社会系统的缺陷太多了，而我们作为个体的力量太微不足道。几个世纪以来，知识阶层也致力于消除这些不平等，但这些努力会不会像西西弗斯那样无用，甚至陷于荒谬呢？

答：古希腊神话中的西西弗斯，是因为得罪了诸神，诸神罚他将巨石推到山顶。每当他用尽全力将巨石推近山顶时，巨石就会从他的手中滑落，滚到山底。西西弗斯只好走下去，重新将巨石向山顶奋力推去，日复一日，陷入了永无止息的苦役之中。

第③卷

哲学家确实从他的故事里发现了人类现实困境的象征意义，然而人类消除不平等的事业与西西弗斯的工作还是有差别的：

西西弗斯的使命是受诅咒的，而社会正义在道德上是被尊崇的。西西弗斯的工作是将巨石推近山顶，而我们是拯救山谷中的人群。西西弗斯的工作是一个人的苦役，而我们的事业是广大群体的责任。

从理论上来说，如果一个社会的拯救者足够多，必然会有可观数量的社会底层获得帮助。如果一个社会对不平等的认识足够深，那么，人类社会的进化和制度的优化迟早会来临。

从微观上来说，例如我和你，在这一历史洪流中能做什么呢？我想，我们可以将服务目标放在身边人身上，放在力所能及的小群体身上。简言之，我好好上课，好好关心每一个遇到的学生，而你，要认真学习，要有志气，要追求你对于人类事业的意义，要为未来推动社会进步而时刻准备着。

职场新人

主题词：毕业生，职场，岗位，薪酬，社会化

问：又是一年毕业季，一些面临就业的同学发出了疑问：他们在从学生到社会人的转变过程中，应该如何调整自己的心态？

答：如果是缺乏社会化、职业化的演练，现在再开始调整，那就已经来不及了，不知你过去三年都干了什么？

你应该很早就开始努力，接触社会、体验实践，做足自己的成长功课。

但如果你只是心理波动或情绪反应，那就不怕。毕竟，就算你去天堂就业，也会有几天不适应的。

你现在已经拿到 offer 了，距离入职还有一两个月左右的时间，那你应该好好利用这个时间空当查漏补缺。

首先要知道自己缺什么，如果发现自己计划能力不够强，那么赶紧学习时间管理、项目管理。如果发现自己在工作岗位中太缺乏某个技术能力，那就赶紧去找过来人请教，乃至找个非正式见习。如果差在不敢跟陌生人说话，那就赶紧去马路上练。

从成长心理来说，实地体验是最好的社会学习。在入职之前，尽早接触未来的同行，和他们一同去实践，做项目、做产品，这些体验比听课重要得多。

问：初入职场者会感觉到自己并不喜欢当前的这份工作，他们是应该继续坚持下去还是应该及早跳槽呢？

答：不太喜欢工作的原因，有时候是因为没能力。

你当初选择了一个职业，也接受了这个 offer，应该还是对它有向往的。你在工作时有不适感，很可能是因为自己没有能力去适应工作的挑战。

人们总是容易喜欢自己可以胜任的事情。假如我能胜任教师这个岗位，我会喜欢教学。如果你擅长游泳，你会喜欢水。如果你擅长吃卤蛋，你会喜欢卤蛋。

这么说来，你对岗位感到不适，很可能，你要解决的不是情绪问题，而是能力问题。

问：有些刚入职的同学觉得工作没有挑战性，怎么办呢？

答：你可能服务的大部分机构，都要求新人从底层岗位、从技术性低的岗位做起。这是考察，也是训练，更是流程。如果你眼高手低又不循规矩，那就只可能难堪地出局。

你所服务的机构是不是匹配你的品位，这是你接受 offer 之前应仔细考虑的。上了花轿才悔婚，有点晚了。一般来说，我是建议同学们毕业后第一份工作去大一点的平台，养成能力、胸襟、眼界、观念、习惯，会有利于作出明智的选择。

那么，如果真的是你非常杰出，而岗位真的配不上你呢？如果真是这样，建议你先证明给周围的人看。充分证明之后，带着业绩、自信、口碑、资源，你会有更大机会换一个有挑战性的工作。

问：如果自身的能力不够高，要怎么弥补自己？

答：一般来说，我们主张一个人择业要慎重、入行要谨慎，一旦选定了一个职业，就要干一行爱一行，干一行有一行，干一行成一行。做事需要兢兢业业，哪怕第二天要离岗，今天也要认真负起责任。这是我们所说的职业品质。

职业品质，教我们在一个岗位上尽职尽责：如果发现自己不能胜任，你就要连夜学习、认真磨炼，力求让自己的能力和岗位的要求相匹配。羞愧难免，熬夜难免，查缺补漏难免，亡羊补牢难免。

如果你今天被领导骂了，说你写得很差，你应当心平气和地去反省：自己为什么写这么差？差在哪里？怎么才能弥补？具体的行动方案是什么？

我们在一生中，随职业位置的不断提升，会不断发现自身能力的不足。此时，懊悔是来不及的，也没什么用。你需要做的，就是知耻而后勇，就是亡羊补牢，不断地自我学习、自我训练。

例如你今天写脚本写得不好，那么，你在用心观摩了 100 篇脚本后，可能会写得好一点。道理就是这样的道理。

一个人可以笨，但是不可以懒。

问：您觉得在我们的择业过程中，是应该选择有挑战性的工作还是选择一个安稳的工作？

答：因人而异。如果你生性甘于平淡，那么就选择一个安稳的职业；如果你觉得自己比较有锐气，那么你最好选择一个有挑战性的。

我们不能对所有的人说，你要站在时代最前沿去挑战这个世界。优秀，永远只属于少数人。多数人的权利，是学习优秀，做更好的自己，如此而已。

如果你自己不适合挑战，那就帮助更优秀的人去挑战吧，成为一个团队成员也是一个选择。

人对自己也要有一个基本判断，要做符合自己天性、能力的事业。

我们通常会说，对于年轻人来说最重要的就是职业规划，职业规划当中最重要的就是自我诊断，自我诊断的关键是要有自知之明。

为了保证自己有自知之明，需要不断强化内省力：学会不断用他者的眼光评判自己，不断批评自己，全方位改进自己，然后在实践中证明自己的内省是确切的。

问：如果有人觉得薪酬太低，配不上自己的身价，又或觉得经济条件无法支持自己的生活，怎么办？

答：其实，大部分的职场新人不应该有这样的抱怨。

人的一生中，报酬最高的时期一般都是职业中晚期，除非你吃的是青春饭。这是一个公平的社会供需规律。

但是人在很年轻的时候，恰巧又是急需用钱的时期。这不可避免地出现了收支矛盾，这个矛盾为职场人所共有。解决方案有很多种：有人急于跳槽，有人跟公司谈判，还有人做兼职。

以我之见，正常的解决方案是：降低一些生活欲望，让消费预期低于收入预期。不过，能做到这一点的人不多，需要你不介意四周的攀比，并有能力活在自己的价值观里。那样的年轻人很少，通常他们都目光远大，内心笃定，并且，他们不会来问这样的问题。

另一种情况是比较令人担心的：能力一般，但希望自己的年薪非同一般。这不科学。人在年轻的时候，可以缺经验，缺钱，缺资历，但不能缺长远战略和职业耐心，更不能缺少清醒的自我认识。

问：您能不能给我们这些职场新人一点忠告？

答：1. **多学少问，多做少说**。人要学习，但不值得问的别问，能自学的就自己学，年深日久，会培养出自我迭代这一核心能力。

多做事，不要随意费口舌、争对错，桃李不言下自成蹊，业绩多了，你要争辩的就少了。

2. **急事缓做，缓事急做**。紧急任务，要在急促的时间里有舒缓的思考，推理周全，才不会忙中出错。一个新人如果学会了临危不惧、忙而不乱，则前途不可限量。

不急的事情，反而不能因疏失而遗忘、因大意而荒废，要趁着人处在状态上而及时做好处理，趁热打铁，又循序渐进，争取给任务一个惊喜。

3. **大题小做，小题大做**。每逢大事有静气。遇到大事，不怕，不躲。一个新人，如果遇到重大课题，只有战略上藐视之，才会对困难的领域有好奇，对复杂的任务有兴趣。杰出的新手，遇到挑战总会抢先报名。

那些别人眼中的小事，只有你会小中见大，易中求难，将它们做出大成果大业绩。这既是历练，也是证明。新人在大部分情况下只能接触小事，于是小题大做就成了他们自我实现的最佳路径。我之前说的极致思维，亦同此理。

4. **人大我小，近实远虚**。要有一颗安宁澄净的心，要对人宽，对己严；先虑人，再虑己；先成人，再成己。学会感同身受，懂得将心比心。

要脚踏实地，从眼前做起。把这一步走好，才有下一步。但做好当下，又不是不看长远。只是，看长远宜虚看，不把远期当实际。懂得高低远近，才有柳暗花明。

留言选录

木子浈澂：杜老师字字珠玑，入职一年来遇到文中提到的种种矛盾，有过种种负面情绪，文章读后真是醍醐灌顶。与生俱来就优秀的人实在凤毛麟角，多数人是学习优秀，踏实地干一行爱一行，干一行成一行。

关于爱：九个艰难的追问

主题词：爱

编辑注：答同学问。

问：杜老师，今天我们想问的是，到底什么是爱情？它的科学本质是什么？

答：我说点零星的随想。

在斯滕伯格看来，爱情由三个成分构成：激情、亲密和承诺。

激情和亲密这两部分，是不言自明的。真正值得讨论的，其实是承诺部分，它关系到一段感情能否持久：承诺是爱情的认知成分，指内心的预期形诸表达，以决定与另一个人建立长期关系。

特别重要的是，这种承诺是一种自愿、愉悦的内心体验。

所以，我们要思考的问题是：这种美好而长期的情感依存，究竟是怎么形成的？

记得上次说过，生物学揭示，多巴胺和内啡肽在爱情中的作用是不同的：多巴胺影响瞬间的心动，内啡肽维系长久。激情过后，人们需要内啡肽来填补激情留下的空隙。

内啡肽的效果，非常接近于吗啡这样的镇静剂，其效能在于降低焦虑感，让人出现安逸的、温暖的、亲密的、平静的感觉。虽然这并不能让人激动和兴奋，但一样能使人上瘾。

我想，激情到爱情的过渡，依赖于激情之外的那一部分：认同感、关怀、尊重、信任、心理慰藉。也只有这些，能建立那种平静的依赖。如果双方对此获得了均衡的反馈，内啡肽将愈可能取代多巴胺，成为相爱情感的坚实基础。

也许，这就是为什么会有"一日夫妻百日恩"：如果一个婚姻在内心的融合上是充分的，那么，当婚姻存在的时间越长久，内啡肽回馈的自我强化越显著，这种情感状态也就会越牢固。

所以，如果你问我，如何让爱情持续到年深日久？我想说，关键就在于，你们能否在多巴胺消退之前，得到足够多的内啡肽。

换成人文意义上的表达：爱情持久的秘密在于，你们能否在激情中寻求理解、尊重、关怀和认同，从而富有美感地转向对宁静、信任、温暖的依赖。

问：异性间的感情有时候很奇妙，是爱情还是友情？我们往往很困惑，有时，勇敢地表达，却失去了一个朋友；有时，害怕失去一个朋友，却彼此错过。您觉得，爱情和友情的区别是什么？它们之间是否有交集的存在？

答：在你很年轻的时候，没有激情的友谊，通常与爱情无关。而培育不出友谊的激情，通常也不会持久。

至于你说有些人困惑于不知道是否该表白，那是双方都缺乏情感表达的训练所致。否则，彼此早已有默契。

但即使如此，表白也不需要什么勇敢，由含蓄到直白，各种水平的表白均可尝试。表白失败，不应该损害友谊，除非你们的友谊并不牢固。

问：李宗盛在《你像个孩子》中说：相爱是容易的，相处是困难的。确实，有些人爱着爱着，就散了，连洗衣服都能扼杀爱情。老师，您觉得，维系爱情最需要什么？

答：爱情和婚姻这件事，别听艺术家的，更不要拿演艺圈人士作参照系。一般来说，演艺界缺乏正常的婚恋环境。

回过头来说，李宗盛操心的这种情形，终究是存在的。不是因为洗衣服，而是因为他们在寻求理解、尊重、关怀和认同方面缺少真爱的积淀。如前所言，缺少内啡肽。

相爱的船，如果没有内啡肽作为压舱石，无论洗不洗衣服，都可能翻船。

问：有些人可能在穿着校服时很容易心动，但真正到了适婚年龄反而越来越难以动心，为什么越长大越难爱上一个人？

答：简单来说，人越长大，思想越成熟，对待感情时，考虑的因素也就会越多。

如果你在豆蔻年华，爱情的方程式可能会很简单，譬如一个一元一次方程，你要考虑的因素很少。成年后，要不要爱一个人，往往不仅仅取决于他的样貌、品行，你还会考虑他的家庭背景、知识背景等，包罗万象。坦率地说，这种多元多次的复杂方程，未知数远多于已知数，原本就难解。

也就是因为这个原因，一般来说，上学时是恋爱的最好季节。至于在成人的世界里如何寻找爱情，我想，答案应该是化繁为简。简单说，应该有一个简明版的价值观作为指引，然后，直觉一点，心思纯净一点，将心比心一点。

问：谈婚论嫁时，有些人认为，门当户对的人更合适；有些人认为，门当户对属于封建等级色彩，您怎么看？

答：门当户对，不仅仅意味着双方家庭背景的相似，而且意味着成长环境的相似，有可能会使双方的人生观、价值观、生活方式相似，这样，双方相处起来更融洽些。

尽管并不绝对，我还是倾向于门当户对。这种倾向性，其实可以换一种表述：婚恋的可持续性，与双方思维方式、行为习惯的相称甚有关联，寻找长久的爱情，如果出身相近、文化相似，这种相称的概率或许会大一些。

问：昨天在夏令营遇到一道问题。未来，人类真的可以和人工智能恋爱吗？如果人工智能可以模拟一切恋爱的体验，"恋爱"这个词的含义会不会被重构，变得和"看电影"一样，即取即用？到那个时候，爱情这种被歌颂的伟大人类关系岂不是要消解了？

答：如果与人工智能恋爱能满足你对爱情的一切想象和要求，那么，我们可以承认，你得到了你的爱情。注意，是符合你的想象和要求。

但这并不意味着所有人都赞同你的感受，或许也有人会认为：人的心灵要比人工智能丰富、生动、完整，因此，人与人之间的爱情永远更珍贵。

此外，人与人之间的爱情有不确定性和局限性，但那些，其实也是人生体验中令人心跳的主因。诚如我在谈到人类棋手与人工智能对弈时所说，人类棋手可能会对人工智能的棋力顶礼膜拜，但永远永远，人类棋手不会希望像人工智能那样生活。

我想，这就是差别所在。

问：假设爱情只是瞬间心动和碎片化感受，那么"爱你一生一世"是不是最大的谎言？

答：昙花一现的，并不是爱情，我们通常称之为激情。激情并没有什么错，但它的不足在于不能持久。这正如饮酒的欢乐往往是惘然若失的，因为酒酣耳热时的良好感觉，不可能贯穿他的一生。

我曾经在《证婚词》那一期说过：也许，有人会问，什么是永远？答案是，如果你能爱一个人比他的生命更长久，那就是永远。

常
识
课

问：究竟是一眼看到就动心才算爱情，还是慢慢接触，各种衡量之后，发现对方不错，才算爱情？

答：我想这个问题应该没有标准答案。它取决于几个变量——你多大了？

你是不是足够有洞察力？

你是不是有真爱？

以及，你是不是幸运？

问：如梁山伯与祝英台那样殉情，到底是对纯粹爱情的致敬，还是一种爱的愚蠢？

答：梁山伯与祝英台是故事，对文学情节不可过度认真。但是，如果一定要评价这出爱情悲剧，那我想说，很美丽，不愚蠢。

考虑到你问这个问题，可能还有其他动机，因此，我要加上更周全的评价：很美丽，不愚蠢，但也不现代，不理性。

希望你能明白。

遗忘课

主题词：人生，遗忘

编辑注：原题为《遗忘：你所不知道的人生秘密》。

我遇到过许多擅长记忆的朋友，但我总是会跟他们说起遗忘。

可能是从小医疗麻醉过度的缘故，我很早就发现自己比周围的同学更"擅长"忘却。我曾为此懊恼过，也曾为此遗憾过，但年深日久，我也发现了遗忘的价值。

例如，我很容易因为记住新知识而忘记旧知识，仿佛在大脑的硬盘里擦写一样。这使我长于刷新式的学习，也长于改掉旧习惯。

我也很容易就忘记那些没什么知识浓度的教科书信息。对于刻板的应试考查而言，这不是一个好消息。我的青少年时期，也的确没有哪一次考试考好过，当然，除了高考那一次。但我很快就发现，忘记那些琐屑凡庸的知识点，其实也有益处：毕竟，大脑不需要巨细无遗地处理那些纷扰了，神志容易保持清明。

小时候读过一则爱因斯坦的小故事。有一天下班后，办公室里的电话铃响了。秘书不耐烦地拿起了听筒，来电问："请您告诉我，爱因斯坦博士的新家在哪儿？"

秘书表示不能奉告后，来电的声音突然变低了："请你不要告诉任何人，我就是爱因斯坦博士。我正要回家，可我忘记了自己住在哪里，请你给我查一下我的住址。"

有些人总觉得这个故事有点夸张，而我，则一直觉得很正常，因为我本人的记忆体验与此近似：我在南京读书四年后，依然会在鼓楼的五岔路口迷路。你看，我没有爱因斯坦那样的才能，却拥有和他一样的缺陷。

然而我也真的赞同他的说法："我从来不记在辞典上已经印有的东西。我的记忆力是运用来记忆书本上还没有的东西。"即使是像爱因斯坦那样的大脑，依然本能地要节约使用，他拒绝接受无意义的记忆任务，积攒自己的"内存"，以承担更重要的思考工作。何况我们？

遗忘一些细枝末节，自然也要付出代价，不管是在生活还是工作中。学校每次给我发评审费之类的报酬，都要我提供工资号，我只好谦恭地请他们谅解，因为直到现在，我还是记不住我的工资号，因为我认为，记工资号应该是校方的责任。

遗忘的好处，也是显而易见的。看完一本厚厚的书，我能随心所欲把它的大部分内容忘掉，然后，最重要的观点被简化为摘要。如果是一部絮絮叨叨的凡庸之作呢？善忘的我，也会穿越困扰，记住那一两处还不错的局部。

有学生曾问我：上课时，您为什么离题万里后能很快回到主题？其实，离题万里的答案，是遗忘，而回到主题的原因，也在遗忘里。

我曾说，未懂遗忘，焉懂记忆？

在希腊语中，"真理"一词是由遗忘女神 Lethe 的名字加上否定前缀构成的。可见在古希腊人看来，真理与不忘有关。

但是，真理真的是什么都不忘记吗？显然不是，真理在这个世界上，是现象之矿里的钻石，只有忘记该忘记的，才能记住该记住的。犹如在河中撒网，漏掉水，留在网中的才是鱼。

心理学家 William James 曾说："如果我们记得经历的一切，其病态程度基本等同于完全失忆。"

我没有能力记住一切，那就尽可能忘记该忘记的吧。

我意识到，遗忘使我记住；同时，我还意识到，遗忘之力使我在面对情绪的困扰时，能免除抑郁。

我有一个习惯，对于不愉快的事情，很容易忘怀。不管这不愉快是来自他人，还是来自自己，都会被尽快忘记。有时，前一天还和人争论得面红耳赤，第二天却忘得干干净净，再和对方打招呼时，对方会尴尬不已。有时，前一天还深受打击，感到悲观失望，第二天却又精神抖擞，满血复活了。

后来，我读到一份医学报告说，有一种作为病理现象的"选择性失忆"：患者对极伤心的事会忘得一干二净，如果问他，他会极力否认曾有过这件伤心事。通过催眠暗示等心理治疗之后，这种遗忘症状可以完全消失。

我也疑心自己这种"遗忘天分"，是不是一种器质性损害的病症。后来，通过再三观察，我还是觉得应该积极评价它的健康保护能力。

一个人要能擦去消极情绪，积极因素才能重新占据上风。犹如，电脑重启时，总要清除那些不必要的缓存，修复一些程序上的障碍，如此才能继续运行。

我所说的消极情绪，有时不完全是痛苦和打击，也有可能是不必要的高兴。

我自己的体会是，忘记某些荣誉，会起到正面作用。例如，年终总结时，我总是不记得自己有何成绩需要总结，直到其他人来详加指点，方才恍然大悟。这时候，别人会说：你真谦虚。

其实，我们仔细看，那些所谓荣誉和成绩，在人的发展中原本也有消极的作用：你若总是呆在那些满足里，会不会丧失必要的进取心呢？

想想乔布斯的名言：Stay Hungry，Stay Foolish（求知若饥，虚心若愚）。像他那样不世出的人杰，还有什么饥渴？还会怎样愚蠢？他无非是想忘记一切满足和荣耀，以便走得更远罢了。

一个记得过去所有失败和荣誉的人，很难轻松自然地积极向前。如果说，惨痛教训带来的失败回忆会让人踟蹰不前，那么，成功光环的心理负担也会让人陷入不能自拔的泥泞。

所以，欲求进取，先学忘记。

根据大脑神经系统专家研究，人类通常来讲不会拥有两岁以前的记忆。原因是：这一区域新生神经元不断累加，使得记忆被"抹去"了。新生神经元使人丧失早期记忆，却有助于获取新知识，让人的大脑更加"聪明"。

也许，我们适当地健忘，会比较容易天真地学习吧！

《列子》记载：宋国有个叫华子的人患了遗忘症，"朝取而夕忘，夕与而朝忘；在途则忘行，在室则忘坐；今不识先，后不识今"，"荡荡然不觉天地之有无"。后来，一个人治好了他的病。于是，华子把平生数十年的存亡得失、哀乐好恶都回忆了起来。可是，因为记得太牢，"扰扰万绪起矣"，以致黜妻罚子，操戈逐人，弄得鸡犬不宁。

也许，我们适当地健忘，会比较容易幸福吧！

阿拉伯流传一则故事：两个朋友在沙漠中旅行，途中为一件小事争吵起来，其中一个人还打了另一个人一记耳光。被打的人觉得深受屈辱，俯身在沙子上写下："今天我的好朋友打了我一巴掌。"两人继续前行，走到一片绿洲，便停下来饮水和洗澡。在河边，那个被打了一巴掌的人差点被淹死，幸好被朋友救起来了。被救之后，他在石头上刻下："今天我的好朋友救了我一命。"他的解释是：当我们被伤害时，要写在易忘的地方，风会抹去它；相反，当被人帮助时，我们要把记忆刻在心底。

庄子说："言者所以在意，得意而忘言。吾安得夫忘言之人而与之言哉！"大意是：语言是用来表达思想的，有人领会了思想却忘了语言，我怎么能寻找到忘掉言语的人而跟他谈一谈呢？

其实，在这个盛夏的夜晚，我也在期待，这篇关于忘记的文字，能让你得意而忘言。

你为什么没有爱好

| 主题词：兴趣，爱好，人生

问：老师，我有一个惶恐的发现，需要自我介绍个人爱好时，自己似乎什么爱好都没有，为什么会这样呢？

答：兴趣是天性里带来的，天性有不足，童年的际遇会补足，人生一路，爱好随时随处。兴趣是自然而然的精神外化，即使是只猫，都会有独特的癖好。

所以，如果你们真没有兴趣爱好，那不是原本没有，而是经过中小学的多年"努力"，终于被扼杀了。有的是被家长和老师阻断了，有的是被严苛的环境埋没了。这就是你自感不幸的根源。当然，还有一种可能，你有爱好，但你不知道；又或是你知道，但觉得不足为外人道。

　　可是，人无癖，如草无绿，请在夜深人静时好好想想。

　　问：您认为我们该如何培养自己的兴趣爱好？兴趣爱好的真谛是什么？

　　答：兴趣爱好有什么真谛？真谛就是要放松，把功利心收起来一点，让自然心流露一些。人性、性格、天赋、爱憎，都是兴趣的来源。

　　在马路上，在商店里，在屏幕上，总有你内心喜欢的东西。如果有，而且你可以够得到，那就试试亲近它吧。不管是工艺、园艺，还是美术、武术，或是美食、美景，从一点一滴养成吧。

　　你越是尝试，越是熟悉，越是熟悉，就越是喜欢。喜欢了之后，就坚持下去吧。

　　问：培养兴趣爱好可能需要一定的条件，例如经济条件不充足，怎么办？又或者平常没时间，该如何坚持兴趣爱好？

　　答：有些癖好是昂贵的，例如赛车、跑马；有些则是廉价的，例如打球、跑步。不知你选择了什么？其实，最重要的，还不是你选择什么，而是你应该有一些选择。

　　时间，也是资源，也是一个有限的常数。故此，请在确定癖好选项时，对时间之花费量力而行。人的时间总是不够用的，无非是你优先考虑什么，无非是你念念不忘什么。如此而已。

　　问：很多人因为市场价值，无法把爱好发展为职业，而选择了自己不喜欢的工作，怎么办？

答：人最大的幸福就是以自己所爱为志业，人最大的不幸就是以自己所厌为工作。有人在青少年时期，选择了错误的职业，岁月蹉跎，夜深人静时会黯然神伤。如果你还年轻，那就改正吧。如果已经来不及，那就忍受吧，但切记，别丢弃你真正的爱好。

问：有些人有幸把兴趣爱好作为职业，之后却发现它不再像从前那么充满吸引力。是原本找错了兴趣爱好，还是兴趣爱好的确容易被职业消耗？

答：考虑一下，真爱怎么会变心，真兴趣怎么会消耗？或是因为其实你没那么爱好，又或是你对自己爱好的职业没什么天分，抑或是你爱好它却不愿多付出。

兴趣被职业消耗，多半是一个借口。为什么有些人兢兢业业数十年，没有丝毫被职业消耗？那是因为他既敬业又创新，既爱劳动又爱学习。而你不是他，如此而已。

问：有人觉得，一些兴趣爱好没什么用，反而浪费时间，有人觉得培养兴趣爱好可以使自己获得很多益处，您认为呢？

答：爱好就是爱好，养成一个真爱好，其实没那么多利益权衡。天天算计收成的，那不是爱好，那是生意。

大部分的爱好不能让人升官发财，只能让人更完足、更本真，使你成为一个更自然、更自信、更可亲近的真人。

明人袁宏道说："余观世上语言无味面目可憎之人，皆无癖之人耳。"还记得吧，上一位警告我们的，是宋朝诗人黄山谷，他说："三日不读书，便觉语言无味，面目可憎。"

你若问面目可憎又如何？也未必如何，无非是你自己不喜，人亦不爱罢了。张岱在《陶庵梦忆》中一语说破："人无癖不可与交，以其无深情也。人无疵不可与交，以其无真气也。"

一个人若没了爱好，无味可想而知。推人及己，能不惕惕？

关于"敌人"的知识系统

主题词：敌人，对手，朋友

1

观察一个人，可以看他如何看待敌人或对手，因为这一点最能体现人的胸怀和风度。

而谈论朋友，则未必。

2

和你对战的，并不都是敌人。

一生中，会有很多人与你竞争，他们只是"玩家"或"选手"，没有他们，就没有赛场了，没有赛场，也就没有你所钟情的事业了。

所以，请感谢他们的存在吧。

3

那些选手中，有些与你在关键比赛中一较高低，那是真正的对手。有些对手很强大，与你棋逢对手，相生相克，在岁月里长相拮抗。他们激发了你，磨炼了你，与你一同成长。

当你需要成功时，需要对手。当你需要取得伟大的成功时，则需要伟大的对手。

请珍惜他们。

4

有一些选手，失败地站在你的对面，他们成了你的陪练。

他们只比你稍逊一筹。他们努力了，尽力了，只是结局有些黯然。

一时失利未必一世失利，目送他们失落的背影时，请祝福他们吧，祝福他们能东山再起，犹如你希望自己有一天也能逆风而行。

5

有些看上去激烈反对你的人，并不是与你比赛，他们只是批评家。

批评家的责任就是批评，优秀的批评家才会深刻批评你。所以，请尊重他们的工作吧。

而你，只有真正有能力的时候，才有能力尊重批评。

6

当你还年轻时，批评你最多的人是严师、净友。

如今，师道之不存久矣，难得有几位良师益友愿意批评你。好好想想，除了父母，还有什么人会以劝谏匡正你为己任呢？那就是他们了。

感谢批评你的老师吧，当他批评你时，是对你视若己出了。

感谢批评你的朋友吧，当他批评你时，是对你感同身受了。

7

当你在场上比赛时，有些批评你的人，是裁判。

裁判的责任就是维护比赛的公正，来自他的批评，有些你能听懂，有些要过很久才能听懂。

当然，裁判的批评也未必都正确，但裁判的存在，是你能参加比赛的前提。别指望他偏袒你，因为偏袒你的裁判，有朝一日也会偏袒他人，这不符合你的长久利益。

所以，感谢裁判的严格吧。

8

迟早，你还是会遇到"敌人"。

不过，有些是"利益之敌"，有些却是"观念之敌"。

想想你形形色色的"敌人"吧，你能辨别他们的不同吗？

反思你自己吧，你的对手又是怎么辨别你的呢？

9

世人争名夺利，难免"零和博弈"。于是，"利益之敌"的出现在所难免。

"利益之敌"原非敌人，有的原来还是朋友，有的还是很好的人，只是受利益牵绊，成了你的"敌人"。

所以，别因为他们和你有名利之争，就以他们为"敌"。如果实在不能超脱于竞争，那就拿出点体育精神吧，让物质的归比赛，让精神的归于人；比赛就是比赛，人还是人。

夜深人静时，也不妨想想，彼此之所争，又真值得你们互相敌视吗？

10

"观念之敌"更特殊一些。虽然未必有利益之争，你们却处于两个不同的精神世界里。即使同在一个阵营，也未必相处久安。

比之于"利益之敌"，其实，"观念之敌"更为难解。只是，如今人们能看得到的，大多还是名利之争，而不是是非对立。

所以，在这世上，很多人为利益撕破脸，很少人为观念不妥协。

11

《论语·里仁》里说："君子喻于义，小人喻于利。"意思是君子看重的是道义，小人看重的是利益。

如果有人为了观念与你誓不罢休，尊重他们吧，他们是你的论敌，却也可能正是君子。因为这样的人，已经很少了。

淳熙八年，朱熹曾请陆九渊登白鹿洞书院讲堂，讲"君子喻于义，小人喻于利"这一章，听者十分感动，"至有泣下者"。如今，还会有人因懂得了义利之辨，而感动得至于"泣下"吗？

世道浇漓，恐怕不会有了。

12

"利益之敌"，不是永久的。因利益所在而敌之者，会因利益所去而时过境迁。所以，在这个场域里，没有永远的敌人，只有永远的利益。

至于"观念之敌"，也是相对的。

不可认为有人与你观念相悖，就必须说服之。世界很辽阔，容得下不同的观念。大不了，道不同不相为谋，也就是了。

"君子和而不同，小人同而不和。"更多的时候，不同观念的存在，只是人类观念花园里的争奇斗妍。

13

只有公敌才是永久的和绝对的。

公敌不是非我族类，非我族类只能叫"异己"。

真正的公敌甚至也不是背叛国族的人，背叛国族的人只能叫"叛徒"。观察历史，其实，也不是所有的叛徒都罪无可恕。叛徒，他们还够不上典范意义上的公敌。

称得上公敌的，必须是全人类的敌人。当他反人类时，当他反社会时，当他反道义时，当他逾越人的底线时，他就是"道义之敌"。

因而，他也就是你真正的敌人了。

14

人的敌对意识还能从哪里来呢？会从意想不到的地方来。

有人是因为从众而敌对。众人反对一人，我亦反对之。若问其是非，则惘然。

有人是因爱生恨而敌对。求不得则恨之，恨不为自己所得，转而恨他人得之，继而恨其为他人所得。

有人是因为陌生而敌对。在原始人的思维中，凡陌生的存在，皆须警戒。

有人是因为自身虚弱而敌对。虚弱者易于恐惧，易于怀疑，凡无信心确认为己所用者，皆敌视之。

自然，最广泛的敌意，还是来自分别心，分别心生执着，这是一切敌意之母。

15

最后，还有一个看不见的来源：你自己。

有时候，你会发现，要想无敌，你应该先做自己的敌人。

其实，你原本就可能是自己的敌人。因为你的过失，伤害了自己的利益，因为你的言行，冒犯了自己的观念，还有，因为你的颟顸，阻碍了自己的觉醒。

这时，你该做什么？你该反对你自己，批评你自己，刷新你自己，再造你自己。当你有自我反对的精神，有自我否定的决心时，你重生了。

只有真正大写的人，才有能力以己为敌、终身苦修，他们总能阻断不良的自己，然后迭代自新。

这样的一生，才会无敌，也才会因得道而欢喜。

谈穷人

主题词：贫穷，穷人，救助

编辑注：原题为"七种穷人：绝对的贫穷无法自救"。

1

这个世界上始终有穷人，原因是：世界上始终都有富人。

相对贫困才是更普遍的贫困。

2

与相对贫困有关的是"相对剥夺"。

在社会学家默顿那里，"相对剥夺"一词阐释了这样一种群体行为：人将自己的处境与某种参照物相比较，发现自己处于劣势时所产生的受剥夺感，表现为愤怒、怨恨或不满。

是的，近似于"羡慕嫉妒恨"。

3

但只有绝对贫困，才是真正的穷人：其劳动所得和合法收入不能维持其基本的生存需要。

4

穷人的痛苦。对穷人来说，最可怕的不是物质的贫困，而是深刻的绝望。

深深的，如水底无边黑暗般的绝望。你能体会吗？

5

是什么使穷人万劫不复？

贫穷是一种马太效应，他们因为贫穷而愈加没有资源，因为没有希望而愈加没有激情，因为没有地位而愈加没有自信。

他们总是逐渐向下沉沦的。

美国心理学家塞利格曼研究动物行为时提出了"习得性无助"的概念："当一个人控制特定事件的努力遭受多次失败后，他将停止尝试，并把这种控制失败的感觉泛化到所有情景中。"

通常在这种情况之下，人们会认为是自己的能力存在某种缺陷，而导致一些认知障碍和情绪失调。

什么是绝望？这就是。

绝对的贫穷几乎无法自救，除非，有一只强有力的社会之手搭救他们浮出水面。

6

致衣食无忧的你。如果你不能改造贫困的世界，至少可以帮助身边的穷人，如果你不能给他们有形的帮助，至少可以给他们精神上的支撑。

为什么我们对穷人要有同情心？因为原本我们也可能是他们。

当我们是他们时，你期待他人如何对你？这也就是你今天要如何对穷人。

7

广义地说，有很多种穷人，有人是知识上的贫穷，有人是财富上的贫穷，有人是社会资本上的贫穷，更多人则是精神信仰的贫穷。

一般来说，我们至少是其中之一。

最可悲的是四者兼而有之，他们在贫穷深渊里的最深处。

8

"新穷人"。社会学家鲍曼在《工作、消费和新穷人》中首次提出"新穷人"的概念，指在消费社会里，有缺陷的消费者和失败的消费者。

他们大多数接受过良好的高等教育，大多拥有光鲜亮丽的工作，收入不菲。但在存款上是名副其实的穷人，有些人甚至经常靠信用卡借贷来维持生活。

"新穷人"的一个显著特点是喜欢"剁手"，爱好买买买，不怕高负债。"新穷人"为满足消费欲望而不惜将自己沦为"穷人"。相当一部分"新穷人"，是"杜课"所批评过的"三观穷人"，你应该还记得那些课程。

9

有些人富裕了，但心灵依然贫穷。

例如，他们要通过一身高级名牌的穿戴，要通过朋友圈里的晒富才能带来财富自信。他们的富有是漂浮的，贫困则根深蒂固、发自内心、浑然天成。

例如，不管他们有多富裕，都永远想不到去帮助穷人。他们的哲学永远是拔一毛以利天下而不为。

世上，最不缺的就是这样的富人。形象地说，他们都有着贫穷的灵魂。

10

我们曾经有过墨家，摩顶放踵，兼济天下。我们曾经有过义人武训，他的事迹，辉耀着中国人的道德精神。半个多世纪以前，我们还有过晏阳初，有过陶行知，他们都曾一心侍奉穷人。

11

《庄子·秋水》里说："当尧舜而天下无穷人，非知得也；当桀纣而天下无通人，非知失也，时势适然。"

处在尧舜时代，天下没有困穷之人，不是因为他们有智慧；处在桀纣时代，天下没有通达之人，不是因为他们没有智慧，一切都是时势造成的。

12

有一天，这个世界上不再有绝对短缺，不再有不公正，也不再有让人痛楚的贫穷和绝望。

那一天，会来到吗？

常　｜　common
　　｜　sense
识　｜
　　｜　第四卷
课　｜　共 ⑪ 课

4

写给儿子的箴言

| 主题词：成长

1

缄默是真正意义上的雄辩，不是因为无声，而是因为你自信。

2

孤独未必可悲，成群结队却往往可疑。

3

唯有爱与被爱，能养成善意。而恨意，也可能是爱的错误书写。

4

所谓能力，就是你失去所有身份之后剩下的东西。

5

一切口碑，都不及自我尊敬。人世间的漫长修行，只为了能在夜深人静时，对自己肃然起敬。

6

用心焦虑使你辗转难眠，用手焦虑才会一往无前。

7

每一个快递小哥的背后都站着一个家庭。众人含辛茹苦，犹如你我。

8

并非每一只蝴蝶都会引发蝴蝶效应，除非，是"那一只蝴蝶"。

9

你能看到人群熙熙攘攘，却难识别一个具体的人。唯有被人需要的人能被识别，你也是如此。

10

社交总是喧闹而热烈的。但真正的友谊，却充满安静。

11

不知感恩的人之所以可悲，不是因为有违人情事理，而是因为有违命运。

12

独立、清醒与审辩，在人群中少之又少。比不畏金钱、不畏权力更难的，是不畏众人。

13

很少有人以历史眼光看今天，不过，更难得有人以未来眼光看今天。学会前者，让人不迷茫；做到后者，让人不后悔。

14

我们常常在没有看到一件事时，就已经感到了。别人看我们，恐怕也是如此。所以，要慎独。

15

如何决定做不做一件事？事前，既要能想到后果，又要能推究初衷。这就是"慎终追远"。

16

人生运势从何而来？答：你是什么样的人，就会遇到什么样的人。也因此，要改变际遇，必先改变自己，要让自己配得上那可能的际遇。

17

师长教你，要诚实待人；但能教你诚实待己的，只有你自己。不对自己说谎有多难，就有多重要。

18

什么是事业成功？找到自己想做的事情，懂得它的意义，把它做好。以上，次序不同时，人生路径不同，但不管次序如何，都要兼顾这三者。

19

你很幸运，在足够年轻的时候犯了足够多的错误。对于一个愿意学习的人来说，犯错是免疫性的，它来得越早越好。

20

永远记住：在精神层面上，你和别人无关。不管是别人的观点、批评、志向，还是生活方式、财富水平，本质上都和你无关。

21

如何深刻地观察一个人？看他得意的时候是否谦卑，看他失意的时候是否自尊，看他在紧急时刻是否镇定。

22

如何深刻地体会自己的生存？体会自己看上去一无所有时的价值，体会自己寂寂无名时的价值，体会自己在别人反对你时的价值。

23

人为什么要努力做事？最初是为了兴趣，后来是为了业绩，再后来，是为了精进。不过，很多年过去后，你才会意识到，其实，人的一切努力，都是为了生命体验。

24

管理好自己。管理好自己的任务，管理好自己的情绪，管理好自己的时间和注意力，管理好自己的社会关系，管理好自己的气质和道德水平。

留言选录

Jul：（这是我爸爸给我的话，写在大一入学的时候）亲爱的儿子，我是你的老师，也是你的爸爸，但愿也是你的朋友。龙应台写给儿子安德烈的一段话，很能代表我的观点："孩子，我要求你读书用功，不是因为我要你跟别人比成绩，而是，我希望你将来会拥有选择的权利，选择有意义、有时间的工作，而不是被迫谋生。当你的工作在你心中有意义，你就有成就感。当你的工作给你时间，不剥夺你的生活，你就有尊严。成就感和尊严，给你快乐！"最后我觉得，男人就得出去闯一闯，头烂了再回来。

薄情世界生活指南

| 主题词：善念，人生，感情

人在灵魂的维度里，另有一番人生。

灵魂里也有贫富，也有尊卑，也有圆满与不足。在现实生存中成功的人，可能内心一贫如洗，而在现实生存中贫寒的人，也可能有高贵的灵魂。

《简·爱》里说：你以为我贫穷、低微、不美、渺小，我就没有灵魂，没有心吗？不，你想错了，我和你有一样多的灵魂，一样充实的心。

在一个薄情的世界里，请带上完足的灵魂，然后，深深地俯瞰他们。

请深深地俯瞰：那些人格乞丐，那些精神奴婢，那些德性庸人。当你见到那种极端薄情的过客，请相信，他们的内心一定荒凉到无法想象，他们畸零的灵魂在长大成人的过程中一定曾饱受摧残。

在一个薄情的世界里，其实，我们反而需要更多地帮助别人。

如果你不能帮助别人，那恐怕未必是因为没有钱，而是因为你缺少情感的"带宽"。要知道，有些时候，我们对一个人的帮助，会耗费无数心力，却并不费分文。

你在一个薄情的世界里活着，你的内心反而需要更丰沛的激情。

义人是有福的。一贫如洗、一败涂地时，仍然能想到帮助他人、照应他人的人，是真正的义人。因为他们的灵魂很广大，他们是这个薄情世界的对冲。他们的内心，装满了这个世界最稀缺的东西。

而当你看向这样的人，当你尝试效仿他们的时候，你会感到你自己也在得救，因为你的灵魂也变得浩荡了，你开始深刻、坦然、超越，甚至能对这个薄情的世界投射悲悯。

当你念念不忘地关怀这个世界的时候，这个世界也必有回声。

有贵重心灵的人有福了，因为他们迟早会遇见同等贵重的心灵。

善良，真诚，仁爱，坚韧。这些德性并不只是意识形态，也是你人生最锐利的矛、最坚实的盾。它们是你的天赋、你的才能，是你在人世间的终极养成。

看见贵重时，不要错过，一颗善念的流星划过，正是命运中的天启之时。

人在一个薄情的世界里活着，即使没有激情，即使不能深情，也至少要有同情。同情就是感同身受，就是待人如待己。

所有的同情都来自将心比心。为什么有时穷人看起来比富人更多怜悯心？因为，他们在这个世界上，时常能体验到无助的生存是多么艰难，他人的扶持是多么贵重。

自豪一下吧，你是个贫穷人家的孩子，却贫而不贱，哀而不伤，物质穷但精神不困。

一开始，我们被教育要为善，然后我们有了善念，有了善行，再到后来，为善成为我们本能的呼吸。在那以后，终其一生，我们都会对恶保持愤怒，对善保持尊敬。

人生最严厉的尺度是你的良知，是你的赤子之心。

世界的薄情之处在于，它永远给你风雨交加，不过，依靠良知，你能永葆为善去恶的真情，也永远能在风雨中抖擞精神。

在尘世中得见星空的人，是有福的，在这个薄情世界里懂得关怀的人，爱得永生。

愿你铭记。

《替别人着想，是最好的教养》（来源：视觉志，作者：楠瓜），扫描右侧二维码可深入阅读。

Hold the door

| 主题词：教师，教育，责任

1

昨天，为了纪念我从教三十周年（2017年），往日的弟子们从天南海北赶回母校，在学院的茶吧里举行了一个朴素的茶叙。没有标语，没有宣传，也没有繁文缛节，只有一晚上真真挚挚的谈心。

很多同学讲述了和我之间相识相知的小故事，一点一滴，情真意切，令我感动。他们讲到了一次课，讲到了一个棒喝，讲到了初相见，讲到了曾经的告别，但几乎无一例外地，大家都讲到自己谈话时的顿悟，以及如何在人生紧要关头实现对困境的克服。

在同学们的讲述中，我也慢慢回忆起那些尘封已久的往事，再次抚触到那些随流水而去的喜怒哀乐，并重回那些情意绵绵的春夏秋冬。

昨天的南京，白天风急云暗，到了晚上，却万籁俱寂。

在这个无法忘怀的午夜，走在回家的路上，我思考起这样一个问题：从人生本质上来说，老师之于学生，究竟意味着什么？

2

美剧《权力的游戏》中，有个只会说"Hodor"的傻大个儿阿多，在第六季的第五集里死了。观众也终于得知，为什么阿多只会说一句"Hodor"。

故事一开始，阿多就一直忠心耿耿跟着布兰，在布兰摔断腿后，他又成了布兰的双脚。在临冬城陷落后，他帮助布兰一路上躲过诸多危险，出了长城，找到了三眼乌鸦。

漫长的剧情里，任何时候，这位忠心、笨拙、身世不明的仆人阿多，只会令人费解地说："Hodor"。

到了这一集中，布兰瞒着三眼乌鸦，独自灵魂离体，去窥探异鬼的动向，结果被夜王发觉，一大批异鬼凭借着这一印记找到了布兰和三眼乌鸦藏身的山洞，开始进攻。

但就在这样的紧急关头，布兰和三眼乌鸦一起时空旅行到了过去，他是去看年轻时的阿多了！那时候的阿多还可以正常说话。

另一边，现实情节中，异鬼发起了猛烈的攻击，看着灵魂出窍、不省人事的布兰，受惊吓的阿多只会一个劲地说"Hodor"，却无法帮助布兰抵抗敌人。

终于，时空另一头的布兰听见了梅拉的呼喊，驾驭着阿多在现实中开始奔逃。他们推开了山洞另一头的门，梅拉带着布兰奔逃，让阿多断后，而阿多用尽一生之力抵住门，不让异鬼追出来。

此刻的画面上，梅拉不停对着阿多喊道：Hold the door！Hold the door！ Hold the door！（堵住门，堵住门，堵住门啊！）

忽然，镜头给到时空的另一头，在愤怒、恐惧、危急的压力中，年轻的阿多仿佛听见了这句响彻命运的未来警报。他的反应是倒地不起，不停抽搐，嘴里不断地重复那句警报：Hold the door！

慢慢地，那句话变成了：Hodor。

原来，这就是他不断重复说"Hodor"的原因。直到为了"Hold the door"而英勇牺牲之时，阿多仍然在不断重复着：Hodor。

3

坐在昨夜的车里，看着那些一闪而过的街景，无数前尘往事像老照片一样在灵魂里浮现出来。

当我们还年幼时，父母充当我们的监护人，他们是我们的阿多，他们不断对我们说着"Hold the door"。有时候，我们无法理解他们的告诫，甚至那些在我们耳边的絮絮叨叨，都像是"白痴"的呓语。

直到很久很久以后，我们才知道，原来，他们是因为听到了未来的警报，然后才会对我们重复说着：Hold the door！

当我们长大后，老师成了我们的指引者。小学，中学，大学，无数次老师们焦灼的话语，都是在对我们重复说：Hold the

door！

看着昨晚茶叙上那一张张面孔，回忆起三十年来我教过的同学们，我也想起了自己是谁。

也许，教师的生涯就应该和阿多类似吧。也许，教师这一生，也就是在喃喃自语地跟同学们说这一句话：

Hold the door。

4

年轻时的我，以为教师这个职业只是一个平淡无奇的寄寓，而三十年后再回首，我才知道，这一切意义非凡。

也许对于学生来说，我总是一个不同寻常的对象物：被证明时，看上去很了不起，不被证明时，不可理喻。其实，一个教师所有的不同寻常，只在于他能听到那一声来自未来、响彻命运的声音：Hold the door。

在电影里，一辈子，阿多就为了这句话活着。而对于在场的学生们来说，我在他们生命中的出现，其实也只有这一个原因。

阿多唯一的使命，他完成了。对于学生们来说，我的天职，也在三十年的漫漫长路里大致尽到了。

5

也许读本文的你并不知道：其实，在决定开办"杜课"的那一天，我也是因为听到了那一声低语。

我去过许多地方教书，见过许多不同的学生，讲过许多不同的课程，却只写过一个公众号，给正值最好年纪的你。很久以后，穿过交错时空，经历了冰与火，你们之中，也自当有人能忆起我此刻写在这里的低语：

Hold，the door。

留言选录

药本草：杜老师以自己的职业来诠释"hold the door"这个词时，我又重新理解到了其中所表达的深层含义。这份感动铭记于心，也感谢杜老师在"杜课"的教导，我相信未来我也能找到自己所坚守的"hold the door"。

顾旧：今天第一次读这篇文章的时候，就读到满满的温情和感动，一为老师三十年的师生情，二为阿多一生的坚守。再读几遍，又觉得砥砺满满，希望日后我也可以在属于我的职业里"hold the door"。三十周年快乐。

Suri.：看"权游"时看阿多看哭了，真的是热泪盈眶。今天看到杜老师对"hold the door"的诠释，也很感动。紧抓脚下土地，不弃一生的使命。

常识课

待父母如老师

主题词：老师，父母

1

在朋友圈里，看到了一则小故事：

在工作上失意的男人，接到了父亲打来的电话。父亲说明天来儿子家，送自己种的白菜给他。做儿子的很不耐烦："为了这么便宜的东西折腾什么？"话音刚落，妻子将电话接过，一边应承一边谢着父亲。

电话挂断后，妻子对男人说："看看你对待领导那劲头，你什么时候能拿出一半来对待父亲呀？"

男人感到惭愧，在第二天父亲冒着严寒上门后，做儿子的他像对待领导一般，泡热茶、点香烟、扶车门，还在午饭时特意做了父亲爱吃的菜。父亲显露出孩子般的忐忑和惊慌，享受着儿子突如其来的关怀和礼数。

父亲归家后，母亲打来电话，向儿子描述着父亲的兴奋：父亲变得跟小孩子一样，把儿子给他倒茶、点烟、开车门的事儿，不厌其烦地讲了好几遍……儿子感受着母亲声音里的笑意，眼眶酸涩，百感交集。

倒茶、点烟、为领导开车门，这些习惯性的举动，平日里，自己不知会在领导面前重复多少次。而在父亲面前，作为儿子，仅仅做了一次。

第 ④ 卷

127

2

从成长心理学来看，孩子对父母从崇拜到叛逆再到无视，是一个过程。

孩子总喜欢以"世界上最"为定语去评价身边的人和事。年幼时，在他们的小世界里，父母是最为伟大的存在。孩子的作文里充满了"世界上最爱我的人""最勇敢的人——我的爸爸"等稚气的标题。

后来，我们站在父母的肩头，见识到了更为广阔的世界。羽翼逐渐丰满的孩子，对父母的感情从敬仰和依赖，慢慢变成了满不在乎，甚至是疏离和冷漠。

"我们的沟通不在一个层次了。"这是"杜课"后台常收到的同学们与父母相处的感想。

3

我不愿意像故事里一样，拿父母与领导相提并论，而更愿意以师道比拟孝道。

很多人，自小便推重老师远胜于父母。其实，他们很迟才意识到，父母才是青少年最重要的老师。

教育学者朱永新说，人生有四个重要的场所：第一个场所是母亲的子宫，胎儿在那里吸收母亲的营养，感受母体的气息，通过母亲来感受外部世界的变化，家庭教育实际上在母亲的子宫里就开始了。第二个场所是家庭，儿童时期，人和外部世界的交流，主要是通过家庭来进行的，因此，家庭是人离开母体后非常重要的场所。第三个场所是教室，要缔造完美的教室，让孩子健康成长。不过，孩子从教室、学校离开后，还是要回到家庭。第四个场所是职场，人在这里要拼搏，有很多事情要处理，但是，职场累了还是要回家。

所以，家庭是人生永远离不开的一个场所，是人生最重要的港湾。人生从这里出发，人生也将回到这里。

如果你不断上进，迟早会超越父母的水平。但是，这不能成为你忽略父母的理由，学位、知识不可能完全取代人生阅历，更不能取代父母的慈爱之心和养息之功。

即使父母对你再也没有功用了，也不能成为你无视他们的理由。因为，人生还有伦理。

4

"感动中国"人物陈斌强九岁时，父亲因车祸去世，2007 年母亲得了阿尔茨海默病。陈斌强一连五年，风雨无阻，带着妈妈上班。

陈妈妈刚刚得病的时候，神志是清楚的，那时家人问过她，愿不愿意去敬老院，她想了一下，说我想跟儿子在一起。听后，陈斌强流泪了，下定决心，以后不管多么苦多么累都不会丢下妈妈。

带着妈妈上班，很不容易。陈斌强买不起车，坐公交车又不方便，所以他用电动车带着她去上班。但像母亲这种病人，坐在车上会乱动，于是陈斌强就找了一根带子把她跟自己绑在一起。

小时候，这根布带就是母爱，妈妈用它背着儿子。长大了，这布带是儿子的反哺，儿子用它背着妈妈。

对待年迈、无依、智力退化的父母，能妥善赡养为佳，如果真的是条件不足，也要待父母如他们当年待你时那样，无微不至，竭尽所能。

5

在这个世界里，有些人的行为很奇特，他们会为号召捐款的推文感动，四处晒自己的爱心，可是，却对老父老母欠缺起码的赡养。这样的人生，不说是虚伪，也至少是愚妄。

听说过吗？子欲养而亲不待，会是一个人最大的后悔，子女想要赡养父母时，父母却已等不到这一天。

关于与父母的相处之道，如果仍以师道比拟孝道，你会有更清晰的理解：

但愿你自青少年起，能待父母一如待老师，即使叛逆，仍能求教于父母；

但愿当你长成，能待父母一如待老师，虽然心智早已发达，仍对父母保持尊敬；

但愿你久经人世后，仍能待父母一如待老师，照料糊涂的父母，犹如你仍会对年迈的老师行礼如仪。

6

我每次上课前后，总会要求学生们端茶倒水。我是有所考虑的。

今晚，如果各位同学亦有所思，现在就去给父母倒一杯茶，然后，坐下来，请教一个他们有以教你的生活问题，而态度，就像待老师一样，恭恭敬敬。

神明能看见

主题词：感知，慎独，神明

我曾说过："我们常常在没有看到一件事时，就已经感到了。别人看我们，恐怕也是如此。所以，要慎独。"

同学们问起，如何理解其中的"感到"？

这里，也许我们还应该询问：人是如何感知这个世界的？又是如何发现他人的？是以眼、耳、鼻、舌、身，还是别的什么？

其实，我们的感知，远比你所想象的更精微、更辽阔。我们看得到显豁，也看得到隐蔽，看得到宏大，也看得到微小，看得到绘声绘色，也看得到不可名状。

隐蔽的地方，往往最能体现一个人的品质，微小的细节，往往能折射出一个事物的本性。此时此刻，我们不是看到或听到，而是感到。人能感到，才是人类情志中最奇妙之处。

简而言之，有时，人们会"感到"他不知道自己已感到的东西。此之谓不可思议。

"慎独"一词，出自《礼记·中庸》："莫见乎隐，莫显乎微，故君子慎其独也。"所谓慎独，就是在别人不能看见的时候，能慎重行事；在别人不能听到的时候，能保持清醒。

其他的儒家经典，如《大学》《礼记》也都讲"君子必慎其独"。后世的儒家，尤其是理学，对慎独刻刻不忘。曾国藩所提的"日课四条"——慎独、主敬、求仁、习劳，慎独是根本。梁漱溟先生甚至说："儒家之学只是一个'慎独'。"

与"慎独"相关的还有"慎初"（或曰"慎始"）、"慎微"。"慎初"是戒慎于事情发生之初，"慎微"则是戒慎于事物细微之处，乐小善，避小恶。

长久的慎独，讲求的是内在的自省，是曾子所说的"三省吾身"，是在无人之时、无人之处慎重，如履薄冰、如临深渊。

为什么我们需要如此戒惧？是因为我们终会被人看见？或者，即使不被看见，也会被人感到？抑或，即使不被人所知道，也会被自己所知道？

其实就因果而论，以上都是，又不全是。长久的慎独是一种先验的律令，究其终极，还是因为有一种"神明"始终在三尺高的地方凝视着你。

这"神明"不是神仙，不是圣人，而是道，是法，是良知，是使你神智清明的一切觉悟。

在无人之时犯错，在无人之处作恶，即使无人见闻，即使你自己也浑然不觉，你之所为，也定会被"神明"所鉴别。那时候，道会否定你，法会惩戒你，良知会反对你，于是，在你得到现实的报应之前，你的身心会有感应，或噩梦连篇，或终生抑郁，或精神恍惚，或百骸俱疲，或立招灾祸，或后患无尽。

《尚书·大禹谟》里说："人心惟危，道心惟微，惟精惟一，允执厥中。"舜帝告诫大禹说，人心是危险难测的，道心是幽微难明的，故此，人当一心一意，精诚恳切，秉行中正之道。

《大宝积经》里说，纵使百千劫，所作业不亡，因缘会遇时，果报还自受。圣经里则说："只要你行公义，好怜悯，存谦卑的心，与你的神同行。"凡此等等，抛开其宗教色彩不论，其实也都是在说，人生在世，应知道有"神明"在侧，看你做一件事，说一句话，起一个念头。

但凡人能看见，"神明"即能看见，即便自己不能看见，"神明"也能看见。"神明"是公正，是自然，是人性的值守，是时间里不可磨灭的道义。

愿你铭记。

凛冬（一）：它们

主题词：动物保护，流浪猫，流浪狗，善心
编辑注：原题为《凛冬将至，你和我看着窗外的它们》。

自小到大，家里没断过养小动物，养猫养狗，养鸡养兔，养鱼养龟，养鸽子养蝈蝈，五花八门。

及至住到都市的高楼里，伺弄宠物变得难了，变得少了。人，也越来越忙，越来越无力顾及饲养。不过，喜欢动物的心仍如既往。

现在养的，是一只折耳猫，名叫Susie，她一生下来，便在锦衣玉食中成长。每天，隔着窗户，我们和Susie能看到小区花园里那些流浪猫，没有呵护，没有饮食，没有居所。天，渐渐地开始冷了，风啊，雨啊，像那漫长的冬天一样，怕是不会给它们一丝怜悯。

城市越来越繁华，流浪动物也越来越多。凛冬将至，宠物们毕竟还有家庭照料，很多流浪的小猫小狗，只能在街头瑟缩徘徊。

它们或许也曾是主人的心头所爱，因为这样那样的原因被家庭抛弃；它们也许生来就注定了漂泊的命运，只能在垃圾桶觅食，在墙角边找寻温暖。陌生的人路过，车路过，带给它们的，往往只是惊慌和觳觫。

人们都希望，每个生命来到这个世界上，命运应该是平等的。但很遗憾，这不是真的。

在佛教的观念中，三世间六道众生本质上是相同的，畜生、阿修罗、人、天之间也会互换角色，今生为人，来世可能做牛做马。

但在俗众那里，前世、来世，毕竟渺茫，就今世而言，这不完善的世界是如此局限，不说人与动物，就算是人与人的命运又怎能没有分别？

于是，因了地位的不同，人在精神上也就有了分别心。我们看待身边生物，难免要把它们作高下贵贱之分。

但我们总该知道，就算我们歧视贫贱，一切有生命之物，它们在本性上犹然相同，不管多么卑微，它们的灵魂同样值得尊重。

当你尊重它们时，也就在礼赞万种善念了。我常说，观察一个青年人，可以观察他怎么对待弱小的动物。他面向它们的表情里，常常藏着精神和教养的密码，也藏着他未来家庭的命运。

谈到流浪动物，人们喜欢举一些感人的事例。电影《一条狗的使命》里，贝利以流浪狗的身份被伊森的父亲收留下来，多年后，贝利重回主人身边，并从火场中拯救了伊森。

这只是个善意的故事。其实，没有多少流浪的猫狗会给予善心人如此大的回报。如果有，也只会是它们那惶恐而感激的爱，如此而已。

更多的时候，它们默默地经过你的人生，没有留下一丝有形的印迹。即使你曾为它们做过什么，也没有动物为此感激涕零，更不会有其他人为你记功。那么，当此之时，你的怜悯、帮助，得到了什么回报呢？

那回报就是你自己的灵魂。

当你惯于帮助一个弱小的生物时，亦如是在接济比你羸弱的人，你悲悯，你施予，你奉献，于是你向上引领了自己的灵魂。

我们人类，与亲友，与陌生人，也与我们身边的动物们共同居住在这个世界上，在车水马龙的城市里，在炊烟袅袅的村落里，在湖泊、森林、沙滩、天空以及其他一切写满了生命痕迹的地方，写就纷纷扰扰的一生。我们目睹过，困境中的帮助是多么稀少，我们亲身体验过，绝望中的同情是多么重要。

也因此，人对于弱小生命的爱怜，就显得愈发珍贵。

对于流浪动物，这些也许是举手之劳：在拐角处放置一碗清水，一碟剩饭剩菜；改装一个废弃的纸箱，给寒风中的它们添一个容身处；开车路过花园的转角，留神它们掠过，在车库，开车前拍拍车身；如此等等。自然，你还可以做得更多，为它们思虑更深。

凛冬将至，你和我在看着窗外的猫狗们，它们一如众生之孤苦，在这尘世里。记住吧，当你怜悯它们时，你洁净了自身；当你帮助它们时，你也成全了自身。

附：天气渐凉，你的 5 个小动作将会拯救无数小生命！（资料来自网络）

1

你可以准备一份清水，

放在隐蔽的角落里。

在严冬时节，

找一个干净的水源是很困难的。

你的这个简单的善举，

会是它们莫大的幸运。

2

吃剩的饭菜打包带回，

挑拣掉坚硬的骨头和刺，

留给它们一顿饱饭，

就能帮它们熬过一个湿冷的夜晚。

3

你可以购买一些平价的猫狗粮，

每天在固定地点，

投喂给流浪的小家伙儿。

有了稳定的食物，

你就是它们的守护天使。

4

您可以给它们制作一个简易的小家，

只需要花 3—5 元钱跟菜场商贩买一个泡沫箱，

前后都要挖一个洞，

给它们留出逃生的空间，

放入旧衣物保暖，

包裹塑料袋或编织袋防水。

5

为了取暖，

它们会钻进发动机、轮胎和车底，

发动车辆前给它们些提示，

就能够保护它们。

……

友善对待身边的流浪动物，从为它们做几件小事开始吧。

相信明天，你会开始行动的。

惧怕陌生人

主题词：社交，探索，勇气

编辑注：谈话实录。

求知的背后是好奇，好奇的本质是恐惧感，对未知的恐惧。所有生物，对不确定性都是恐惧的。

比如，人们之所以喜欢和熟人在一起聊天，是因为和熟人在一起没有恐惧感，而跟陌生人在一起就有恐惧感，因为我们不知道这个陌生人的来龙去脉、性格爱好，三观怎样，有没有恶意。在和陌生人谈话的时候，90% 的内存是用在估测对方是谁上，只有 10% 用在谈话内容的质量上，所以很累。因此，遇到陌生人讲话就会磕磕巴巴，不那么利索，而和熟人或者室友说话就可以打打闹闹，非常放松。

同样，我们走路，总是习惯走自己走过的路，司机开车也喜欢走熟路，经济学上叫"路径依赖"。路径依赖，也是由于对未知的恐惧。

路径依赖也有好处。比如你今天有一个重大的事情，要去赶一个重大的会议，这时候就不要走生路。因为你的思考被这个会议占满，就没有多少"带宽"来处理路上的事，而恰巧这条陌生的路上需要处理的信息非常多，这时候就容易急中生乱。车祸一般都是这时候发生的：一个重大紧急的事情，一个不充足的思想内存，外加一条陌生的道路，就容易出车祸。

我以前教学生开车，经常给他们上一堂课：前一个月就开一条路，这条路要开到烂熟于心为止。比如开到仙林，尽管有四五条路可以走，但你就先只走一条路。把这条路开熟，熟到在这个转弯处时，早已预测了下个转弯，熟到对路上的每个交通标志都知道，熟到对路边的每个风景都会心，就可以全力以赴于技术的磨炼，直到无比熟悉，然后再换一条路。

小动物也有路径依赖，这是不用说的。同时，小动物对陌生的事物又特别好奇。

有句俗语叫"好奇害死猫"。猫为什么好奇？因为猫的体型很小，比大动物更害怕未知，因此，它对所有陌生的事物都好奇。在野外，为什么老虎、狮子没那么好奇？因为没有什么让它们害怕的，它们没有什么天敌。长颈鹿出现了，那就出现吧，狮子会继续睡它的觉，根本不关心。但是小动物，比如小猫、小狗、小鸟、小青蛙，就会很紧张，遇到点动静就会跳起来。

明白以上道理，我们也就知道，人类在理性上其实也是一个很脆弱的物种，他对周围所有未知的事物都是很关心的，并由此发明了科学研究。

科学研究是人们对未知世界的探索和掌握，其目的是规划人类的远景。

是的，我们往往因为要消除种种不确定性，而去探索未知。一个学者对自己的无知越清楚，才越可能有探索精神。

这就是为什么越有责任感的人越喜欢学习，越有知识的人越谦虚。另一方面，注意看你身边，越无知的人，越不知道自己无知，越好逸恶劳的人，越不喜欢求知。

不过，在社交场合，这种未知感会成为社会沟通的阻滞。

只有少数人会因为陌生语境而兴奋，大部分人则会因为社交关系的不确定性而情绪消极。

如何才能不惧怕陌生人？训练陌生交往的思想方法，其实就在对"惧怕未知"的克服上。对于你个人来说，这是一种专注力的游戏：你在集中注意力于交流内容上做得有多专注，你的自如表达就有多好。对于交往环境来说，这是社会信任的建设问题，一个社会越让成员之间具有信任感，人们的交往就越完备。

其实，阶层与阶层之间的交往，媒体与公众之间的交往，国家与社会之间的交往，国族与国族之间的交往，也是如此。

我喜欢在旅途上碰到这样的人：他们听到感兴趣的话题，便自然地迎上前来说话，他们神态专注，目光纯净，连带着四周的风景也变得清晰而熟悉。

时间穷人

常识课

主题词：忙，时间，注意力，时间管理
编辑注：谈话实录。

编前语

  听闻杜老师这样的大忙人每周都还能有一天用来沉思，用来放空自己，同学听了非常羡慕，于是向杜老师请教了时间管理的问题，来听听杜老师的回答吧。

小王同学：我好奇的是，老师您每天那么忙，但是每周还能够有一天很放松，特别想知道您是怎么做到的？

  杜骏飞：任何人都是忙的，比如说你一周有十件事，这算忙吧，但是肯定还有人有二十件事。既然忙是没有底线的，那么你的时间管理就需要有底线。

  如果你是个超级大忙人，你要学会分配自己的注意力"带宽"。二十件事中，哪些是紧急重大的事情？依据优先度，你要做郑重的筛选，把最好的注意力用在最优先的问题上。这也就意味着，你能够保证这些优先任务的质量。比它差一点的，就分配得更少一点，最不重要的，要么就取消掉，不要了，要么就简单做。这是其一，注意力的分配。

其二，是要做自己时间资源的分配。你的每一天都可以划分为十个格子，或者二十个格子。在这所有的时间资源上，它应该有"任务指针"，即任务和时间的匹配。在所有的格子中，你填上任务，在限定时间内要完成它。

比如做一个作业，按照这一周的时间资源和"带宽"资源，只能分配给它两小时，那么两小时一到就是死线，必须完成这个任务，因为超出这个边界的时间就不属于它了。一旦你长时间这么努力，长时间这么去适应，效率就会倍增。

很多人接受任务时没有底线，完成任务的时候又没有聚焦，拖延起来也毫无纪律性可言。所以总是一个工作今天拖到明天，明天拖到后天，上午拖到下午，下午拖到晚上，晚上还做不完，还要熬夜。时间长了，既没有完成任务，又拖累了自己，最终能力始终没有提升。

注意力的管理是使自己找到自己的兴趣，依靠价值观来甄别最重要的任务。时间表的分配体现出你的自我要求，体现出你的效能和科学精神。注意力的管理和时间表的分配，这两件事都做好之后，你的时间和精力都是网格化配置的，它意味着你的精力、时间与另一个维度——任务匹配了。

假如这个星期，你一共有 3 个任务，你有 3 满格的精力，有 3 天时间用于工作。——我再举得更加"触目惊心"一些吧！假如你有 30 格的精力，30 个工作单位时间，外加 30 个任务。那

第**4**卷

么你这个 30 乘以 30 的矩阵怎么划分？也许你其中的第 7 格消耗了 3.5 的精力，用 2.5 个工作单位时间，完成了 1 件工作，而另外一个方格当中呢，3 个任务只消耗了 1 个工作单位时间和 0.5 的精力。

你刚才不是问我为什么每周都有一天时间让自己静下心来，无所事事，去思考一些抽象的、无意义的或者无为的事情吗？这是我的一种自我要求，我总要有时间务虚，看看自己处在什么生命位置，有什么特别需要关切的事情，整理一下自己的观念和感情。那就是因为我在时间表中，强行规定了这一天属于"无用"的自我关怀。我把其他的资源任务安排在其他时间里了，而且那些任务我也确实完成了。这就叫网格化的自我管理。

小王同学：那比如说，我这个网格已经排好了，但是总是会有突发状况，比如突然间插进来一件事，怎么让这个突然的事优化地放在这个网格中呢？

杜骏飞：你可以动态调整。如果是涉及刻不容缓的大事，你可以破破例的。但这种情况很少。大部分时候，你都可以通过提高效能，通过资源的重组来完成调整。

比方说，你们今天来采访我，是没有在我的日程表上的，但你们现在来了，那也没关系，我抽出几分钟来跟你们聊一下，并没有影响到我今天的排期。我会完成任务再回家的，我不会把今天的事情拖到明天去，或者又多占据整整一个单元。

小王同学：那是因为我们找您采访这件事，您跟我们谈话很轻松，这对您构不成压力，但是我们通常遇到的情况可能需要花很多很多精力，才能够做好，这可能是我们的能力问题吧？

杜骏飞：你既然知道你能力有问题，那就需要经常迎接这种挑战性的任务，只有在高强度的压力之下，才能够使你的能力与日俱增。

假定你天天都学习在一小时之内写出两千字来，第一次接受这样的任务，你似乎不可能完成，等到第二十次的时候，你已经可以顺利完成了。或者，需要你两小时做出一个演讲的课件，你一开始做，别说两小时了，两天也做不完。但是你习惯于这个计划后，你的效能和能力不就倍增了吗？

你之所以不能，是因为你当初不愿。如果你今天有意愿，将来或许就会能。所以你要努力地去提升自己，去逼迫自己向上走。这样，你管理时间的能力，管理任务的能力，包括提升效能的能力，都在逐渐提升，最终你会变得更好。

你们现在只不过是读书，都觉得好像压力太大，那就说明能力还是需要锤炼，你要有意迎接挑战。——如果这个星期老师们给你们布置的作业比较少，你应该觉得失落，因为你丧失了一次逼迫自己向上走的机会。

你思想上越放松，越让自己处在"放羊"状态，对自己的前程越是一种伤害。而在上学时期严格要求自己，被老师、被阅读、被作业、被任务、被实习逼得兵荒马乱的那些同学，最终都有远大前途，因为他们很早很早开始，就锤炼了自己的效能感，让自己拥有比较杰出的任务完成能力、生活规划能力，他们是时间的富人。反之，你在成长期没有这样的自我要求，没有严格的训练，无论将来成为什么样的人才，都一定还是时间的穷人。

第**4**卷

刘小刘：谢谢杜老师，化压力为动力了。

君子兰：听了杜老师的谈话，我明白了在时间的长河里，为什么有人疲于奔命，有人却驾驭自如。

常识课

自我规划的秘密

主题词：自我诊断，自我发展，自我规划

编辑注：与汤思敏同学的谈话实录。

汤思敏：我们现在遇到了一些问题，就是自我认知不是很清晰，您能不能给我们提供一些更好的建议，告诉我们怎么去自我认知和自我判断？

杜骏飞：一般来说，人给自己看病比较难，人评估自己也比较难。但是如果你必须要做这件事情，要怎么做呢？

我觉得应该分成两个系统。第一个系统，你要审视自己，因为你最了解自己，你要对自己的优点、缺点、机会、危险作一个判断，这在管理学上就是一个 SWOT 分析。把这个列表给你的至交好友或老师看一看，请他们也对你作一个客观的判断，修改这个列表。之后，你对照一下，看看你的自我评估和外部评估，哪些是有对应的，哪些是根本不同的。从中也可以看看在抽象的方面，你的自我认同和外部认同，哪些是有对应的，哪些是根本不同的。

我记得上次课上我讲过，任何一个房间里都有三个"你"。哪三个"你"？你认为的你，别人眼中的你，以及实实在在的那个你。这三个"你"可能是完全不同的，所以你做列表对照的目的，最好是发现实实在在的那个你，实在做不到，至少能够发现别人眼中的你。一旦你把这个工作做好之后，你就会对自己有一个相对来说较为冷静的判断。

第二个系统。做完了这个调研工作之后，你要再问自己一个问题：我想做什么？我能做什么？我认为做什么工作最有价值？这是一组问题，这一组问题的答案可能是完全不同的。

比如说你问我：你最喜欢做什么？我会说：我最喜欢踢足球。你说，杜老师，你踢不了足球。我说，我最想做宇航员，但是宇航局也不要我。所以，我喜欢的东西不见得能得到，我想做的不见得能做好。所以你要列的第一张表，是偏好表，内容得和自己的能力有点关系。

做什么东西最好，做什么最有价值？可能有人说，儿童早期教育比较有价值，也有人说，画画比较有价值，但这些可能都和我无关。我要列一个与我自己有点关系的价值表，列述我认为比较有价值的内容。不过，这张表单的目的，也是要和偏好表对照。

最终，来到第三个问题——我能做什么？我能做什么，意味着要列一张能力表：我做什么可以做得最好。

这三张列表必有重合之处，那个重合之处其实就是最佳策略。

　　如果没有重叠的，至少要选择接近的。假使对我最擅长的事我一点兴趣都没有，这就做不下去了。又或者，我兴趣浓厚的事我一点都做不了，那也不能考虑。这大概说明你的自我认同出了偏差。所以做规划，一定是这三张列表相互博弈，而它的立足点，应该是能力表，应该是自己擅长的东西。

　　你可能会问：有没有一种可能，有一种东西是我既擅长又有兴趣，同时又是社会高度重视的？如果你自己有，我要特别地祝贺你，这很了不起。如果你自己没有，现在来找老师问这个问题，那已经晚了。因为你已经二十多岁了，已经很难从头设计人生了，如今你只能实事求是地根据自己的情况来调谐了。

　　人生的合理设计，最好是在上小学、中学的时候就给自己一个探索期。你探索了许多边界，在这当中发现了自己最喜欢的，然后从中培育自己最擅长的，同时，你也根据四周的意见气候了解到社会的评价，建立起价值观。慢慢地，你建立了你的最佳人生策略——你既喜欢，做得还不错，并且，据你所知也有社会价值。如果我们的同学每个人的成长都有这样的经历，那就太好了，人生一定不迷惘了，自我认知一定也清晰了，也不再需要做自我分析和人生规划了。

感恩节

主题词：感恩，感恩节

中国人没有过感恩节的习惯。不过，回首往事前尘，你终将发现，时间虽已逐流水而去，但你对生命的感激与日俱增。而对于那些在你生命中帮助过你的人，你或许会暌违，但无法真正离别；你又或许会淡忘，但一定无法从记忆中抹去印痕。

中国人是不善于向别人表达感情的人。即使行诸文字，言语也会矜持三分，不过，无论说与不说，多说或少说，午夜梦回时，感情都会如深流激湍。追忆也常常如一部老电影的播放，不能看清，但也不能停止。

对我来说，感恩节是这样一些闪回的片段：

那一年，我一岁，裹着小脚的祖母抱着我，十个月如一日，每天踉踉跄跄步行几公里，去诊所请医生针灸。我因此而免于瘫痪。自然，那时，我是全无记忆的，现在也只能凭想象，想象一个祖母出自本能的奋不顾身。

那一年，我五岁，父亲拉着我的手，匆匆赶路。在校园的交叉小径上，在乡村的旷野上，他总对我说：人贵有自知之明。那时，这么深奥的话，我自然是不懂的。

那一年，我六岁，在陡峭的河岸上用篮子舀小鱼，一头栽进水中，失去呼吸也放弃了挣扎，我第一次尝到了濒死体验。一个骑自行车的青年碰巧路过，把我捞了上来。他没有留下姓名。

那一年，我七岁，被两个大男生欺负了，姐姐冲上去打架，像一只发疯的野猫。

那一年夏天，我八岁，家乡暴雨，汪洋一片，我的同学小钱，一个比我大两岁的乡下孩子，天天背我去上学，蹚水过河，每天，他脸上的汗水多于雨水。

十三岁，初中，我的语文老师施立功，在我的作文本上写下长长的批语，篇幅甚至超过了作文的长度，他很有信心地预言说，你一定有远大前程。

十五岁，我的化学老师杨守华来家访，对我父母说，你们的孩子化学成绩一团糟，但是我认为他能做化学家。为什么？没有为什么。

十六岁，淮安市的姚医师为我开刀，手术复杂，但非常成功，把我从不能行走的危机中解救出来。姚医师去世那年，我专程赶回家乡，用他赋予我的腿在他的墓碑前站了很久。

大一，包忠文先生旁听我们的作业汇报会，用手指点着我们这些新生说：好论文，都比我写得好。

大二，拜访程千帆先生，程先生笑脸相迎，陪坐一个多小时，临别，征求我的意见：我给你写幅字，好吧？程先生故去多年了，而这幅字，我却弄丢了。

大三，意气风发，和徐兴无、陈蕴倩等一干同学酒酣耳热，不知高低地要成立"中国文化研究会"，还要求匡亚明校长做名誉会长。匡老当时在一座破平房里面办公，一边烤火，一边细声细语地说：好啊，你们肯做学问，让我做什么都行。出门，我们又给钱锺书先生写信，要求先生担任我们的顾问，钱先生接信即回，恭恭正正的小楷，规规矩矩的八行笺。

大四，毕业时，想留校教书，裴显生先生主持师资选拔，对完全没有专业基础的我说：就是你了，你将来是个好老师，不过，要先把长头发剪掉！

大概是 1991 年的年底，诗人小海写信来，只有一行字："亲爱的杜马兰，读到《合唱团》，不能保持沉默，我为我的兄弟写出这样的好诗而感到荣耀。"

1992 年，我住在集体宿舍，李冯、张生经常在晚自习结束后来，我们煮面条吃，顺便谈谈文学。多年后，李冯在回忆中写道："那屋子意味着一只烧夜宵的小煤油炉，还有友情、文学。"另一个经常来的，是一个名叫吴晨骏的木讷的天才诗人，他每次来，就听我一个人滔滔不绝。我的文学朋友们，陪我度过了整个青春。

1994 年，春节，几年不通音讯的海力洪打电话来，说：很想念，所以打电话来。巧合的是，就在电话来之前的一分钟，我在寻思，如何才能找到海力洪的电话号码。接到电话，我回答说：是啊，我也很想念哥们。然后，两个男人之间就没话可说了。

终于，结婚了，好友华逸松忙前忙后，夜阑辞别，他说：你结婚，我比自己结婚还高兴！逸松也是唯一一个在我毕业纪念册上批评我的人。

批评过我的还有好友陈军，为劝我买房，告诫我说：男人做事不能畏首畏尾。还有好友朱庆，在汉中新城，他说：你的问题，就是不会从别人角度想问题。

2000 年那时候，年轻学者出书还是很难的，那年夏天，我在北京游学，偶遇广电出版社的老编辑萧歌，我说，我要写本关于网络新闻学的书，因为图书馆里没有。她说，好，你写我就出。这是我的第一本专著。

2001 年，借着黄煜兄和陈力丹教授的推荐，第一次去香港，在浸会大学访学，一个没什么学术资历的年轻人，从来没有出境过，不免紧张无措。朱立教授那时是院长，是学术泰斗，也已是老人了，竟然全程陪同，帮我张罗学术沙龙，又陪我朝登太平山、夜游维多利亚港。见到我之前，朱先生与我素昧平生。而直到现在，我也不知道如何说谢谢。

转眼过了青年时代，还是本科学历，周晓虹教授严肃地对我说，你这样下去怎么得了，明天起，你要准备考博，中午我在书店等你，帮你买些参考书。中午，下雨了，我差点忘记了这件事，周先生在书店买好了书，等了我很久。

十二年前，我进高研院做研究，拜识了许倬云先生。每来南大，许先生都强撑病体，抽出整块时间和我茶叙，谈方法，谈历史，谈人生，计有四次。许先生喜欢拙作那首《赠高研院诸道友》，要我写下来放在他桌子上，然后把其中的两句念了好几遍："天若解人语，将歌归故里；天若不解语，踏浪云中眠。"

最郑重的感恩，要留给一路上信任我的人们。你们给我提携，给我赞同，给我掌声，给我奋斗中最重要的支撑。而我有以报之的，却似乎只是工作，以及这里的几行字。

最难以言喻的感恩，献给我的家庭。只有在家里，我才能让灵魂平复，才能感到生命的安定。依我看，世界上最温暖的诗应该这样写："我有一排明亮的住房，妻子、孩子和父母高堂，悠久的时间繁花似锦，亲密的山水熙来攘往。"

我感恩的，还有那些自少年起就携手同行的知交们，他们给了我本质而纯粹的生活。

我感恩的，还有我整个职业生涯中的所有学生，他们恰是我人生意义的见证。

　　我感恩的，还有不计其数的朋友、同道和路人。"万人丛中一握手，使我衣袖三年香。"那些善意的期待，诚恳的微笑，友谊的双手，已在我的记忆中定格，是他们共同刻写了我的年轮。

　　所有给我带来光亮的人们，你们言笑晏晏，从未离开过我的身边。你们明亮而芬芳，是这个平凡世界里的小小天堂。

　　人生永如初相见。我们都还会继续生活着，为了艰难人世中的美好人生，为了传递感恩。

　　从这个意义上说，人生最盛大的节日，就是被我们祝祷的今天，感恩节。

第❹卷

留言选录

　　永源：这段时间一直对于亲情的缺失耿耿于怀，读完这篇文章我实在是无地自容，想想我要感恩的人竟然也是好多的，感恩亲人，感恩朋友，感恩让我觉醒的您！

　　丛中笑：看完了，竟然不知道说什么好，只觉得很温暖。

　　Alive Smile：我仿佛观看了一个孩童从弱小变高大的一生，千百话语，却又不知从何说起。也想回顾自己的 36 年，表达一下自己的感恩之情，看完此篇，终究还是不敢落笔。

　　小辣椒：第一次知道老师这么多的故事，竟也不由自主地心里充满柔情，写得真好。

　　Farfar：有些泪目，但很欢喜。

　　Joe²⁰²⁰：本科四年敬畏杜老师，接触甚少，仅旁听了两次课。读研之前，只因他在楼梯间跟我说了一句平和的话，心底莫名就这么认定了自己的导师。那时候他还不认识我。

Beryl 赵萌：看哭了……

凛冬（二）：他们

主题词：无家可归，流浪者

编辑注：杜老师编写《特蕾莎的回答》；编辑编译《无家可归者帮助手册》。

特蕾莎的回答

问：为什么我们要帮助社会底层？

答：因为，关怀才是我们灵魂深处最有重量的东西。

特蕾莎修女说，在生命结束时，我们不会因"我们获得了多少学位、赚了多少钱、做了多少伟大的事情"被判定，而会因"给饥饿者食物、给赤裸者衣服、给无家可归者以收留"被判定。

问：我们自己也都是小人物，即使有心，我们又能做什么呢？

答：做你所能做的任何事，如果你愿意。

特蕾莎修女说，我们都不是伟大的人，但我们可以用伟大的爱来做生活中每一件最平凡的事。

问：有人带领我的话，我会做善事。

答：你就是自己最好的领路人。

特蕾莎修女说，不要等人带领，行善只要从一对一、面对面开始。

问：关心贫穷，首先得有物质能力吧？

答：首先要有心，并且有所关心。

特蕾莎修女说，我们以为贫穷就是饥饿、衣不蔽体和没有房屋，然而最大的贫穷是不被需要、没有爱和不被关心。

问：看到那么多的人对阶层分化漠不关心，这个世界怎么了？

答：只有精神上空无一物的人，才会缺少怜悯。时代如此，社会亦然。

特蕾莎修女说，末后的时代，物质的丰富，无法掩盖精神的贫穷；光鲜的外表，无法隐藏心灵的虚空；社会的进步，无法修饰爱心的冷漠。

问：我们只要默默做事即可，何必言说？

答：善的言说非为标榜，而为拯救。

特蕾莎修女说，我一人之力并不能改变世界，但我往水面抛一块石头，就能激起许多涟漪。

问：但也许，我们所做的一切，都不能留下痕迹，也不会被人记忆。

答：它会在你的内心留下痕迹，并被命运所记忆。

特蕾莎修女说，你所做的善事明天就会被遗忘，但不管怎样，还是要做善事。

无家可归者帮助手册

说明：本手册编译自海外救助指南。

1. 教育你自己（Educate yourself）

一个人成为无家可归者有多种原因，也许是缺乏负担得起的住房，也许是因为失业、离婚、疾病、滥用药物、遭受家庭虐待等。为了帮助无家可归者，你可以采取的第一步是，了解他们是如何变成这样的。不管是什么使他们无家可归，他们都有价值，应该得到帮助。

2. 表现出尊重（Show some respect）

不要把无家可归的人当作无形的人对待。当你在公园散步或在长凳上时，向他们说"你好"。许多无家可归的人说，尊严的丧失比实际物质的丧失更难以承受。

3. 传授技能（Teach）

与无家可归者分享你的技能，通过当地的收容所组织的课程，教授他们打字、会计、管道、木工、儿童看护、营养等技能，甚至一门新的语言。这些技能可以帮助无家可归者找到工作，甚至更好地生活。

4. 伸出援手（Reach out）

邀请一个无家可归的人到你所在的社区活动。组织一次郊游，带无家可归的孩子去看电影或溜冰场。在需要的时候，尽可能在道德上予以声援。

5. 积极呼吁（Advocate）

关注政治，就无家可归者问题发表演讲，说出你的主张。给当地的报纸写社论，说明你所关注到的无家可归的问题，以及人们应该做些什么来帮助他们。

6. 给予陪伴（Give time）

花五分钟的时间，和他们聊一聊，表达你的关心。

7. 给予善意（Respond with kindness）

当我们面对无家可归者时，我们的反应可以使他们的生活发生很大的不同，不要忽视或冷嘲热讽。说句温暖的话，或者给予微笑。

8. 捐赠物品（Donate）

对于无家可归者而言，不易变质的物品总是短缺。你可以向他们捐赠毯子、大衣、书籍、小厨房用具，如杯子和餐具等。如果你捐赠给无家可归者收容所或帮助无家可归者的其他组织，可以考虑捐赠办公室用品、电子产品、电器、电话卡或其他可能帮助无家可归者的物品。

9. 做志愿者（Volunteer）

加入志愿者组织，力所能及地做一些帮助无家可归者的事情。

第
4
卷

155

10. 提供工作（Employ）

在你的公司雇佣无家可归者，如果你无权雇佣，与你所在公司的人力资源部门沟通，努力说服他们提供工作机会，无论是兼职还是全职。

资料来源：

BBC News: What are the best ways of helping homeless people?

MNN: 9 ways you can help the homeless

The Economist: How to help the homeless?

The Economist: What to do about slums?

留言选录

想做一条可爱的咸鱼：老师，看您写的东西心会变得软软的。

黄小脚：很激动今天的"杜课"能推出关于无家可归者的推送，联想到现在北京那些无家可归的人。"要有心，并且有所关心"。

深海萝卜：记得高中班主任说，偶尔遇到乞讨的人，你就给几块钱，你又能被骗多少呢？今天在路边遇到了一个衣服破旧、无家可归的老爷爷，我在犹豫中已经路过了他，没走多远，我还是回了头。不能因为有黑暗，就放弃了光明。

知是故里：善良是一个人存在于世间最珍贵的意义。

Winnie：23:00 在归家的地铁站外看到一个老大爷蹲靠在马路的墙角边，一手抹着眼泪一手举着电话声泪俱下，哭得像个孩子一样无助。每一个在深夜痛哭的人都各有各的不幸。我不知所措，像个傻子一样站在旁边，不忍离开也无法上前。

媛媛酱：很感谢杜老师让我们思考应该"怎么办"。

常 | common
识 | sense
课 | 第五卷
    | 共 ⑩ 课

5

心流

主题词：心流，积极生活，人才

编辑注：谈话实录。

你问我什么叫作积极的生活，什么叫作理想的生活，如果要谈的是生活状态的话，我们是可以把自己的生活模式归到某一个心理学类型的，因为我们每个人都可能处在一个相对不同的心理状态上。

首先说一下控制状态。你在开车的时候，需要很高的技能，但是如果长期开车呢，可能就不具有太多的挑战性了，这种状态就属于控制状态。控制状态能够让人愉悦，但并不是最高的状态。

比它更低的状态是放松状态，例如娱乐的阅读，挑战性会比较低，心理上也会比学习的阅读更放松。

比放松状态更放松的状态，那可能是无聊状态。人在做机械工作的时候，在闲聊的时候，没有任何挑战，可能处在一个比较无聊的状态。

更消极的是冷漠状态。这个状态既没有技巧也没有挑战，冷漠状态的生活缺乏激情，没有参与性，没有互动感，这种状态即使不能杀死一个人的生活，也能够使一个人的精神状态急剧向下滑落。

我们要让自己积极起来，不过，这不代表一定要焦虑。焦虑也是一种状态，一定的焦虑是好的，它形成行为动机，但是焦虑太高就不行，因为它阻断激情。如果你技能水平低，工作的挑战却很强，你就会出现焦虑。所以，焦虑这个状态会使你心理超载。

正常情况下，希望你能够有一定的激励：需要有一点技能水平也有一点挑战的工作，需要有一点劳作也有一点愉悦的生活，这样你就能从工作和生活中都得到一种满足感。

最佳的心理状态，就是心流状态，英文叫 mental flow，一种高技能、高挑战的状态。这种状态在艺术创作甚至玩游戏的时候会出现，是一种高度专注、思想活跃的精神体验。如果你经常伴随着这样的体验，那么你的生活很可能伴随着不断的成就感，同时还具有良好的创造性。

心流，控制，激励，放松，无聊，冷漠，焦虑。这些不同的心理状态，决定了人们不同的生活样貌。我很希望大家在求学的时代，能够把消极的情绪控制好，把积极状态保持得深入、持久，特别是要杜绝无聊、冷漠。可以有适度的忧虑，但要更多一些激励和控制，特别是不要忘了在每一段时间、每一种生活情境下都去追求心流状态。

心流状态是一个人能够快速成长的主因之一，如果一个人经常具有心流状态，学习的效率、个人的进阶都会逐步提升，远超同辈人，这是我特别要强调的。

下面，我来重点说一下心流。如果我们要想对心流有一个比较深刻的理解，首先就要对自己的注意力有一个精确的认识。

我们人类的注意力是有限的，就像电脑的硬盘一样。不是所有人都能够同时关注很多事、在不同的领域齐头并进，在成果上如此，在训练的过程中也是如此。

人在学习的时候，应该让自己的心理活动集中地指向某种事物。心理学家认为：人在同一个时间内不能够感知很多对象，只能感知环境中的少数内容，所以你如果要想获得对一个事物清晰的、深刻的、完整的反应，就需要有所指向。

我们在做数学题的时候，在艺术创作的时候，在深度谈话的时候，总是要分配自己的思想"带宽"。只有在高度专注的时候，才能够自我控制，形成一种注意力的资源密集，并使一个比较困难的思想任务得以完成。

"一事精致，足以动人。"做得比别人更精致的原因是什么呢？除了天分，更重要的是专注，专注是你得到心流状态的起步。

在互联网时代，大家也都知道，有太多的诱惑，有太多的任务，也有太多的信息消费，对吧？我们每天不管是听歌、看视频还是看朋友圈，大量的信息泛滥，我们仅有的一点注意力都被耗散掉了。那么这个时候，我们很难像传统的读书人那样，花很长的时间精读一本书，思考一个理论，学完一门手艺，所以在这个环境里，愈加显出心流的可贵。

我们在做普通工作的时候，或许看不出心流的价值。但是，从事一个前沿性、复杂性、创造性工作的时候，有没有心流，差别就很大了。我经常发现有些同学有创造力，有些同学没有，有些同学喜欢有挑战性的任务，有些同学则畏惧，主要的原因还是心流训练水平相差很远。

一个优秀人才，能够做到随时随地专注，直至呈现出心流，他能够随时随地投入自己所有的思想资源、记忆资源在困难的任务上，但是普通人就很难做到了。

如果说在前网络时代，心流就已经是一个不多见的心理状态，那么在今天，几乎是罕见了。

做心流训练的时候，要能够有意识地阻断占据我们思想"带宽"的冗余信息，忽略无关紧要的任务。你越能够在注意力上断舍离，越能够唯专唯纯、唯精唯一，你的心流越长，你的思考力就越强。

我们在自己的成长过程中，要特别注意训练自己，把注意力、兴趣点、人生方向聚焦在一个有边界的任务上，让自己成为这个任务的最好选手。持续这个训练过程很多年之后，你会成为这个领域的顶尖人才。

我昨天说，业界根本不缺人才，缺的是真正有才华、有顶尖能力的人才。今天，如果在大学、中学、小学里，始终不训练心流水平，始终缺乏精纯状态，那么我们的创造性人才就会变得越来越少。

你问我什么叫作积极的生活，什么叫作理想的生活，实际上，我们今天生活的主要问题是，只有浅生活、快生活、非自主生活，而没有深度生活、慢生活、自主生活。这样下去，哪里还会有积极的生活，哪里还会有理想的生活呢？

许多人，不管是在学习、生活、与人交往的时候，都会出现一种涣散状态。我们交朋友浅尝辄止，我们读书浮皮潦草，然后思考问题也是人云亦云。我们现在越来越浮躁，越来越肤浅，越来越没有诚意。

各位同学一定要记住，一个真正的读书人，一个知识分子，一个对社会有担当有责任感的人，应该意识到深度的思考非常重要，慢生活才是真生活，自主的人生才是人生。在这样的历程中，训练自己有强大的心流是何等重要！

希望今天听这堂课的同学，能够辨析一下自己的心流水平，在生活和学习中提高专注力。这是我的一点期待，谢谢大家。

留言选录

Rw：第一次听到"心流"这个词，便觉得它是一个令人惊艳的概念。生活里的每一天都是修行，要锻造自己，不断和心流交汇。感谢杜老师的分享！

書琪："在信息丰富的世界里，唯一的稀缺资源就是人类的注意力。"——诺贝尔奖得主 Herbert

谈怀旧

| 主题词：怀旧

编辑注：关于晒童年照片现象的谈话。

十年前，"80后"曾在论坛上晒自己的童年照，纪念"逝去"的青春。前段时间，"90后"在朋友圈集体晒自己的十八岁照片，并掀起了一阵社会各阶层集体"怀旧"的浪潮。

晒十八岁、晒童年、晒"青葱岁月"，这些都不是什么偶发的行为艺术，而是一种人皆有之的渴求"自我治愈"的心理行为。

我以为，每个人在一生的各个阶段都会被巨大的心理压力所包裹，其中最为如影随形的压力就是面对时间的无力感。

　　人们可以抗拒金钱，抗拒权力，抗拒人际关系，甚至抗拒大自然，但唯独不能抗拒的是时间的流逝。

　　这种时间压力或深或浅、或多或少地伴随着我们，从理论上来说，它一刻也不会中断。当这些压力积累到一定的强度时，就必然会召唤一种自我治愈的本能。

　　很多人都会把自己的童年作为怀念的对象，并且认为，越早的时期越应该是自己最幸福的时光——即使它实际上不幸福，甚至并无清晰的记忆。

　　更夸张的是，即使是吃苦受罪的经历，只要发生在比现在更年轻的时期，那么它也会成为你怀念的对象。

　　你应该知道的是：你不是在赞美更早的时光，而是在抒发对似水流年的悼念。晒出从前的照片，虽然不能使你回到从前，但至少能够使你进一步确认它曾经存在过，并且，由于他人的关注，使得你的悼念显得更有价值了。

　　在心理学界，怀旧最初是作为一种心理疾病被提出来的，后来又被视为忧郁症的一种。法国心理学家哈布瓦赫认为："成年人在社会中对自然的渴望，在本质上就是对童年的渴望。"

　　随着"景观社会"和"拟像世界"的形成，我们正在品尝着精神上去国怀乡的现代性后果。

　　美国导演伍迪·艾伦的电影《午夜巴黎》讽刺了现代人这种所谓"黄金时代情结"。电影讲述了一个美国作家，穿越到了他所向往的1920年代的巴黎，在那里，他和海明威、菲茨杰拉德、达利等人成为朋友，甚至与同样有怀旧情结的阿德里亚娜坠入爱河。然而，当他们再次穿越到高更、德加的年代时，阿德里亚娜却选择了留下。于是他恍然大悟，原来每个人都有心中的黄金时代，美好的旧时光不过是一种幻想。

今天，如果我们将怀旧视为一种情绪体验，它既可能是愉悦的，也可能是悲伤的，还可能苦乐参半。

这些不同情绪的比例，取决于怀旧的人拥有什么样的心理结构。拥有积极人格的人，在怀旧中得到某种慰藉，毕竟幸福欢乐曾经属于他。而消极的人则从中感到失落，因为那一切美好的都已成为过去。

如果你是个二十八岁的青年人，你依然会觉得十八岁是你最好的时光，然后你会悼念和缅怀自己的十八岁。虽然，这在年长的人看来有点矫情，但是在你，这一切自然而然。毕竟在人的所有年龄阶段，都会有类似的时间压力。

如果你今天人到中年，虽然你还并没有老，但是你在回忆你过去最好的时期时，依然会难以自持。你会和老同学追忆往事，会在大庭广众之下唱怀旧歌曲，会设法在出差之际故地重游。尽管这一切并不能够使你在事后青春焕发，但是你依然会乐此不疲。

然后你真的老了。你感到夕阳西下，人生正在进入最后的时期。所有的一切不仅在飞快流失，甚至生命本身都将会如过眼云烟。此时，你会感到空虚，会觉得一切都有待证明。可是，一生的漫长经历要用什么作证？有人会热衷于写本自传，有人忙着为自己出版选集和全集，还有人会期望官方能作一个赞扬和肯定。当然更多的人没有这些奢望，只会在年轻一代面前追忆往事，把对自身价值的最终肯定寄托于他人的聆听。

如果你经常不可自抑的沉湎在怀旧中，始终觉得已经失去的生活才是美好的。那么，怀旧对于你来说，就是一种心理疾病。

我希望你能知道：这种疾病的本质是，用想象中的过去来否定实在的当前，从而逐渐达到对自己的否定。

我还希望你能知道：无论生年几何，现在都是你最好的时间。

因为，你人生中的此时此刻，不仅是实际存在的，也是你可以把握的，更是你仅有的时间。

此刻，你能够感到自己的心跳，能手握一本最喜爱的书，能看到田野上的皑皑白雪，也能听到树枝上黄鹂的叫声。你可以和行人打招呼，也可以问候近在咫尺的家人。

你可以从事你喜欢的工作，也可以用自己的努力来服务他人。你能感到别人的一颦一笑，四周也给了你最真切的回应。你也可以在夜深人静时扪心自问：今天是否做得比昨天更好；然后，你还可以更加积极地等待一个更好的明天。

你的时间是一条不间断的长河，你在时光中前行，河水被你抛向身后，只有你本人一直向前，你的精神、意志、每日的成就和崭新的心情一直伴随在你身边。

真正大有作为的人，不管他们正当盛年，还是年届耄耋，他们无需晒自己的老照片，更不会热衷于重提当年。

他们不会在失去以后才对今天追悔莫及，更不会因为沉醉于幻想从前而忘记了珍惜眼前。

他们会觉得，当下才是最重要的瞬间，他们还会期待，明天是自己更好的时间。

Miya：想着以后的日子要去南京大学见杜老师，所以更加珍视自己此时的行动，那怎么能不是让人向往的日子呢？

一个教师的基本修养

主题词：教师，教育

编辑注：在南京大学新进教师会议上的报告（节选）。

第**⑤**卷

首先，知识境界。

我们对知识的看法不是"有没有"，而是"怎么样"。换句话说，我们不看你是否有文凭、有论文、有职称、有头衔，而是衡量你深度怎么样、广度怎么样、精度怎么样。如果没有这些，那么就谈不上有知识。

在我们求学、治学的过程中，要努力去超越那种匠人的习气和狭隘的见识，超越"数数字""填表格"的肤浅竞争，让自己能够有跨学科、跨方法、跨观念的知识创造。

我个人觉得，有价值的知识可以分成三种。**第一种知识叫边际性知识**，就是溢出于普通知识、常规知识的知识。

作为教师，百度百科上有的知识，就不属于边际知识，以它作为主要教学内容是不合适的。教材也不能作为教师的主要知识，因为学生可以看书，看书比听讲效率更高。引申一下，你课件上所写的，也不能作为你讲述的全部内容。影像传播上有一个基本技巧叫音画不对位，如果学生能看见课件、课本和百度，那么，不用你在旁边朗读了。

教师在教学时需要讲的，是真正前沿的知识，是你的阐释和洞察力。一流的大学教育应该是什么样的？我理解，应类似于柏拉图时代的阿卡德米学园，它的教学是对话体的。显然，这必然要求教师有真正的边际知识。

第二种知识叫结构性知识，就是编织知识的知识，即知识网络。知识网络要求你既精通自己所在的专业，又适当会通其他学科。这不是要我们有知识虚荣心，而是因为学生比我们想象的要更活跃、更好奇、更聪明。

如果你不能跟他们在知识的海洋里共同遨游，做教师大概会很困难，你会面临很多的吐槽，会看到很多学生在课上玩手机，还有很多学生向你提问之后会觉得索然无味。

刚才有老师说我天天在网上辅导，有游戏出来我讲游戏，有电影出来我讲电影，这是怎么做到的？其实不是我有兴趣，而是我的学生有兴趣。有很多学生提的问题早就超出了我的知识范围，我不得不连夜补课，然后才能跟他们对话。

但这样对教师也有好处，融会贯通其实是教学的法门，当结构性知识足够丰富的时候，才会出现化学反应，很多真正的新知来自知识网络的构造力。

第三种知识叫平台性知识，一种驾驭知识的知识，我们也可以大致把它理解为通识，在汉语里我们宁愿把它称为"智识"。

它在科研上强调的是思维方法和建构性，在教学上强调的是方向性、策略性、创造性，这个部分其实是文科知识的精髓。

哈佛最近有一个研究指出，文科的"软技能"正在崛起。据统计，美国2012年到2016年新增了1100万个岗位，新增的90%的岗位来自文科驱动的增长，有很多新增的岗位是既有的大数据、基因测序和互联网技术，与文科的好奇心、洞察力和人际关系相嫁接后才形成的。换句话说，这里的新增工作机会和增长力是来自平台性知识。

其次，技艺境界。

教师是要有技艺的。教师不是一个知识的储存器，而要成为一个求知的引导者，成为一个有教学才能的人，这就意味着我们要磨炼作为教师的能力。我经常注意到，有不少老师在科研方面做得很不错，在教学方面却没有太大长进。

其实，我们在学校里工作，我们的起点和终点都是"从教"，否则我们就失去了职业的本义。治学是有穷尽的，学术是有天花板的，但是教书育人代代相传，薪尽火传，永远不绝。

表达是技艺。我们需要系统掌握一些作为教师的素养，比如说表达。很多青年老师怯于上台、怯于讲话、怯于与人沟通，这是需要锤炼的。

根据我个人的体验，新上讲台前，可以做几个练习：一是"无人"，就是你尝试忽略眼前所有听众的心理训练；二是"无我"，你在教学时尝试忘了自己的存在，尝试忽略一切功利心；三是"有人"，不管你讲什么课，都要想到我是为台下的听众而服务的，不是为了自我表现；四是"有我"，我必须讲出我的看法和我的思想贡献，这是我作为教师和学者存在的理由。"无人""无我""有人""有我"的训练，是一个教师培养教学能力的大致路径。

时间管理是技艺。很多新老师还会跟我讲一个问题：实在是太忙了。我自己也有这样的体验，三十年一瞬间就过去了，仿佛昨天我还坐在台下听老教师传授经验，今天我就面临着教师生涯迈向终局，时间飞逝，快得让你感到惊讶。

那么，如何进行时间管理呢？据我所知，很多学者的时间管理，是非常严格、有规律、有自律性的，比如说我知道很多老师甚至三四点钟起来工作。

我个人的建议，老师们不要以挤占休息时间来勤奋，而是要对时间任务表做"网格化管理"，比如说星期六上午就是陪父母的，上半周的下午到深夜全是用来做科研的，星期五的晚上一定是留给跟学生对话的，诸如此类。

这样，不管多忙，你不会被疲于奔命的被动凌乱所笼罩。前几天我辅导了五六个新老师，协助他们规划了网格图，有些老师已经反馈说这个方法很好，至少有统筹力和驾驭感了。

教学洞察力也是技艺。我自己觉悟得比较晚，回忆起来，大概在四十岁以后才开始真正理解学生，开始有一些作为"人师"的深度体验。例如，学生对老师的回避，大部分原因都不是冷漠，而是期待。他是希望你能够去靠近他，因为在他眼里你是了不起的人物，他觉得来打扰你是一种冒犯，这时，老师去靠近他才符合他的需求。所以，坐得远远的那群学生，大多需要我们凑上前去沟通。

再例如，其实沉默的学生，往往最有思想力，滔滔不绝的学生倒未必都深刻。教师对课堂上不怎么发言的学生，千万不要低估，他可能不入你的法眼，但可能恰巧就是一块思想的璞玉。再例如，很多不听话的学生是有担当之人，中上之才往往前途无量，等等。

不管你是做辅导员、教师还是研究生导师，你要仔细识别学生秉性中的优点和美德。还要注意，卷面成绩没有那么重要；还要注意，人才的成长是一生的长跑。

这些技艺还有很多，例如互动，课堂上一定要留三分之一的时间给学生说话，如发言、提问、辩论，如果你没有做到，学生会非常失望的，教学效果也会变差。例如教学相长，要求你把教学科研协调在一起。例如激励，好的教学，要把教师的启发性和学生的内驱力联系在一起。

各位老师，人工智能时代，我们这个职业面临着前所未有的挑战。普通知识的讲授工作，极可能被人工智能取代。讲解一个基本原理、一个化学定律、一个历史故事，还有谁比人工智能做得更好？你材料没它多，表达没它好，精力没它充沛，技术手段没它先进，颜值也没它高，所以人工智能取代"普通教师"的可能，大到难以想象。

未来，机器真正难以取代的，可能就是边际性知识、结构性知识、平台性知识的教学，以及在心理层面的教学技艺，当然，还有情怀。

最后，说一下情怀境界。

情怀境界，我们一般不会在论文中看到。做科学研究，仅有情怀也是远远不够的。但我觉得，对于一个教师来说，情怀境界是一生最重要的修炼；对于学者，情怀境界其实也是职业生涯的目标之一。

我见过有资深学者在大年三十写论文，见过有的教师一生为学生的学业付出无数心血，你想想看，除了情怀，还有什么能够驱动他们这么做？

在情怀的境界里，我们要求的是：一切为了"人"。一名学生不是一个符号、一个统计数字，他是一个生命、一个未来的期望，也是一个无限丰富的世界。你一旦意识到这一点，会感到他就是你的子弟，你会觉得这一切努力都是值得的。

在情怀的境界中，我要提到这样一些概念：价值观、批判性、同理心、同情心、眼界、愿景和恒心。这些其实也是作为一名教师和人文学者的基本修养。年轻的时候，我们会觉得知识很了不起，之后会觉得技艺很了不起，但后来我们会认为，境界很了不起。年岁渐长，体会就越深。

走在校园里，我经常遇到那些有品格、有大学精神的学者、老师，大家也未必打招呼，但是彼此都意识到对方的存在。也许，这些可尊敬的同道的存在，也是我们在这个校园里继续工作、为了理想而奋斗的主要理由，我们不能失去他们。

作为学者，我们是以学术良知立身；作为教师，是以教师的职责来自勉。我们这个职业的本质，还是要为学生捍卫他们的未来。

有些孩子会因年轻无知而犯错，当他老去之后，往往痛感不能回到过去跟自己说话，痛感那时也没有人能够帮助他。就如《肖申克的救赎》中老瑞德所说："我回首前尘往事，那个犯下大错的小笨蛋。我想和他谈谈，我试图讲道理，让他明白什么是对什么是错，但是我办不到，那个少年早就不见了，只剩下我垂老之躯。"

当我们想起这段台词，会意识到我们在承担那个穿越历史、回到今天以挽救未来的责任。我们告诉学生应该怎样实现自己，也告诉他们"你不能那么做"。这大概就是我们的职业生涯的崇高使命。

留言选录

夜读偶记

| 主题词：坚毅，孤独，勇气，自省

1

培根说："美德犹如名香，经燃烧或压榨而其香愈烈"。

这里，一个潜在的推论是：在美德被燃烧或压榨之前，它可能不会见闻于众生。

因此，对美德的真正考验，往往不是言行之高超，而是对不公平处境的忍耐：众人皆醉我独醒时，不气馁；品行高洁而谤满天下时，不恐惧；坚持真理而屡受打击时，不后悔。这才称得上是美德。

这很类似于：一群花喧闹在春天，不值得赞美，而一朵花孤独、挣扎地在冬天开放，才会令人敬畏。

请留意那样的花朵，那样的人。

2

泰戈尔的诗句："离你最近的地方，路途最远；最简单的音调，需要最复杂的训练。"

他说的，当然不是物理，而是心理。

"行百里者半九十"，为什么？人往往还会"功亏一篑"，又是为什么？因为一个目标离你越近，你越容易懈怠。

人生是一场长程赛跑。如果说人生需要你具有某一个杰出的品质，那很可能并不是勇气、聪明、力气，而是坚毅。毕竟，这个世界上最重要、最伟大的工作，都是由坚韧不拔的人完成的，不是吗？

同样，最简单的事往往上手不难，一般不需要最艰苦的练习。但如果你真的是一个对自己有要求的人，你可能会愿意付出极大的代价，在最枯燥的练习上下功夫，在微小的细节上精益求精，然后，把最不起眼的事情做到最优秀。

这里所考验的，同样是那一分坚毅。

还记得我曾经在"杜课"上，讲到过关于倒一杯茶的故事（《极致》，见本书第 56 页）。很多时候我认识一个同学，真的是通过他给我倒茶、跟我握手，或是读他的拜年短信、看他的请假条而完成的。至于吃一次饭、写一篇文章、做一件事，所能带来的对于一个人的丰富理解，那就更多了。

简简单单的事情有无数，但能做好的人其实并不多，一如他们在每件大事上的表现。

3

蒙田说："认识自己的无知是认识世界的最可靠的方法"。

他的意思是说，你是世界的镜子，对镜像的检讨，也类似于现实中的历练。

只身天涯当然算是勇敢者的探索，但反求诸己也是在人迹罕至处历险。

你知道吗？很多时候，你能够勇敢地面对业务的困难，勇敢地面对生活的压力，能够不畏强权，甚至不向金钱低头。但是，你可能做不到一件事：勇敢地审视真实的自己。

关于人，有很多二元划分，但在人性的最幽深处，只有一种巨大的分别：这个世界上有两种人，有极少数能自省的人，还有大多数永不能自省的人。

他们是迥然不同的人。他们也会有迥然不同的人生。

"男女平等"

主题词：性别平等，权利，正义

编辑注：三八节寄语，整理自关于"男女平等"的第二次谈话。

你知道，女权、女权主义者这类建构性的标签，它的实际含义，是因人而异的。如果不是学术对话，如果不是在严格的定义下讨论，建议你还是少用为好。

当我们讲男女平等时，是在讲什么？依我看，与其提男女平等，不如多提女性的合法权利。权利比权力更重要，也更恰当。

甚至，权利也比自由更重要、更可靠。

"在全人类实现男女平等"，这是一个美好的社会愿景。但从社会行动上来说，主张性别正义，更有价值。

在西方，justice 一词，有正义、正当、公平、公正等含义，它们之间是相关的，都是对社会道德规范的肯定判断。

罗尔斯提出了正义的两个原则：其一，每个人对于所有人所拥有的最广泛平等的基本结构都是相融、类似的自由体系，都应有一种平等权利。其二，社会的和经济的不平等应这样安排，使它们（1）在与正义的储存原则一致的情况下，适合于最少受惠者的最大利益；（2）依系于在机会公平平等的条件下职务和地位向所有人开放。

在这个表述里，第一点好理解，是广泛的权利平等，第二点是什么？

为了理解它，我们不妨回到柏拉图的判断：各尽其职就是正义。我很喜欢这个定义，毕竟，正义是一种主观的价值判断（凯尔森）。

假设一群劳动者在担石头，他们中不论男女，所有人均有：机会均等的劳动权、同工同酬的分配权等，这是平等；其中，有一位女性劳动者只能承担更轻的那一块石头，大家认可了，这是正义。

因此，罗尔斯指出，更一般的正义观可表述如下："所有社会价值——自由和机会、收入和财富、自尊和基础——都要平等地分配，除非对其中一种价值或所有价值的一种不平等分配合乎每一个人的利益。"

后者只能解释为正义，而不是平等或自由。在本题中，涉及女性权利的诉求，则是性别正义。

由于人的差异、人群的差异的存在，事实上人类只有相对的平等。

"绝对的平等"是要求：任何人在程度、价值、性质、能力、处境上与他人是相同或相等的。显然，这不是现实，而只是期待。

平等不是"均等以待"，而是"平心而论"。这里，"无知之幕"同样是适用的：当你不知道自己的性别时，你对性别权利做出的决策才是正义的，也因此才是平心而论的平等。

我们应该分清过程平等与结果平等：过程平等是以"机会的均等"诉求平等，而结果平等则否；与此同时，过程平等与结果平等兼得几乎是不可能的。此时，如果没有"无知之幕"，你如何为所有性别、所有人作出理性、公平的抉择？

我们还应该分清群体平等与个体平等：群体平等是诉求规则和秩序，但个体平等则未必。

我们还应该分清自然平等与社会平等：社会平等是诉求社会伦理意义上的正义性，自然平等则是要忽略自然禀赋的差异。

我们也应该分清心的平等与物的平等：物的平等是诉求一切有形的、物质的、事务的、利益的平等，而心的平等则是诉求尊重、关怀、公正、道德感。

在追求性别平等的过程中，我们往往看到，承认男女差异而主张的男女平等，比不承认男女差异而主张的男女平等，要更为正义。

为此，我同意德沃金所言："所有的人都应作为平等者来对待，而不是讲所有的人都应同等地对待。"

我们在这里说的是"所有人"，是在表明性别的平等问题，其实在内核上属于、适用且依赖法律平等。《世界人权宣言》指出，人人生而自由，在尊严和权利上一律平等。何况性别之间呢？

只是，法律平等所解决的仍然属于物的范畴，而心的范畴还需要更超越的平等信念。

汉语里的平等，来自梵文意译。作为一个佛教名词，平等是指本质的、认识论上的无差别：一切现象在空性上是没有分别的。

空性是现象最本质的属性，现象是空性的表达。"三界唯心，万法唯识"，一切善与不善、平等与不平等，终归还是要凭心来认识。

从这个意义上说，一个内心里不将自己与他者作平等看的女性，不论外界如何平等待她，她终归是不得平等的。

再者，一个不将自己的平等与他者的平等作同等看的女性，不论她得到了多少平等，她自己终归是不得平等心的。

毕竟，平等是借由物而抵达心的，又是由心认可物的。在那至高至远的众神之山上，终极的平等，还是属于精神、为了精神，而又被精神所判定的。

昨天，我在"杜课"里写道：你知道，重要的不是美貌，甚至也不是坚强、幸运，而是灵魂深处的接引。

今天，我想说，重要的不是他人待你的平等，而是你精神深处无一切"分别心"的自尊、自信与平静。

愿你铭记。

"杜课"夜访霍金

主题词：霍金，宇宙，人类群星

"真没想到，在我去世的前一天，你们还来看我。"霍金先生艰难地坐在那里，像我们所熟知的那样，他靠右眼的肌肉移动特制眼镜的按钮，操作发声器"讲话"。

献上鲜花和问候后，我们这些来访者既兴奋，又紧张不安，内心还郁结着莫名的悲痛感。

大概是看出了我们的复杂心情，霍金先生孩子似的笑出声来："哈哈，临终谈话是不是有点紧张？其实，我也是第一次。"

周围的听众被逗笑了。霍金正色道："你知道，我也是中国人民的老朋友。去年（2017年）冬天我还在微博上回答你们中国一位青年艺术家的提问。他的名字好像是？"

"王俊凯。"随行的学生提示说。

"是的，王。一个千禧一代的歌手，也这么关心人类未来，这很好！我总是跟大家说，要记得仰望星空，不要只盯着脚底。那个不懂科学的小伙子，比你们那个只关心排名的教育体系更有价值，也比那些有学术而无思想的教授们更让人期待。"

看到霍金先生这么有精神，我们暗自吃惊。我试探着提醒他："霍金先生，您可能知道我们今天的来意，我们是想在这个特殊的时刻，请教您几个至关重要的问题。"

"当然，我也很期待。很高兴在古老的中国，有很多人想跟我思想对话，而不是宣传那些无聊的八卦。不过，我们只能简单

第**⑤**卷

谈谈，你知道，宇宙来的马车已经停在楼下了，这是我们最后的谈话了。"

我们拿出了准备好的采访提纲。

"第一个问题，您说过：即便是那些声称一切都是命中注定的而且我们无力改变的人，在过马路之前都会左右看。但是，命里注定和积极努力是否存在一个交集，而非相互排斥？"

霍金的眼神亮了起来："这个问题其实我在梦里跟爱因斯坦谈过几次。"他一高兴，把发声器调到了最大音量："我知道你们想问我宇宙是不是上帝创造的这个问题。我现在站在拉普拉斯那一边，也就是说，我不认为是上帝发挥了一切作用，相反，我相信，一套完全的自然法则就充分决定了它的未来和过去。"

我们小心地提示他："但是，关于拉普拉斯所陈述的科学决定论，有很多反对的声音。Stannard 曾追问：如果宇宙如您所说，是因为 M 理论而自发生成，那么 M 理论又是从哪里来的呢？为什么这些智慧的物理定律会存在？那么，您会不会有一天觉得科学不应该如此自满与傲慢？"

"也许吧，但我不在乎。"霍金在想象中晃起了手指："不要用不可知的论据来驳斥预见力。我不是不喜欢上帝掷骰子，而是喜欢万物有自己的规律。"

我说："是否就像是老子说的？——道生一，一生二，二生三，三生万物。"

"是的，道这个概念很好。道，自然也。如果上帝合乎道，而自然也是同道，一切就都有共同的答案了。不是吗？"霍金锐利地看着右前方的窗外，仿佛天空中的群星正奔行在看不见的"道"上。

同行的记者换了一个问题："霍金老师，听说您有一个特殊的爱好，您最喜欢做的事儿，就是用轮椅轧过您讨厌的人的脚趾头。据说在 1976 年的一次英国皇家宴会中，英国王子查尔斯就不幸中招，您轧过他的脚趾之后，还高兴地开着轮椅在地上转了一圈……"看到提问人滔滔不绝，一旁的另一个小编白了她一眼，提问人赶紧道："我的问题是，此时此刻，您还想轧过哪个人的脚趾？"

想不到，这个问题让霍金陷入了沉思。过了许久，他缓缓说："我在自传里，曾写过：人生中最大的遗憾之一就是没有轧过撒切尔夫人的脚趾。但马上，我就要去天上见她了，我痛切地感到，其实，我没有必要用轮椅轧过任何人的脚趾头。当年的恶作剧，其实只是一种别致的表达，想表达什么，一时说不清楚。就像刚才这位小朋友，她刚才送给你一个白眼，其中深刻含义，并没有多少人知道，包括她本人。我的行为也是一样。也许到了天上之后，我会仔细想想，在这个世界上，是否真有人值得我轧过他的脚指头，还有，是否有人懂得：我这么做，其实什么都没有表达。"

客人试探地问："如果轧过一个人的脚趾头，既不是爱，也不是恨，也不是无意义，那会是什么？会是我们中国人所说的'吾性自足'吗？"

霍金操控显示屏，让那上面一片空白。然后，他说："那是你们东方人的智慧。我只想说，当一个人类行为没有明确表达的时候，他可能是在表达一切。轧过一个人的脚趾头，固然是讨厌他，但又何尝不是在意他呢？毕竟我没有想要轧过所有人的脚趾头。其中的答案，就在我们各自的心中。"

远处的钟声悠扬地响了起来，我们立即想到时间已经不多了，于是赶紧问最后一个问题："霍金先生您曾经说过：活着就有希望。现在您即将远行，通俗地说就是即将死去。您是否会感到在这个时刻有些万事皆空？"

听到这个尖锐的问题，霍金先生突然从轮椅上站了起来，然后，他得意地为这个举动作解释说："上帝会允许我这么做的，即将远去的人有资格站起来享受一会儿。我确实说过，活着就有希望，但是我并没有说，死去就没有希望。因为人有形形色色的活法，活着有形形色色的意义。但在本质上，人活着，不是具体而微的，而是抽象而悠远的。你们中国人曾经说过：托体同山阿。我也有这样的憧憬：在那群山之上，我能够永远留下自己的希望，而那些希望会代我好好地活着。"

说完这段话，霍金先生冉冉升起，梦幻般地消失在高远的天空中。群星璀璨，而他，也终于成为自己一生仰望的星空的一部分。

平凡，但不平庸

主题词：平庸，平凡，生活，心境

编辑注：书面问答。

顾旧：今天读到蒋方舟的一个观点：现在对很多年轻人来说，一眼望得到头的一种生活，是一种很有安全感、很奢侈的生活，你必须要么非常努力，要么非常聪明，你才能勉强过上一种平庸的生活。

老师您觉得有所谓平庸的生活吗？平庸的生活很大程度上取决于你做什么工作吗？还是你原本就是平庸的才有了平庸的生活？工作只不过教我们承认了平庸而已？平庸与平凡之间的界限，是否取决于心境？

杜骏飞：我理解你想表达之意大致是——没有人希望过平庸的生活，但如今，即使是这等生活，也已是奢望。

也许吧。但出乎很多人意料的是，许多平庸人生，看上去一点都不平淡，真正平庸的生活不可能清闲自在，相反，会热闹喧腾，看上去颇似世俗所说之"有为"。

你知道，如今要平庸地过活，往往要看名利、职位和享乐。在这些尺度上你越努力，越可能成功地达到平庸。

此类生活，之所以被视为平庸，是因为它们皆与心灵无关。

从人生属性来看，平庸生活，其实是人的物化，究其本质，是"为人"而非"为己"的生活。古人说的"为己"，是遵从自己，修炼自己，成就自己。"为人"则是遵从他人，取悦他人，实现他人。

又从智性来看，那些有为之平庸，其实类似于"无常故苦"，耽于转眼即逝的五欲享乐，原是真正的消极。平庸的"有为"越多，越堕入迷途，欲望越重，越是对本心的葬送。

那么，什么是不平庸呢？也许每个人都有自己的理解，但至少，大家都会赞同，不平庸是一种为心灵的人生。

生活的至高水平是"无为"。看上去，无为的人也很平凡，冰山在水面上也很平凡。你时或不理俗务，只修持内心；时或不循功利，只追求"意义"；时或不顾讥笑，只认定初心。当你追求哲学上真正的"无为"时，才可能以无为致有为，遵从不平凡的心灵指引，过上属于自己的平凡生活。

这种平凡生活，并不是平庸。

平凡生活也需要你"要么非常努力，要么非常聪明"。

如果你非常努力，那么你是通过奋斗实现了人生自由，于是你可以放心地实践"无为致有为"。

如果你非常聪明，或可证得高妙心法，识破生命玄机。当你洞察人生本质时，当知反抗凡俗极重要也极难，光是识得此节，就已经是百里无一了。

一眼望得到头的那一种生活，是什么？就是一切在框架和程序之中的生活。很有安全感的生活，是什么？就是现世安稳。很奢侈的生活，是什么？就是足以夸耀于人。这些就是庸人的最高理想了。

如果你想要超越平庸，那么，或自在漂泊，或保持自由，但最可能的，是你按自己的初心，始终做自己渴望却不必被凡俗承认的事。

那时，别人也会说你过的是平凡的生活。不过你可以回答他们，此一平凡，是不平庸的平凡，而相较而言，那些取悦他人的成功，只是俗世的平庸。

那时，你也会说，你很认真、很认真地，才过上那看上去"平凡"的灵魂生活——别人可能不会想到，那才是你心之所向的人生，你是照破平庸、生出善法，才得到衷心欢喜的"平凡"。

母爱与父爱

主题词：母爱，父爱

编辑注：杜老师注释关于母爱与父爱的言论。

1. 如果我学得了一丝一毫的好脾气，如果我学得了一点点待人接物的和气，如果我能宽恕人，体谅人——我都得感谢我的慈母。（胡适）

杜骏飞：科威特作家穆尼尔·纳索夫说过："母亲对于孩子是第一所学校。"显然，这所学校里所教的，并不只是"爱"这一门功课，还有宽容、积极、耐心，以及关于人世的思考。

有美德的女人吸引有见识的男人，很大程度上是因为，这些美德决定了下一代的特征。

2. 成功的时候，谁都是朋友。但只有母亲——她是失败时的伴侣。（郑振铎）

杜骏飞：母亲只是孩子的起点，孩子却是母亲的全部。母爱不是一时一事的陪伴，而是孩子一生的容器。

3. 人，即使活到七八十岁，有母亲在，多少还可以有点孩子气。失去了慈母就像花插在瓶子里，虽然还有色有香，但失去了根。有母亲，是幸福的。（老舍）

杜骏飞：对母亲的依恋，非常感人，不过也应该适度为好。

我一向以为，最好的家庭教育是仁慈而坚强的，也就是说，要让孩子对父母珍爱而不依赖。

4. 父爱是人类文明的产物，母爱却是与生俱来的。（林语堂）

第**5**卷

杜骏飞：对子女的成长而言，母爱如泥土与根性，父爱如浇灌与风雨。

一切草木，都居有其土，一如母爱大多是天然的、全然的；而父爱如何，对于子女来说，则全凭运气——当然，亦要凭母亲当年的眼光。

5. 母亲是一寸寸变老的，而父亲是突然老的。（蒋方舟）

杜骏飞：作者对母亲的理解是渐变的，对父亲的理解却是顿悟的。这也是大多数子女的心路历程。

《大乘本生心地观经》里说："慈父恩高如山王，悲母恩深如大海。"大约，体会母爱依靠沉浸，理解父爱则依靠攀登。

6. 家庭是父亲的王国，母亲的世界，儿童的乐园。（爱默生）

杜骏飞：家庭是父亲一生的营建，家庭是母亲一生的皈依，家庭是儿童一生的记忆。

木心说母爱是一种忘我的自私，略同此意。

7. 无父何怙？无母何恃？（《诗经》）

杜骏飞：这是《诗经·蓼莪》中的一句。意思是：没有父亲，就没有了依靠；没有了母亲，就没有了倚仗。

对童年而言，父爱，是身之所寄，人生之所向；母爱，是心之所寄，栖居之所依。但等到长大后，命途相异，则又不尽然。若论做父母的境界，还是要及早培养孩子像这样发展人生：以智慧为依靠，以才能为工具，以德行为凭信。

人的定力是从哪里来的？

主题词：定力，忍耐，沉默

编辑注：谈话实录。

同学：老师时常让我们要有定力，要能坦然自处，但很难做到。比如我们有时遭到白眼，受人冷遇，被人围观，大庭广众下无地自容。有时别人讽刺、打击，还有谩骂、造谣，都让人难以承受。遇到这些，该当如何？

杜骏飞：被人看，是人生宿命。全由"镜中我"来观看我，是孱弱的人性。至于如何破他人的言语行为带来的扰乱，这更是我们必须修行的课题。

上次我们在"杜课"里，提到福柯的一个观点：观看是一种权力的实施。但是，这种权力究竟是谁赋予的？

一种解释是"自我赋权"。一个人认为我有权力和你开玩笑，所以我就开玩笑，类似于几天前我们说到的"男作家开女性的玩笑"，这是男作家自认为的权力。或者，一个人认为我有权力看你，批评你，歧视你，否定你，所以我就看你，批评你，歧视你，否定你。

还有一种解释是"让渡权力"，让渡的主体，是你本人，又或者是整个社会。执法机关的权力，是由整个社会让渡给它的，政府的权力是由人民让渡给它的，那么观看者呢？他们在观看中所体现的权力，是由被观看者让渡给他的。你在人前感到无地自容时，那无地自容是你赋予他人之力。

第**5**卷

所以你"感到"受人冷遇，被人围观批评，那些人的权力，也是你让渡给他们的。

那么是否有人认为，自己天然地拥有这种权力呢？也是有的。有些人自视甚高，有些人生性蒙昧，他们认为自己理所应当可以骂人，而他人却不能批评自己。

但是你应该清楚，这并非真实的权力。那种人以为自己可以否定他人，这是一个权力错觉，他们是不知道自己是谁。否定是一种心理效应，如果我不赋予人，他人则不拥有任何"对我"的权力。

就在前几天，我开车走神了，把道开错了，挡住了后面一辆车，我赶紧停下来向后面的人道歉，但这人非常愤怒，且不依不饶，跑过来污言秽语，谩骂了足足一分多钟。

我如何对待他呢？我可以选择对骂，可以讲道理，可以报警，可以求恳，可以有很多选择。我选择了收回赋权：我假装没有听到他的谩骂，我做了简单的、有礼貌的回应，但与他说的话完全没有关系，同时，我面带微笑，仿佛听到了广场舞的音乐一般。

因此，他在讲到一分钟的时候，发觉自己丧失了意义，仿佛和空气在说话，那时，作为"侮辱者"的主体性消失了，因为他所谩骂的对方，好像丝毫没有被伤害到。我猜测，他由此开始反观自我赋权的合法性，并对当下的语境产生怀疑。最后他走了，我则继续回到我自己的音乐。

实际上，那一天剩下的时间，我都有大好心情。

这个例子，说明了一件事：有些难处，其实配不上我们的愤怒，有些纠葛，其实配不上我们的回应。同时，这个例子也是在证明：在心灵层面上，赋予他人权力的人可以收回赋权。这种收回，不是外部的对抗，而是内心的自我认同与思想安定。

常识课

你看，观看是一种权力的实施，但是对权力的剥夺来自反权力的诞生。这种反权力是一种制约，把权力当作不存在，本身即是一种关键的精神反抗，类似于以"政治不参与"来反抗政治。

我时常谈起《肖申克的救赎》，主人公 Andy 教给我们什么？正如书中所说：Andy 有一种大多数犯人所缺乏的特质，是一种内心的宁静，甚至是一种坚定不移的信念，他认为漫长的噩梦终有一天会结束。他对自己的价值和未来的希望深信不疑，始终保持着内在的力量。

这就是安静的、沉默的、来自心灵的定力。

在这个世界上，大部分人都无法拥有强权，但是我们大都可以拥有"弱权力"——这柔弱的权力，是一种来自内心的柔和的、坚韧的、无所不在的自我存在，是柔弱胜刚强的人的精神。

在面对别人的谩骂时，人能不生气本身就是一种辩驳，并且是至关重要的一种辩驳能力。

在面对权力的压迫时，人能坚持心灵自由，本身就是一种反抗，并且是最为关键的一种反抗能力。

唐朝百丈大智禅师的"丛林要则二十条"说："烦恼以忍辱为菩提，是非以不辩为解脱。"我们被人冤枉，受到侮辱，为什么忍耐可以为自卫、不辩可以为解脱？

你可能认为，那是因为时间会证明一切，或者认为，那是因为不辩才会息事宁人。

其实，并非仅仅如此。

忍耐的本质，不是坚忍，不是苦苦挣扎，而是心内安然、不为所动，如此，则不赋权于人，而赋能于己。

不辩的本质呢？也不是沉默示弱，或者退避三舍，而是以地之厚，承载万物而不言，以心之大，容纳是非而不语。

这就是古语所云："人之谤我，与其能辩，不如能容；人之侮我，与其能防，不如能化。"

固然，见到谬误，勇敢辩驳是一种气节，但那种勇猛，当是出自公益。

而因一己之利，一星半点荣辱，马上出言答辩，甚或愤然反击，则未必明智。面对宵小之徒，或蒙受流言蜚语，如果一味以口舌相讥，或是示强以言语，则未免落了下乘。

其实，当是时也，最好的回答还是不反诘之反诘。在你心里，是能化能容，犹如万流入海；在人看来，则是不动如山，而又一默如雷。

唐代的高僧寒山和拾得有一则对谈，被许多人传诵。寒山问曰："世间有人谤我、欺我、辱我、笑我、轻我、贱我、恶我、骗我，该如何处之乎？"拾得答曰："只需忍他、让他、由他、避他、耐他、敬他、不要理他，再待几年，你且看他。"

这番问答，道的是以定力面对污蔑的智慧。我以为，妙则妙矣，但还是有一分忿然、三分介意。倘若说的是"是非不必争人我，彼此何须论短长"，当更有说服力。

以大音希声为雅乐，以默然无言为雄辩，这个道理，听起来不可思议。然而《维摩诘所说经·不思议品》有言："诸佛菩萨有解脱名不可思议。"这解脱，原名就是不可思议，这道理，原本就足证不可思议。

所以慧远在《维摩诘所说经义记》里阐释说："不思据心，不议就口，解脱真德，妙出情妄，心言不及，是故名为不可思议。""不思据心，不议就口"，是说不据心而思，不就口而议。

如此为不辩之辩，如此为不落常理。

如此，你也可以体会到王阳明所说的"静处体悟"——摈去杂虑，体认本心。如此，你也可以体会到禅宗的面壁静坐、"明心见性"。这些都是修行自身，是培植定力的功夫。

人有自信而不畏人言，人有主见而不畏人群，人有自由而不惧权力，人有贵重而不动如山，人有超迈而微笑不语。

愿你铭记。

我们就是那少数人

主题词：少数人，传媒，新闻，新闻人

编辑注：杜老师在颁奖会上的致辞（节选），江珊根据录音整理，发表时有删改。

刚才交流的时候，我突然意识到，我们这样的会场，不会特别大，人数不会特别多。虽然历史是属于人民的，但是历史的推动是靠少数人的，我们就是那少数人。

我们都知道，传媒在今天遇到了很多发展中的困难，老的新闻人在不断地凋零，典范的新闻传媒业饱受着压力。很多时候我们都在问，新闻传播业还会走多久？新闻传播应向何处突围？新一代新闻人将去向何处？昨天我在北京开会，我们还在探讨另外一个问题，面对技术的侵入，新闻传播的边界在哪里？

新闻传播还是一个幼稚的事业，还是一个刚刚出发的学科。我深信，经过几十年、几代人的努力，这个学科会发扬光大，一代又一代的新人会不断成长，新闻传播终究会成为这个世界上最重要的显学和最贵重的职业。这是我的看法。

我前些年写过一首诗，题目叫作《怀念新闻》，诗中的很多辞句，饱含着我对新闻传播业的理解，特别是对新闻记者和新闻编辑行业的理解。我总在想，不管时事多么艰难，不管时代发展有多快，但是我们新闻人还是要坚守自己内心的信念。

当他们崇低时，我们要崇高；当他们业余时，我们要专业；当他们追求功利时，我们要遵守道德律令；当他们工具主义时，我们要价值至上；当他们追求"10万+""100万+"的红利时，我们要追寻白云千里万里。所以，我在这首诗里面，谈到了新闻业的那种坚忍、卓绝，以及对那些有意义的人生的理解。

昨天夜里，我回到南京的时候，我发了一个信息给我们的小主持人汤思敏，我说今天开会，应该拿什么奉献给大家呢？要不把这篇诗念一下吧，我也想请她跟我一起来念。

刚才我匆匆忙忙走进会场，跟她对了一分钟的稿子，没有来得及彩排，我们就大致地表达一下心意，希望各位能从中有所感悟。

怀念新闻

作者 / 杜骏飞

朗诵 / 杜骏飞　汤思敏

编辑注：可扫二维码聆听录音。

它是自由，睡在风里，

它是庄严，苏醒在碑上。

它是低语，众人听见，

它是放逐，荣归故乡。

它是真实，悬挂于天空，

它是短暂，比永恒更漫长……

它，是不动声色的愤怒，

它，是平铺直叙的歌唱。

它是粮食，真理赖此为生，

它是空气，凡事皆在此中央！

它是消逝的远景，

它是孤独的繁忙。

它是前世尚未来临，

它是无人知晓的荣光。

它在彼岸，诉说信仰，

它指点乐园，手有余香。

留言选录

韬光践影：昨晚读了一遍，今晚又聆听一遍，依然感动！

Dr. Wang：诗言志。

晓蕾：历史需要有风骨的少数人。

韬光践影：向"少数人"致敬！

常｜common
识｜sense
｜第六卷
课｜共 ⑪ 课

6

"中才之人"生存守则

主题词：中才之人，普通人，生存

编辑注：杜老师对王书琪《杜课"境遇论"阐释》的点评。王文提及，按巴恩斯在《终结的感觉》中所写，"根据平均数定律，我们绝大部分人注定平凡"。

1

"中才之人"要意识到："中才"是一个关于个人能力指标系统的加权平均值，那些对自己负责的"中才之人"，也许会愿意花力气分析出，自己在哪些方面是"上才"，哪些方面是"下才"，哪些方面是真正的"中才"，由此确定自己的人生方向。

2

"中才之人"是一个相对值，一个在人类社会中确定无疑的"中才"，有可能在一个具体的弱竞争环境中是"上才"，而在具体的强竞争环境中是"下才"。因此，不同的"中才之人"，由于人生理念不同，可以选择不同的生存环境。

3

"中才之人"无法以天赋建立天然优势，因此，他的聚焦能力和工作时间就成了最大的效能自变量。因此，一个理性的"中才之人"会意识到，自己不可能像作为科学家、作家、外交家、发明家、画家、哲学家的富兰克林那样博学多才，因此，他的一生只会聚精会神于一件事，特别是一件具体的事，把它做好。

4

"中才之人"不要埋怨环境，不要埋怨运气，更不要埋怨父母。环境是宏观的，运气虚无缥缈，父母因素更是一个伪问题。人生就像打桥牌，他的目标就是把自己的一手牌打到最好。同时，他也要自省：战略选择是否正确？专注力是否足够？是否缺乏必要的基础和积累？还有——他是否意识到自己是一个"中才之人"？

5

"中才之人"不能骄傲，以免遇到不可逆的生活挫折——当他掉进一个自己挖的坑时，恰恰缺乏能让自己爬出来的天赋。"中才之人"最正确的人生信条是，在有一点骄傲的资本时，保持谦逊，同时也保持饥渴；在有气馁的理由时，保持激情，同时也保持上进。一言以蔽之，"中才之人"的生存之道是：不停地行进。

6

当一个"中才之人"知道自己能做什么、不能做什么，长于做什么、不长于做什么，应该做什么、不应该做什么，以及应该和谁做、不应该和谁做时，他将跃升为"明智之人"。人最伟大的才能不是知识智慧，不是技艺方法，而是"知人之智"和"自知之明"。

7

谁需要读今天这段话？"上才之人"往往是上帝的宠儿，他不必读；"下才之人"连识别智慧的能力都没有，他不愿读；只有"中才之人"最懂得明智的价值，"中才之人"最需要让自己不迷航，不躁进，不沉沦。——也许，你我都是这样的"中才之人"。

留言选录

SheeN：想起上次"杜课"推送"三和大神"时提到的"习得性无助"，长期处于困境之中，会让人失去前进的力量。一个"中才之人"，也有很大的可能会陷入"习得性无助"：第一种情况可能是并未意识到自己是"中人之才"而高看自己，第二种情况可能是意识到了自己是"中人之才"而失去信心。其实大部分人都是"中人之才"，责怪境遇，是将自己囿于井底。应该向上看、向前进，承认自己的平凡，然后去做小人物能做的大事。

Dr. Wang：吾非生而知之者，倘使能困而知学，敏而好学，学而思，知而行，加之得遇良师，其幸莫大焉乎，其不亦悦乎哉。

第 **6** 卷

知音说

主题词：知音，友谊

编辑注：杜老师对刘忱《杜课"知音论"阐释》的点评。此前，杜老师在"杜课"里写道："说什么'知音难觅'，你就是自己最好的知音。"

世人口中的"知音"，意义纷纭。

有人诉求观念的知音，有人则寻找情感的知音。有人以立场来自限，复又以观点限人，与他意见一致的，才是知音。也有人以亲疏远近而论知音，与他交好的、亲近的，才是知音。

这些当然也都堪称知己，但是若论知音，还是要高华些才好。"人生交契无老少，论交何必先同调。"过分拘泥于关系，过分拘泥于一致性，就未免俗气了。此外，人若处处有知音，又未免显得太随意。

"相识满天下，知心能几人"。知音罕有，不只是因为人在世间缺少认同之人，也不只是因为缺少与自己相似之人。知音这个词，因为其文化背景而对当事人有要求。简言之，并称为知音者，总是要有些令誉，方才能被世人承认。

譬如一个俗人，找到自己的乡党，两人一拍即合，我们一般不称其为知音。又譬如一个小人，找到自己的同伙，两人"如胶似漆"，我们也并不称其为知音。

而当一个人品格甚好，或思想卓越，或行止不凡，正无人理解时，忽得一人知他懂他，爱他惜他，同气相求，同声相应。旁人便都要赞一声：是如此这般的相遇，可谓知音矣！

自然，知音也是相对的，有人懂你三分，便是你三分知音。有人懂你七分，便是你七分知音。没有多少际遇的凡人，如果定要求十分知音，恐怕只好着落于自己。

其实，人世间最难得的，不是有人理解了你，而是你发自肺腑地尊重你自己；若你高贵深远，以至于人所希见，那才是知音佳话的归止。人要先自爱，先自尊，先自重，自己贵重了，这才谈得上觅求知音。所谓"莫愁前路无知己，天下谁人不识君"，其情其境，庶几近之。

曾记否，"知音"一词，原出自"高山流水"的故事，欲得知音，你总要先抒高山流水之意，先奏高山流水之音。

《滕王阁序》说："杨意不逢，抚凌云而自惜；钟期既遇，奏流水以何惭？"其间，难得的不只是杨得意，更是司马相如的凌云之气，杨识人多矣，唯与司马相如之故事被誉为知音；难得的也不只是钟子期，更是伯牙鼓琴之洋洋兮若江河，子期听琴多矣，唯与伯牙之故事被誉为知音。

因此，知音之难，固然是难在人知其音，但首先，是难在人有雅奏也。

佛经里说，佛的声音有五种清净相，即正直、和雅、清彻、深满、周遍远闻，称之为梵音。能听得梵音者，固然有深湛修行，但能唱如此之梵音者，才会荫蔽天下知音。

所以，《法华经》说："梵音微妙，令人乐闻。"《华严经》说："闻者欢喜，得净妙道。"原是此理。

《汉书》说："钟子期死，伯牙终身不复鼓琴。"我以为，伯牙重友重情，确是很好，而戒琴则不必。钟子期死，还有伯牙自己懂琴；如果是伯牙先死，世间才是徒留了知音。

要言之，当你有高山流水时，山水自是知音；当你得奏梵音时，出尘之人俱是知音；当你能为大音希声时，一切静默，皆同知音。

　　愿你铭记。

留言选录

　　L：或许这就是"不患莫己知，求可为知也"吧！

　　Dr. Wang：知音的背后，确实是道心的契合。心中有大道、求大道者，方可及谈知音、得遇知音。知音的理想境界是互为知音。比如孔子和颜子，颜渊说："仰之弥高，钻之弥坚，瞻之在前，忽焉在后。夫子循循然善诱人……"孔子谓颜渊："用之则行，舍之则藏，惟我与尔有是夫！"比如李白和杜甫，杜甫说李白"笔落惊风雨，诗成泣鬼神"。李白则说："思君若汶水，浩荡寄南征。"所以，还是要回到自己的内心，"不患人之不己知，患其不能也"。要自知，要知不足，要见贤思齐，要悟证大道，要行布大道。就像杜老师说的，人世间最难得的，不是有人理解了你，而是你发自肺腑地尊重你自己；若你高贵深远，以至于人所希见，那才是知音佳话的归止。

高考之后

主题词：高考，大学，假期

编辑注：高考之后，准大学生们准备迈出人生的重要一步，因此，我们代他们向杜老师请教了一些问题（节选）。

问：杜老师，现在对于高三毕业生来说，他们可能拥有大致三个月的空档期，您对他们利用这个空档期有何推荐？

答：好好休息。不是好好玩，是好好休息。紧张的复习考试之后，突然堕入激烈的娱乐，尤其是那些高强度的无脑娱乐，人的心智容易退化，且在入学后再次切换为学习模式时，会出现应激障碍。

好好休息，就是要舒缓下来。1. 看看风景。2. 读读闲书。3. 和父母、至交谈谈心。4. 做做公益。5. 发展一点有品位的业余爱好。6. 从事一点体力劳动。7. 体验一下社会生活。然后从中升华自己，感悟一些人生的大问题。

问：考试中的失利很常见，如果学生在高考中出现失利的现象，他们该怎么面对？是选择复读还是上一所没那么"优秀"的学校？

答：选择复读，还是选择将就，这个我不好回答，答案因人而异。

如果你足够自信，足够乐观，足够有能力，足够自律，那就复读吧。否则，就要谨慎。

其实，办学水平、环境和文化很差的大学，是少数；极其优

第**⑥**卷

秀的大学，也是少数。剩下的大部分大学里，都走出过无数优秀毕业生，造就过很多社会精英——前提是，你本人确实有上进心。

问：从高三紧张的学习环境到大学宽松的学习环境，环境的断裂往往会让学生无所适从，从而荒废大学时光。如何避免这种情况？

答：我记得在"杜课"里谈过这一类话题。我们有一些大学的主要问题是，给了学生一个弱竞争、轻负担、无责任、高风险的学习环境。事实上，等学生到了大二就会发现，原来，学业的差距会如此之大，等学生到了大三就会发现，原来，前途的竞争会如此激烈，那时，往往已来不及改变结局。

这时，你会希望能回到过去，告诉那个过去不懂事的自己，要好好规划自己，好好珍惜时间，要持续努力。

问：围绕志愿填报，"大数据预测录取概率""专家一对一咨询"等填报服务五花八门，要价数千到数万，且有火爆之势。您认为这是否反映了"孩子没主见，家长没主意，只能找专家"这个恶性循环的现象？您曾说过，家长在给孩子作志愿参考的时候，着重考虑的应是孩子的兴趣爱好与天赋。那对于还没有找到自己兴趣爱好的同学，学生和家长该以什么为重心选择专业？

答：我不了解填志愿的技巧，也不知道如今的专业行情。但我最常说的一句话是，要尊重孩子的天赋。

否则，孩子在学业上将以短击长、事倍功半，在事业上也会举步维艰，就算是天分高，能勉强有所成就，内心也将因为选择错了而纠结终生。

从父母那一方来说，一个不尊重孩子天赋的家庭，可能会为此付出全家人的代价。

饿与馋

主题词：消费，欲望

编辑注：杜老师对王书琪《杜课"消费论"阐释》的点评。此前，杜老师在"杜课"《生活残酷物语》里点评过："说什么'没钱消费'，那只是欲望超出了预算。"

消费是人生的大事。消费有很多类，但依我之见，本质上可分为"饿"的消费与"馋"的消费。

如以食物而论，满足营养所需，是"饿"的消费；满足口腹之欢，是"馋"的消费。营养学家会告诉我们，当代人的大多数饮食行为是基于"馋"，也因此，饮食成为肥胖、心血管病流行的主因。

有同学说，孔子还说过"食不厌精，脍不厌细"呢。其实，这句话出自《论语·乡党》，强调的是在做祭祀所用饮食时，应选用上好的原料，加工时要尽可能精细，这样才能达到尽"仁"尽"礼"的意愿。

至于孔子本人，我相信他的消费观一定会符合自己的告诫："君子食无求饱，居无求安。"在今天的主题下，他的话其实正可翻译为：可以"饿"，不要"馋"。

然而，很不幸，我们人类如今已演化出"馋"的世界观和行动逻辑：一只老虎杀死一只羚羊，满足温饱后，就会对其他羚羊不顾；而人类的杀戮消费，却贪得无厌，从无节制。

"馋"的原因，有很多种。

第6卷

第一种是"饥饿记忆症候群"。早年的食物短缺经历，会对一个人的食物意识产生深刻影响，很多人因此扭曲了食欲，培养了畸形的消费观。所以，见识过饥饿的，未必就懂得俭省，也可能会培养出穷奢极欲的"凤凰男"。

第二种是"虚荣人格症候群"。中国人喜欢人前风光，或曰"要面子"。诚实的人，要的是实在的荣誉，是与自己匹配的荣誉，是用工作成果换来的荣誉。而虚荣者则刚好相反，他们要的是虚张声势，反映在消费上，就是过度消费、面子消费、泡沫消费、透支消费，自然，消费之痛，报应在他们自己身上，也必难免。

第三种是"理性贫乏症候群"。这是一种由判断力不足而导致的消费病，说得好听一点，是冲动、情绪化，说得难听一点，就是"贪""夯""痴"。一个非理性的人，在食物消费时会盲目跟风，一如他们在信息消费时会听信谣言。他们对诱人的广告毫无抵抗力，一如他们每天忍不住要看半天的八卦，刷几小时的抖音。

常识课

对于"饥饿记忆症候群"患者，我的建议是，多做自我解析，把自己思想深处的故事告诉别人，公开谈论"心理创伤"，或可激发出精神免疫力。

对于"虚荣人格症候群"，我的建议是，多读书，多做点高尚的事，尽可能结交良师益友，建构更好的文化认同，由此，或可加深定力，实现对虚荣的脱敏。

对于"理性贫乏症候群"，我的建议是，多观察身边的失败案例，时常用那些娱乐至死、贪吃至死、消费至死的人来对照自己，当你所厌憎的案例足够多的时候，会释出恐惧说服，并在下一次愚蠢来临时，响起内心的警铃。

以上，我说的"馋"，是以食欲作个譬喻。倘若把食物换成名誉、利益、地位，一样有解释力。

消费的"馋"，是观念病，事业上、单位中、职场里的"馋"，也都是观念病。举凡各种三观不正，说到底，还是文化的根性不足所致。

佛教八苦里，也有所谓"求不得苦"，全名为"虽复希求而不得之苦"，指不能如愿、不得所欲的苦痛。

《大乘义章》里说，所求有因，果之不同。其中，"因"中有"求离恶法而不得"，以及"欲求善法而不得"两种；"果"中则有"求离苦事而不得"，以及"欲求乐而不得"两种。按此说，消费之"馋"，当属于"求不得之苦"中的"欲求乐而不得"之果。

今晚，之所以要花时间讲消费之"馋"，因为通常在人性深处，懒、馋、笨是紧密相连的，越懒的人，越可能患本质为馋的饥渴症，进而笨；越馋的人，越可能产生非理性的迷思和妄想，进而懒。以此类推。

在懒、馋、笨的关系中，还是馋最致命。因为馋一旦过量，很容易中"馋毒"：使人失去本位，不安本分，最后被不切实际的欲望所控制。此时，即使不懒，也容易落入僭越的陷阱——除非他有绵绵无尽的才干，能匹配他日益增长的贪欲。

我们在生活中，在饭桌上、商场里观察一个人，在生意上、单位里观察一群人，在社会上观察一个阶层，最有洞察力的指标就是"馋度"，亦即人对物质、利益、享乐的逾越本分的饥渴程度。

这里的关键词是"逾越本分",其特征是:属于自己的,要,不属于自己的,也要;自己够得上的,要,够不上的,也要;正当而合法的,要,不正当不合法的,也要。

这些人通常会自认为有大志,有追求,有上进心——自然,他们说的是消费之志、消费之心,是贪求之志、贪求之心。如果你批评之,他们会委屈地认为,自己是"饥民",贪心一点不为过。

实际上,他们不是生理上的"饥民",而是心理上的"馋民"。

好好看看,我们的四周,总有这些贪心、不本分、失分寸的"馋民"。记住,发现他们、远离他们,能使我们安稳清净。

以上,是谈关于"馋"的消费。虽然只是讲消费,也算是谈人生。如前所述,若论"权力""名利",也是如此。其实,若论"知识""社交","馋民"之因果,又何尝不如此?!

愿你三思。

留言选录

Dr. Wang:"吾生也有涯,而知也无涯。以有涯随无涯,殆已。已而为知者,殆而已矣。"(人的生命是有限的,而知识却是无限的。要想用有限的生命去追求无限的知识,便会感到很疲倦;既然如此还要不停地去追求知识,便会弄得疲困不堪了!)知识的学习要有广度,更要有深度,贪多务得,就会消化不良;浅尝辄止,便会一事无成。尤其是在现在这个知识极大丰富、获取知识的途径更加便捷的时代,更应该注意、自警!

如何做个社会人？

主题词：社会化，交际，社会人

编辑注：杜老师答黄牧宇的提问。

其实，我曾在"杜课"里多次谈过人的社会化养成。今天借便，再说一下成熟的社会人应怎样看待人际环境。

约略说来，你会遇到如下几种类型的社会交往对象：

1. 道友。观念一致，未必是好友。

2. 朋友。观念未必一致，但有情感联系，例如同学、发小。

3. 熟人。观念未必一致，也不是好友，只是颇有事务联系，例如同事、客户、街坊。

4. 陌生人。不知其人，但有偶发的事务联系。

围绕着这些基本类型，还可以细分出形形色色的亚类型。在这样的环境中，面对不同的人群，你应该如何做一个"社会人"？

在社会学视野中，"社会人"是指具有自然和社会双重属性的人，它是人社会化的结果。社会化通常可以使一个自然人逐步适应社会环境、参与社会生活、学习社会规范、履行社会职责。

但是，"社会人"的成长过程，其目的在于逐渐认识自我，取得社会成员的资格，而不是讨好所有人，也不是与所有人等距离相处。

的确，提出"社会人"假设的梅奥说过："人是独特的社会

第 **6** 卷

动物，只有把自己完全投入到集体之中才能实现彻底的'自由'。"
但我不认为，人必须成为集体的动物；我也不认为，人只能有一个笼统的社会维度。

我认为，人的情感和理性交往可以是有区分的；人的社会化是分群、分层的；人的社会化进程是分期的；一个充分意义上的"社会人"，理当通过多重社会交往来达成自我建构。

简言之，我们正确的待人之道是：

1. 要把最宝贵的精神交往放在道友身上，即使你们并不熟悉。

2. 要和朋友之间维系情感，但不必强求，也不必旁涉观念与理性。

3. 要和熟人之间就事论事，减少私人化、情感化的接触，与人在公共边界内交往，这是"社会人"的明智之举。

4. 要善待陌生人，但在充分考察之前，不要轻易上升到更高的关系维度。年纪越大，你越要对此谨慎。

5. 一切事务性的交往，都要有中正平和的立场，也就是人们常说的"就事论事""对事不对人"。

以上是我的一些建议，供你参考。

交友箴言

主题词：社会化，交际，社会人
作者按：继续谈交友问题。

昨天我在课上谈到，一个充分意义上的"社会人"，理当通过多重社会交往来达成自我建构。其中，关于交友之道（道友、朋友、熟人等）的话题，我有几句补充。

1

一个人有道友，是人生最幸福的事，你要为此竭尽所能，哪怕对方在异乡，哪怕对方是古人。道友的结交，依赖道的修为、观念的养成。

2

为什么有人能够熟悉陌生人，能够自熟人而成朋友？其间，有社交方法论，有运气成分，但关键还在于气质的融洽。

3

不同的朋友维系着不同的感情，但有时也就仅此而已。倘若一个朋友能维系你的多种感情，那他必是你的挚友。倘若一个朋友因为有感情而能批评你的理性，那他是你的净友。

第
6
卷

4

从本质上看，你不需要过多的朋友，犹如你的家里不需要过多的亲戚。人的精神世界里，不可能容纳泛滥的感情。如果你总是需要很多友情，那么，你要想清楚，自己有无可能回报如此之多的感情。

5

你总是有新朋友，这不值得自豪。真正值得自豪的是：你有老朋友。有一生的老友，这不仅证明了你交友的眼光，也证明着你的长情。

6

当然，老朋友也未必都能知心。朋友之间感情的厚薄，也不是都要以时间长短来衡量。古人云："白头如新，倾盖如故"。"白头如新"的意思是，虽是白头之交却并不知己，形容认识了一辈子却相知不深。"倾盖如故"的意思是，偶然结识的新朋友，却像相知深厚的故人。一个人能不能遇到"倾盖如故"，要看运气，而他是不是与人"白头如新"，要看人品。

7

老朋友不拘泥于有形的交往，好朋友更是如此。真正的至交好友，反倒是不联系的，因为有过精神的交往，故不那么需要世俗的联系。知音之间是精神上的血缘关系，彼此的存在便是友情的明证。我知道你，你知道我知道你，我也知道你的知道，而我们的一切相知并不足为外人道。大约，这就是最高的交友之道吧。

　　吴卓卓：以前母亲对我说过一句话，对我很是适用："朋友就像是太阳，你离他越近，越有可能灼伤你，保持一定距离，既温暖了你，也能发挥他的作用。"虽是陈词滥调，但是分享给大家。

　　芥子：根紧握在地下，叶相触在云里。

读研八问

主题词：读研，学习，理想主义

编辑注：九月将至，新一届研究生们要入学了。像当初刚成为本科生那样，研究生新生们带着些许疑惑和期待，现在，他们要向杜老师提几个问题。

第 **6** 卷

　　问：杜老师，研究生阶段的学习与本科有何不同，我们应怎样尽快适应？

　　答：就各位而言，这个阶段基本属于专业养成，除了日后继续学术深造的少数人之外，研究生的主要任务大致有四：深化知识基础，凝聚专业方向，积累实践经验，提升职业能力。

　　问：同学们本科"出身"参差不齐，普通本科院校的学生可能和名校的学生在某方面有一定差距。请问杜老师，作为普通本科院校的学生应当怎样调节心态,怎样规划自己的研究生生涯呢?

答:据我所知,除了一些极品同学,大部分人身上,是看不出来名校与非名校"出身"的差别的。人们能看见的,主要是作为个人的你如何待人,如何学习。谁会盯着别人的学籍看呢?除非他自己有这种心病。要以个体争优秀,不把"出身"当问题。

问:杜老师对跨专业的同学有什么建议呢?

答:跨专业很好,我就是跨专业。跨学科体系的知识之间,会有特殊的化学反应。当然,希望你的本业不要离得太远,希望你的幼学功夫不要太荒僻。但最重要的是,跨学科的你,要能融会贯通,要能有习得能力,而不是背诵了两门学科专业提要的书呆子。

问:我们在研究生阶段最应当培养什么素质和技能?怎样培养?

常识课

答:参见问题一我给你们的回答。另外,素质和技能是两个问题,相比较而言,素质比技能重要得多。素质高,学技能很容易,素质不高,有技能也没太大上升空间。因此,好大学都会更看重素质教育,例如培养学生的专业态度、学习能力、批判思维、方法论、科学素养、创新精神、管理能力、前沿意识等。新同学来到一所大学,选课、听讲座、参与活动、做课题、校内交往、实习,要做个性化的计划,兼顾素质和技能。

问:大家读研的目的各有不同,或为了学业上进一步深造,或为了职业上的发展。请问杜老师,我们通过研究生的学习真的能够获得自己想要的吗?

答:我无法回答这样的问题。如果你是对的学生,在一个对的教育环境下,会得到对的结果。

问：在当下的环境中，我们学习新闻，是否有必要少一点理想主义？

答：理想主义，你们本来就不多，就别为此焦虑了。另外，理想主义不是你们以为的"梦想主义"。一个真正的理想主义者，会为高尚的理想上下求索，还会有强大的实现能力。也不知你们的理想高不高尚，实现能力又怎么样？

问：在学术的道路上，写论文是每一位研究生必不可少的经历，有些同学把写论文当成一件痛苦的事情，或是作为完成某个目标给自己定下的任务。我们怎样避免"为了写论文而写论文"？

答：人总是会喜欢自己擅长的东西，会躲避自己不通的领域。一般来说，上述命题的否命题也成立。"恨论文"的人，其实大部分只是没入行、没能力而已。还有少数人，是因为对学术工作缺乏认同，所以始终感到不开心，这种情况，还是及早转行为好。实际上，硕士生阶段主要是高级职业能力养成，不需要人人都去做学术。另外，科研工作，不能简称"写论文"，因为它常常是一项从好奇心开始到思想贡献为止的学术过程，也是一场颇具戏剧感的智力体验。从经验上看，你们很多同学都不会专门从事学术工作，倘若学到一些科研能力，还是会终生受用的。在一个单位里，你一定会注意到，那些有研究能力的人，总是与其他人之间有一条深深的鸿沟。

问：杜老师，我们常常看到您与学生们之间的问答，让人受益匪浅。您认为提出好的问题是一种能力吗？作为研究生，我们又应该怎样培养自己提问的能力？

答：1. 你有没有好奇心，有没有真心想问的问题？ 2. 你能不能争取问出别人没问过的问题？ 3. 你能不能问出有深度或回答起来有难度的问题？ 4. 你能不能自己先作认真思考，成为半个答主之后，再以平等对话的姿态来提问题？我认为，这是提问训练的四部曲。具体措施，我们在课上再说吧，也许我们会先互相问几个问题，如果你真的喜欢问问题。

留言选录

Dr. Wang：一个真正的理想主义者，会为高尚的理想上下求索，还会有强大的实现能力。给力！

常识课

我的"小学生守则"

主题词：小学生，成长，育儿
编辑注：各国小学生守则据网络资料整理。

1. 中国小学生守则

（1）爱党爱国爱人民。了解党史国情，珍视国家荣誉，热爱祖国，热爱人民，热爱中国共产党。

（2）好学多问肯钻研。上课专心听讲，积极发表见解，乐于科学探索，养成阅读习惯。

（3）勤劳笃行乐奉献。自己事自己做，主动分担家务，参与劳动实践，热心志愿服务。

（4）明礼守法讲美德。遵守国法校纪，自觉礼让排队，保持公共卫生，爱护公共财物。

（5）孝亲尊师善待人。孝父母敬师长，爱集体助同学，虚心接受批评，学会合作共处。

（6）诚实守信有担当。保持言行一致，不说谎不作弊，借东西及时还，做到知错就改。

（7）自强自律健身心。坚持锻炼身体，乐观开朗向上，不吸烟不喝酒，文明绿色上网。

（8）珍爱生命保安全。红灯停绿灯行，防溺水不玩火，会自护懂求救，坚决远离毒品。

（9）勤俭节约护家园。不比吃喝穿戴，爱惜花草树木，节粮节水节电，低碳环保生活。

2. 英国小学生守则

（1）平安成长比成功更重要。

（2）背心、裤衩覆盖的地方不许别人摸。

（3）生命第一，财产第二。

（4）小秘密要告诉妈妈。

（5）不喝陌生人的饮料，不吃陌生人的糖果。

（6）不与陌生人说话。

（7）遇到危险可以打破玻璃，破坏家具。

（8）遇到危险可以自己先跑。

（9）不保守坏人的秘密。

（10）坏人可以骗。

3. 日本小学生守则

（1）不迟到，进校后不随便外出。

（2）听到集合信号时，迅速在指定场所列队；进教室开门窗要轻；在走廊和楼梯上保持安静，靠右行。

（3）上课铃一响即坐好，静等老师来；听课时姿势端正，不讲闲话，勤奋学习。

（4）遇迟到、早退、因故未到等情况，必须向老师申明理由，有事事先请假。

（5）严格遵守规定的放学时间，延长留校时间要经老师许可。

（6）上学放学时走规定的路线，靠右行，不要绕道和买零食。

（7）遇地震、火灾等紧急情况时不惊慌，按老师指示迅速行动。

4. 美国小学生守则

（1）称呼老师职位或尊姓。

（2）按时或稍提前到课堂。

（3）提问时举手。

（4）可以在你的座位上与老师讲话。

（5）缺席时必须补上所缺的课业；向老师或同学请教。

（6）如果因紧急事情离开学校，事先告诉你的老师并索取耽误的功课。

（7）所有作业必须是你自己完成的。

（8）考试不许作弊。

（9）如果你听课有困难，可以约见老师寻求帮助，老师会高兴地帮你。

（10）任何缺勤或迟到，需要出示家长的请假条。

（11）唯一可以允许的缺勤理由是个人生病、家人亡故或宗教节日，其他原因呆在家里不上课都是违规。

（12）当老师提问且没有指定某一学生回答时，知道答案的都应该举手回答。

5. 人生最初的信条——"杜课"版"小学生守则"

作者／杜骏飞

我一向认为，人的教育、公民教育、素质教育之类，是需要从小培养的。在这里，我写下我认为最重要的儿童教育原则，也许可以视为人生最初的信条，姑且也称为"小学生守则"吧。

（1）爱。你爱家庭，家庭也爱你。你爱大家，大家也爱你。要把爱付诸言行。

（2）享受。享受生活，享受游戏，享受劳动，享受学习。

（3）规范。遵守法律，遵守大家都遵守的规定。

（4）自由。人是自由的，"法无禁止即可为"，遵守法律，使你成为自由人。

（5）个性。每个人都有特别之处。你有自己的长相、身材，有自己的性格、兴趣。因为独特，你才是你。

（6）平等。人是不同的，但人格是平等的。所有人都有尊严，所有人都值得尊重。

（7）同情。理解他人的感情，理解一切生命。对弱者要有怜悯，对小动物要有关怀，对草木要有照应。

（8）勇敢。你想说的话，要勇敢地说。你爱好的事，要勇敢尝试。你不愿意的事，要勇敢拒绝。

第**6**卷

（9）安全。保护自己的生命，保护自己的身体，保护自己的自尊心。遇到任何困扰，求助于老师、父母、警察，求助于所有人。

（10）自新。不断从错误中学习。每个人都会犯错误，挫折不是羞耻，不改正才是羞耻。

（11）求知。爱读书，爱提问，爱真理。

（12）耐心。相信时间，慢慢成长。

留言选录

Hazel 小漂：“杜课”版“小学生守则”，并不只适用于小学生。

浮世里的猛虎蔷薇

主题词：美好，坚强

浮世里的猛虎蔷薇——萨松诗意阐释

作者 / 杜骏飞

“In me the tiger sniffs the rose”是英国诗人西格里夫·萨松代表作“In Me, Past, Present, Future Meet”里的经典诗句。诗人余

光中将这句诗翻译为："心有猛虎，细嗅蔷薇。"意思是，老虎也会有细嗅蔷薇的时候。此诗遂因这一警句而广为流传。关于猛虎、蔷薇的对举，读者各有阐释，意趣不同。一般的解读认为，诗句是说人性原有两面，而两面相对的人性在本质上又是调和的。也有阐释认为，人心里的猛虎和蔷薇，其强弱形势不同，有人的心里是虎穴点缀着几朵蔷薇，有人的心里则是花园中掠过猛虎。还有阐释认为，心有猛虎细嗅蔷薇之意境，是用以表达人类爱意之纠结，人若心间起了爱意，就会变得温柔难言，譬如猛虎小心翼翼地靠近蔷薇，生怕惊落了花蕊上的晨露。

前人这些纷纷扬扬的理解，我也都认可。只是再三读后，以为诗意非只在单纯之情感。作者萨松是英国反战诗人及小说家，他出身于伦敦的上流家庭，就读于剑桥，在一战前自愿参军，并在战场上表现英勇，屡建功勋。但战争的残酷让他深受刺激，回到家乡之后，萨松写下大量的诗歌以表明反战立场，其中颇多对战争恐惧和战争空虚的描绘。此诗"In Me, Past, Present, Future Meet"的主题句，诗意自应如题，以"于我，过去，现在以及未来"的交织，抒发人生中梦幻泡影般的时间感与存在感。诗人写作的字里行间，往事之大喜大悲，当下的迷惘混沌，未来之不可知，一概聚集于脑海，他痛感浮尘欲求的虚妄、人类理性的沦丧，且愧疚于人对先知的告诫亦难觉悟。此种悲恸之情，犹似佛家所说的生灭之苦，其间包括"生、住、异、灭"四种相状：一个现象的生起叫作"生"，当它存在着作用的时候叫作"住"，虽然有作用而同时在变异叫作"异"，现象的消灭叫作"灭"。生灭实际上也就是佛教中对"无常"的解释。诗人未必属意佛理，但其内心所感，却与生灭契合如一。诗人所见的死，固是虚幻之死，诗人所见的生，又何尝不是虚幻之生？生死、爱欲的种种挣扎，理性、美好的脆弱易碎，令读者踏入难言之意境。所谓"我心里有猛虎在细嗅着蔷薇"，看似是简单的意象比拟，实则是对人性美丑交集、理性真伪莫测的慨叹。人心中种种冲突，人世间种种矛盾，如电光石火般猝然而至，化作在时间里复沓不休的人生悲歌，这也是我依照汉语情境将"In Me, Past, Present, Future Meet"译作"三生行"的原因。

此诗之翻译，余光中先生珠玉在前，其译句之流畅信达，自是后人所不能及。唯因我读之不能释怀如上，遂以五古为体，聊作意译，愿同好有以会之。我以为，诗人那如创伤应激症般的虚妄感，及万般悲凉的不可自抑，是我们不必学的，但诗中对人的欲求的警惕，对人类理性不足的批判，对时空与存在的反思，及对迷途觉醒的渴求，却是珍贵的意绪。读诗，沉浸于诗境不难，阐释自我之感怀亦不难，最难的是入乎诗情而出乎诗理。读"In Me, Past, Present, Future Meet"这等深邃的篇章，固然要如水中看月般理会其奇幻，亦要学见月忘指而忘怀其幽暗。读"In me the tiger sniffs the rose"这样怅惘的诗句，内心相和之颤栗要如蔷薇般美好，而灵魂守望的意愿亦要如猛虎般坚强。愿你铭记。

二○一八年九月三日深夜匆记

萨松原诗

In Me, Past, Present, Future Meet
by Siegfried Sassoon

In me, past, present, future meet

To hold long chiding conference
My lusts usurp the present tense
And strangle Reason in his seat
My loves leap through the future's fence
To dance with dream-enfranchised feet
In me the cave-man clasps the seer
And garlanded Apollo goes
Chanting to Abraham's deaf ear
In me the tiger sniffs the rose
Look in my heart, kind friends, and tremble
Since there your elements assemble

萨松诗之意译

三生行

作者 / ［英］西格夫里·萨松

翻译 / 杜骏飞

前尘后世我，聚首至于今。

纷纷说执念，聚讼劳于心。

我人失所在，以身多所欲。

我心亡其性，一任莲座寂。

众爱纷然至，凭虚越藩篱。

因梦得解脱，翩跹不能息。

我亦困泥途，灵台惘不清。

譬如预言者，来对聋人吟。

心下有猛虎，细嗅蔷薇里。

愿君凛然看，君心证我心。

萨松诗之余译

于我，过去，现在以及未来

作者 / [英]西格夫里·萨松

翻译 / 余光中

于我，过去，现在以及未来

商谈着，各执一词，纷纷扰扰

林林总总的欲望，掠取着我的现在

将理性扼杀于它的宝座

我的爱情纷纷越过未来的藩篱

梦想解放出双脚，舞蹈着

于我，穴居者攫取了先知

佩带花环的阿波罗

向亚伯拉罕的聋耳边吟唱

我心里有猛虎在细嗅着蔷薇

审视我的心灵吧，亲爱的朋友，你应战栗

因为那里才是你本来的面目

留言选录

吸风饮露：蔷薇心灵与猛虎意志，已铭记。

夜访哲学园

主题词：哲学，孤独，自由，自我意识

作者按："见素抱朴"的意思是，现其本真，守其纯朴。

天色已晚，雅典一片寂静。从想象中的阿卡德米学园看出去，卫城的山门巍然屹立。

走进大厅时，我看到所有的先哲都云集在这里。今天他们的聚会是要谈孤独，而那也是我急切想求教的话题。

我深施一礼："各位老师，我想知道你们独自沉思时的感受，我尤其想知道，一个无人谈话的思考者应如何面对寂寞？"

端着酒杯的萨特离我最近，他缓缓地说："如果你独处时感到寂寞，这说明你没有和你自己成为好朋友。"

我怔了一下，似有领会："所以，哲学家的独处，是要和自己热切地交流吗？"

"其实，孤独时的安宁更重要。"长桌另一侧的叔本华插话道："没有相当程度的孤独不可能有内心的平和。"

我转向他："那么，这种平和，是不是一种超然世外的自在感？""不仅仅是自在，而是成为自己。"叔本华说："一个人只有在独处时才能成为自己。谁要是不爱独处，那他就不爱自由，因为一个人只有在独处时才是真正自由的。"

在座的人中，大约尼采是与他最熟悉的，这个留着浓密髭须的小个子锐利地看了我一眼："不能听命于自己者，就要受命于他人。"

看到我有些惶恐，叔本华微笑着解释道："人性一个最特别的弱点就是：在意别人如何看待自己。不是吗？"

居中而坐的，是满头鬈发的柏拉图。在侧耳听清楚我们谈的话题后，柏老神色巍峨地点点头："我们一直寻找的，却是自己原本早已拥有的；我们总是东张西望，唯独漏了自己想要的，这就是我们至今难以如愿以偿的原因。"

我欠身道："是的，也许，真正的思想者，应当在自我意识中找到思想的价值。"

身后传来脚步声，原来是老黑格尔先生匆匆赶到。"其实，"他把手放在我的肩头，深沉地说道，"自我意识的自由对现有的自然存在是漠不关心的，因而前者也给后者以自由。"他加重语气，补充道："思想的自由只具有纯粹的思想作为自己的真理，这个自由丧失了生活的充实内容，因此，它也仅仅是自由的概念，而不是活生生的自由本身。"

他的思想过于绵密，我有些不解："不过，思想自由自在不是很好吗？我喜欢那种放松自己的时候，自己愿意想什么就想什么，愿意做什么就做什么。"

我向黑格尔答话的时候，一个鹤发童颜的老人目不转睛地看着我道："说到自由，那远不是无所事事或无所顾忌。"那是康德，他一字一句认真地说："自由不是你想做什么就做什么，自由是你不想做什么，就可以不做什么。"

这句话在历史的穹顶下久久回荡，我只有向他报以崇敬。

大厅里似乎变得安静了，许久许久，才有一个声音打破沉寂："以我来看，感受自己是一种美好的体验。"

那是今晚的主持人卢梭，他神态安详地说："如果世间真有这么一种状态：心灵十分充实和宁静，既不怀恋过去也不奢望将来，放任光阴的流逝而仅仅掌握现在，无匮乏之感也无享受之感，不快乐也不忧愁，既无所求也无所惧，而只感受到自己的存在，处于这种状态的人就可以说自己得到了幸福。"

他的话很是素淡，使我想起庄子的名言："古之真人，不知说生，不知恶死；其出不欣，其入不距；翛然而往，翛然而来而已矣。不忘其所始，不求其所终；受而喜之，忘而复之。是之谓不以心捐道，不以人助天，是之谓真人。"

我把这几句话抄给了卢老师，然后，由衷喜悦地说："如果庄周先生在这里，你们一定很谈得来。"

卢梭点点头，说："那是自然。"他敲了敲手中的木棰："今晚的谈话就到这里，我们下一个满月时节再聚。"

走出阿卡德米学园的大门，看见天上的月光正把清辉洒向人间，忽然记起临行前，老子先生说，对此番西去，他有四个字送我："见素抱朴。"

那天他说得那么轻，那么慢，我却久久不能忘怀。

第
6
卷

读者来信

主题词：读者

编辑注：读者来信。

700 期群聊夜·序

小年夜那一天，杜老师在粉丝群与同学们畅聊。当时，我们承诺过杜老师还会再来。没错，就在昨晚，我们又在群里迎来了杜老师。小年夜我们有四个粉丝群，一千多名粉丝参与群聊。这次，我们是七个粉丝群，三千多名粉丝济济一堂。

昨晚，杜老师准备了两个微信号，两部手机一台电脑，紧张忙碌地和七个粉丝群对话。

杜老师说："700 期纪念快到了。大家有空写一点听课报告给我吧，我希望能读到你们的心声，看到你们的心路历程。"

那么，我们今天先来看看这些读者朋友们的来信吧！

读者来信

@Nicole：

杜老师，您好！我是南京大学 2018 级传媒实验班的一名新生。高中的时候，我作为一个理科生，在校园活动的参与中对新闻传播产生了浓厚的兴趣。高三的时候，在一次聚餐中，我的姐姐把"杜课"这个公众号推荐给我，和我说："看，你想去学新

常识课

闻，可以先看看这里的文章！"在高考前夕的那段日子里，我几乎天天追着"杜课"的推文，这也更坚定了我一个理科生对文科的选择。来到南大也成功进入传媒实验班，我在媒介案例研究课程上终于见到了杜老师本人，优雅的谈吐与睿智的思考无不让我对新传更多了一份敬重。我想，是"杜课"里的思考与交流为当时的我拨开了乌云，也让我更加明白，以后作为传媒行业的从业者，要做怎么样的人。700期快乐，下个700期，我在南京，和你一同走过。

@ 高泽宇：

尊敬的杜老师：

您好！我是"杜课"的一名忠实读者，也是一名就读于南航的大四在校生。半年前开始关注"杜课"，着实让我受益良多。记得刚入学时，习惯用忙碌换取麻木的踏实，内心却充斥着迷茫和焦虑，常常豪情万丈追寻着自己现在想来可笑的"青云之志"，也常常因为离群索居思考生命的意义而感到孤独彷徨，正在接近的那个"未来"似乎是令人期待的，也是令人害怕的。

第一次接触到杜老师，是在那场轰轰烈烈的"宁杭之争"。随后，机缘巧合，在一次偶然的检索中如获至宝，发现了"杜课"。虽然与您没有正式的交谈，但透过这一媒介，您一次次地解开了我心中的疑问。真诚、公正、理性、客观这些字眼，让我变得真实并感受到人文关怀以及思考的力量。

对热点事件的剖析，和您的随笔趣闻，也让我很好地提升了媒介素养，学会在这个信息爆炸的时代坚守"自我"的认知。新闻传播学领域很多有意思的概念和新闻专业主义那种"铁肩担道义"的理念，也让我尤为敬佩！我想这便是"杜课"让我最为受益之处。

千言万语集成于一句感谢！希望"杜课"越办越好，也希望能有幸与您进行面对面的交流。

常识课

@Dr wang：

丁酉戊戌之年，结缘"杜课"。随"杜课"可日行数万里，穿越上下数千年，每每神游有所思，有所得。

"杜课"是我这两年遇到的最好的公众号。其所传递出的理性、诗意和悲悯情怀，深刻、独立、稀世。世事纷攘，人心不古。黄钟毁弃，瓦釜雷鸣。每日能在"杜课"的时光里静置心灵，是一种幸运。

一期一会，以茶代酒。笔耕不辍，夜以继日。理性思考，诗意栖居。弘扬志士，针砭时弊。坚守理想，悲悯众生。思接千载，神游八方。净化心灵，启迪智慧。何以解惑，惟有"杜课"。

今日霜降恰逢月圆之日。片云秋光天共远，繁星清夜月同辉。祝福"杜课"700期及今后的每一天！

@ 吃 🍚 成长快乐 🐎 的发光悦：

杜老师您好，我是您公众号的读者，很感谢您长时间以来源源不断向我们传递有质量的思考，辛苦您啦。下面，分享一下我的感受。

首先，最大的感受就是"真实"和"真诚"。每天推送的内容多是以谈话的方式，文字的还原度很高，字里行间都很亲切，也没有过多的书面语话，可以想象到老师说话的样子。其次，每

232

次的推送给人清晰、简洁的感觉，有纲要，让指向的问题一目了然，还会有适当的背景介绍，很贴心。最后，每天推送的内容很实用，也很受用，让自己思考，反观自己的人生。

印象最深的一篇是《那一场行尸走肉的故事》，关于"三和大神"那篇，引起了我对自己和身边人深深的反思。

再次感谢杜老师，您坚持做公众号，看似平凡的举动，对社会、对很多人有很大影响，谢谢您。

@我有一根仙女棒：

到今天，"杜课"已经700期了。在"杜课"的介绍上，这样写道，这是杜老师的一千零一次人文课。我们在生活中也常常谈人文，那么人文到底是什么呢？

可能现在我仍然难以为它进行学术上的定义，但是与"杜课"相伴的日子里，我觉得人文一定有这么几个关键词：尊重人，关心人，重视人，爱护人。

不管未来的传播介质多么发达、覆盖面多么广、技术演变的速度多么快，如果忽略了对人的关注，那么一定是无用的。而我认为，人是最重要的媒介——如果我们愿意让自己变成传递理性思想、人文情怀的媒介。很高兴，今天还有"杜课"，在子夜时分可以聆听。

@青豆同学：

"杜课"不仅是一本社会与人文的百科全书，而且是洞察世间的水晶球，透过它，眼见的未必是真实的，但永远不变、真实存在的，是内心的那份温暖与执着。上次留言还是600期，转眼之间已经是 700 期了。感谢"杜课"陪伴的 100 个日日夜夜,祝愿"杜课"永远办下去! 感谢!

@MOOKLAM 沐淋:

2017 年 9 月 19 日关注"杜课",因为一篇《水下的心与寂静之声》。已许久不知何为沉静、何为美好,读完这篇文章,我忽然发现心是平静的、生活是清醒的。这就是"杜课"带给我的力量,鼓励我一直沉静地前行。希望未来的"杜课",也将一如往常,给予读者们黎明般的期望与温暖。

@ 夏夏夏夏子:

你播下一粒种子,每天悉心照料,于是它发芽,长叶,开花。"杜课"的成长让我看到坚持的力量,它是一种将生活内敛于思考,用文字承载生命重量的诠释方式。我们都会有疑问,我们也忙着寻求答案。或许生活有时会违背我们的期许,可幸运的是,在"杜课"遇见这样的一群人,又让生命多了几分温热。希望此后仍与"杜课"做伴,一起踏上新旅程。

@ 陈彩虹:

老师的《杀死最后一只啄木鸟》有深意,让我想起格里高利·派克主演的《杀死一只知更鸟》。法治、文明的建设,还有新闻的价值都不是一蹴而就的。很庆幸这个时代还有杜老师和你的朋友们,一批清醒的知识分子。

常识课

@ **续颜：**

收获最大的，是您说的：一个真正的理想主义者，会为高迈的理念上下求索，会有强大的实现能力。它现在已经成为我的座右铭了。

@ **舍予：**

杜老师，您好！很感谢您的文字，伴随我经历小区"物业闹"的彷徨愤懑时光。您的课让我看清了目前网络和人性的现实，比如传统不死、羞耻课、网络幸存者、社会会好吗？……一篇篇读来犹如黑夜里的明灯。

@ **可爱的小丸子：**

距离关注"杜课"已经有一年多了，这三百多天里，每天晚间都能够感受到杜老师真诚又有力的文字。对我来说，"杜课"像灯塔，给予我明示，让我明白哪里是前方。感谢"杜课"，感谢杜老师。

@ **月漫香江：**

希望杜老师把"杜课"内容出书。另外，《堵车》续集什么时候有，我的孩子非常感兴趣。

@ **风中的纸屑：**

每天晚上等待"杜课"就像是去赴约。每日的如期而至，总是能让我尽兴而归，杜老师的哲思与逻辑，总是能让我发出"虽不能至，心向往之"的感叹。700期了，愿"杜课"和我还有很多个明天后天大大后天，May the Star and Love be with you.

常
识
课

common
sense

第七卷
共 ⑩ 课

7

驯化

主题词：自由，驯化

编辑注：谈话节选。

据生物学家研究，动植物驯化和人类演化是密切联系的。

贾雷德·戴蒙德把"驯化生物"定义为：圈养的、被人为控制其繁殖和（动物）饲料来源，并且被人为地从野生祖先物种改进成对人类有用的物种。

科学家惊叹于这样一个事实：世界上古今物种如此之多，驯化的物种却如此之少——例如，全世界存在大约20万种高等野生植物，其中只有100种左右成为有价值的驯化作物。类似地，最有希望驯化成有价值牲畜的野生动物，应该是大型陆生哺乳类食草动物和杂食动物。体重大于45千克的这一类动物，在全世界范围内共有148种，而其中只有14种被真正驯化了。

所以戴蒙德提出的问题是：另外的134种为什么不能被驯化？换言之，一个物种没有被驯化的原因会是什么？

让我们跳到科学结论来讨论吧！

在未曾驯化的哺乳动物物种中，已经证实的六大驯化障碍是：

1. 饲料难以由人类提供（所以食蚁兽无法驯化）；

2. 生长速度慢和生育间隔长（例如象和大猩猩）；

3. 脾气暴躁（例如灰熊和犀牛）；

4. 不适合圈养（例如大熊猫和非洲猎豹）；

第7卷

5. 缺乏跟从头领的等级制习性（例如大角盘羊和羚羊）；

6. 被圈禁或遭遇天敌时容易惊慌（例如瞪羚和鹿，驯鹿除外）。

我的讨论是，这六点可以用来评估物种驯化，或许也可以用来评估人。且让我依照上述生物学发现，依次对应阐释一下什么样的人容易被驯化。

1. 喜欢驯化者提供的食物与资源——不管是金钱、地位还是荣誉，且赖此为生。

2. 偏好快速生长。因为功利心重又不喜踏实奋斗，便倾向于利用某种捷径取得成功。

3. 自尊低，脾气温顺。他们要么一向逆来顺受，要么能迅速适应唯命是从的生活。

4. 适合被"集中管理"。集体管理，单位约束，建制化，这是人最接近圈养的生存模式。

5. 有跟从头领的等级制习性。他们习惯被引导，期望被带领。

6. 被规训时不紧张，被圈禁时不担心，被役使时不生气。

别尔嘉耶夫是 20 世纪最有影响力的俄国思想家，他终其一生都在思考一个问题：人类何以会陷入如此悲惨的、不自由的境地，究竟是什么导致了自由的丧失？他用一个词回答了这个问题："客体化"。在别尔嘉耶夫看来，客体化从根本上决定了人与世界的关系，导致了人的自由的丧失，使人陷入完全异己的世界。无独有偶，在他那个时代，哈耶克也在《通往奴役之路》中将市场经济、计划经济与人的自由相关联。

在这里，如果我们不讨论经济学，亦不讨论政治，而只讨论

常识课

人的驯服，那么我们或许可以说：

一旦我们接受了时时被约束、事事被规范、人人被训令的强管制，必将逐渐陷入客体化的境地，背弃先验的自由，适应驯服的工具，从而完成心灵的驯化。

那时，我们将成为 148 种体重大于 45 千克的特定哺乳类动物中被真正驯化的第 15 种。

有人问我对于"自由"怎么看时，我曾沉默不语。

自由本身并无实在含义，自由也不是政治的基本教义，"绝对的自由"更未必是人类福音。

然而，自由之价值，在于我们不能忍受它的失去。不是因为自由令我们快乐，而是因为超越限度的不自由，必定会使我们丧失生而为人的主体性，并走向精神上的被奴役。

就算一个人此刻已失去自由，我也希望，他能记住自己最初的样子，在那些不曾被驯化的时间里。

第 **7** 卷

自卑课

主题词：自卑，人格，自我觉察，自我超越

编辑注：杜老师与黄牧宇的通信。

黄牧宇：脆弱的自信心折磨着许多情绪敏感的人们，自信与自卑究竟缘于什么？

心理学家告诉我：自卑情绪的第一步是"自我觉察"（self awareness）。我们内心里大概都有一个关于自我的理想形象，当现实自我与理想自我越接近时，我们就越能萌发自信，反之，便会感受到自卑。自我觉察是以第三人称视角对自我的审视，如此"旁观者"的身份更易发觉自我的弱点，这是自信心下降的根源。

此外，一些习惯性的生理动作也可能影响自信，上位者或低位者的步态、体态皆能影响一个人的心理状态。这本是一种动物界中司空见惯的宣示社会地位的行为，但人类的心理也难以摆脱生物本能的影响，驼背、低头、束手束脚这种常见的低位者姿态，自然会在潜意识中损害人的自信心。

在许多长期自信心低迷的人群中，自卑是一种潜意识的心理状态。鉴于此，有意识地启用心理防御机制来对抗自卑，是否存在逻辑上的悖论呢？一位朋友分享自身经历时谈道：在一番挣扎与尝试无果后，决定放弃对自信的追求，做一个自卑但不自弃的人。

那么，这个"自卑但不自弃"是否是拯救自卑的最佳方案呢？

杜骏飞：凡人总有自卑，或多或少，或此或彼。这是因为人的自我定义总以他人为参照，没有人会自感圆满无缺。自卑心的基础也恰恰在于此：它是你对照他人后所觉知的自我低估。

其中，实事求是的自我低估是一个问题，夸大或不真实的自我低估则是另一个问题。

人如何看待自己的缺失，如何克服他对自己的不满？这类难题，是人生修炼的核心之一。也可以说，"我到底有多差？"这类怀疑，往往会困扰人很多年。

常识课

我以为，关于自卑的解脱之道，无非是三种：

1. 免疫。正视自己的足与不足，最终修炼到与不完美的自己和解。

2. 自驱动。知耻近乎勇的人，可以将自卑感转化为成就动机。个体心理学创始人阿德勒（Alfred Adler）认为，要成其为人就意味着感到自卑。

3. 代偿。发展自己的天赋及所擅长，使其在心理上有强烈的优势，足以弥补内心深处的不安。

倘若有人始终不能对自卑免疫，亦不能转化为驱动，还不能在内心里有所弥补，那么，自卑终究会成为其心结。小而言之，是挥之不去的失落，大而言之，会发展为一种人格障碍。

所以我们观察人，看他是不是洒脱，洒脱到肯真实地自我刻画，看他是不是神色光明，甚至光明到肯自嘲、自黑——那恰是精神足够健全的信号。

所以我们观察人，看他是停留在自怨自艾，还是追求自强不息？倘若一个人尽管羞惭，却能发奋，崛起于寒微，那么，他终究要令我们脱帽起敬。

所以我们观察人，看他是不是甘愿做他应做的、能做的、做得好的，而不是一味与人攀比、想入非非，看他是不是在自己的天赋上下功夫，以自己的优点来服务社会，倘若能如此，纵使他引车卖浆，也足以值得我们珍惜。

人恒自卑，应对之道却因人而异，其人生结果更是大相径庭。有人砥砺精神，有人安之若素，有人扭转乾坤，也有人因自卑而一蹶不振。

有些人的自卑，不是来自真切实在的客观衡量，而是一种夸

第❼卷

大事实的心理扭曲，那就危哉殆矣。

1. 有人不切实际地要与远超自己的人作比较，甚至以己之短。搏人所长，于是难免落得怨己尤人。

2. 有人假设他人时刻盯着自己，于是每天周身悚然，惶惑无措。其实，你若心中安详，又哪有多少人数落于你？

3. 还有人生活已九全九美，仍对自己的境遇求全责备，这般欲望里的一味自苦，是心理上的大不幸。

这些毛病，对人性有十足的伤害。如若不改，很容易内心沉沦，酿成悲剧，不仅自卑难除，且容易害己伤人。

以往，对有自卑心结的同学，我有一个具体而微的建议，是要人每天对着镜子说：我是自己，而非他人，故我珍惜自己，而不艳羡他人；我有其利，也有其弊，故我有所能，也必有所不能；我有所取，也有所弃，故而我成为自己，而非他人。

倘若你内心坚定，而世间却有人笑你、轻你、贱你、厌你，如何自处？我建议你，只是不卑、不亢、不烦、不惊，唯做自己。

常识课

留言选录

———————————————————

曹流芳：自卑是从小到大一直伴随我的一种情绪，时常会导致我对周遭的人和事极度敏感，有时确实会带来困扰。但是我觉得自卑就像孤独一样，让我的头脑保持思考，我觉得我不排斥它。另外，真的很喜欢看"杜课"，让我内心安宁。

生活的苦痛

主题词：生活，苦，苦痛，苦恼，崩溃
编辑注：杜老师答编辑问。

问：杜老师，我们在网上看到一篇文字《为什么我们感到扛不住生活》，内容如下：

21:42　浴室的阿姨才刚准备下班

21:53　滴滴代驾还在等客户

22:01　环卫车还在清理垃圾桶里的垃圾

22:49　外卖小哥还在为通宵加班的人送着宵夜

23:23　小区的门卫还在为上夜班的人开门

23:43　上夜班的司机已经准备好上班

00:14　下班应酬的人才被朋友送回家

02:26　搬运工已经开始往车上搬货了

03:26　货车司机发动货车去完成最后的工作

05:34　能听到物流公司里熙熙攘攘下班的声音

05:47　刚刚解封的主播还在拼命直播

06:27　隔壁的阿姨开始为要上学的孩子准备早饭

07:12　楼下满满上班族打招呼的声音

07:36　公交站排满了等待这个月满勤结果的人

08:16　早餐铺的豆浆早已经卖光

第**7**卷

文章里说："你看呀，这个世界上每个人都很苦，凭什么你扛不住？"请问您怎么看？

答：我要开宗明义地说，生活就是含辛茹苦。

人生的每一个阶段都各有其苦，童年时恐惧无助，少年时彷徨迷惘，青年时挣扎顿挫，中年时艰难负重，老年时荒疏落寞。非经如此历程，不足以谈人生。

生活之苦感，或源自成长，源自进阶，源自人生每时每刻新的渴望；或源自工作，职分所在，岂能随意，世界虽大，却没有免费的午餐；或源自责任感，普通人自己过活已是用尽全力，养家活口更难乎其难，若要带领众人，则无异于剑戟加身，至于那些愿将社会责任担在身上的伟大人物，直是要将全世界的苦海倾入心中。

叔本华说："苦恼和欲望是一切动物的本质，更是人的本性，它无可避免。"的确，生命的底色就是苦，也因此，求生才是生的本质。

佛家说，人生之苦是普遍的，有所谓八苦。譬如老苦，"公道人间惟白发，贵人头上不会饶"；譬如死苦，"死去元知万事空"；譬如爱别离苦，"乐莫乐兮新相知，悲莫悲兮生别离"，都是人生之大苦。又把苦分为苦苦、坏苦、行苦，苦苦是我们自以为之苦，坏苦是欢乐中蕴涵之苦，行苦是人生迁流变化之苦。

实际上，从每个人的体验来看，人生之苦痛却是隐秘的。人类的每一种生活都有自己的苦，并不足为外人道。我们不了解一个人，并不是不了解他的好，而是不了解他的苦。也因此，我们若要真心爱一个人，也大抵要发愿分担他的苦。

生活变动不居，唯人生之苦相伴长久。每一种人生都悲欣交集，越是幸福美满，越可能曾有悲苦难抑。而那些不肯苦的人生，即便好逸恶劳多年，日后多半还是要回到苦。

人有如此多的苦痛，但无数人仍在前行，何故？有人出身寒微，一路艰辛，日渐适应，以为常态，故能坦然处之。有人以愿景为动力，向有光处前行，行一程，便近得光明一分，故能恒久忍耐。有人动心忍性，大悲大勇，能舍能弃，能担当众人，故能甘作牺牲。有人识得生活况味，修炼心性，苦中作乐，以苦为乐，直至非苦非乐之境，故能笑看凡尘。

《城市脚印》中唱道，留心街中每个人，彼此匆匆过，皱着眉心。心中千回百转，身上千辛万苦。这个世界上每个人都很苦，都不得不扛住，也都在努力扛住。更重要的是，一个成年人，必须日渐学会扛住。那每一次艰难，都是在教你如何战胜苦痛。那每一次崩溃，都是在教你默默念诵："凡不能毁灭我的，必使我强大。"

我还想告诉你的是，生活越是苦痛，越要能绽露笑容。你多一分无畏的轻松，便多一分天然的坚韧。

我还想告诉你的是，我们体会一分自己的苦，便感受到一分别人的痛，我们感受到一分别人的痛，便看得清一分人生的路。

人生于忧患，而死于安乐。但能会此义，便不畏苦痛。

愿你铭记。

第 **7** 卷

留言选录

刘小刘：杜老师，说得真好啊，站在而立之年的门槛前，我更能体会到您这些话的深意。"我们多一分无畏的轻松，便多一分天然的坚韧。"

君兮木兮：琢磨很深，获益匪浅。孑孑踽踽，砥砺前行。

Dr. Wang：苦痛是人生的底色、常态，而快乐则是短暂的瞬间。如果能真正懂得这个道理，或许痛苦的感受程度会减少，甚至会感觉人生时常是有惊喜的。佛家通过破我执而离苦得乐，这其实是一种放下自在之乐，亦如陶渊明归隐田园，独享"采菊东篱下，悠然见南山"的物我两忘。然而，就像杜老师说的，对苦痛的体验，是隐秘不足为外人道，很难为外人知的。凡人如此，那些伟大的灵魂亦常常为苦痛缠缚，不得解脱。就像"杜课"里讲过的那些伟大的文学家、科学家，那些在非常时期布施善行的外国友人，那些勇于面对黑暗历史的人，他们在为人类创造巨大精神财富的同时，自我的身心也不能调和，也许他们对苦痛的体验更加深刻入髓。

十三不争

| 主题词：开车，争，不争

这两年，开车有些体会。于是，坐在别人的车上，总拿这些话提醒人：

"不要跟行人争道，因为你有车皮作铠甲，人家是肉身。"

"不要跟摩托车、电动车、自行车争,因为你稍一磕碰,人家就会被撞飞。"

"不要跟出租车争,因为你只是开车,人家却是养家糊口。"

"不要跟大货车争,因为你行止自如,人家刹不住车。"

"不要跟公交车争,因为你是一个人,人家是一车人。"

"不要跟豪车争,因为人家赔得起,你赔不起。"

"不要跟破车争,因为人家车有病,而你没有。"

"不要跟工程车争,因为它是施工,受伤也是工伤,你呢?"

"不要跟老司机争,因为他都懂,你不懂。"

"不要跟新司机争,因为你都懂,他不懂。"

"不要跟快车争,就算你来得及争,他也来不及反应。"

"不要跟慢车争,因为它已经慢了,你还争什么?"

……

那次,坐在一个朋友的车上,我就这么一路总结着,指点着,说到后来,他就急了,一开口,带出了口音:"这么多车都不能争,那你讲,我还能跟辣(哪)个车争呢?"我说:"嗯,各方面都跟你差不多的车,可以争一争。"看他听不懂,又补充了一句:"真要争,就跟自己争一争,其他人就算了吧。"

他一愣,口音更重了:"跟自己争啊,辣(哪)怎么个搞法?左手跟右手争啊?"我笑笑说:"差不多就是这个意思,先赢了自己再说。"五十公里后,这位老兄一拍大腿,吓我一跳:"我晓得唠了,老哥,你讲的不是开车,是人生哲理啵?"我赞道:"看起来是人生哲理,其实就是人生哲理。"

他笑道:"不好意思噢,我反应有点儿慢。"我说:"不慢啊,我也是刚明白,还有好多人一辈子反应不过来呢!"他咧着嘴说:

"是哒，所以好多人笨哎。"于是，我们哈哈大笑。微风吹过车顶，晚霞映在车窗，到处都是美好的景象。

留言选录

> 终南山下：《庄子》中谈到："井蛙不可以语于海者，拘于虚也；夏虫不可以语于冰者，笃于时矣；曲士不可以语于道者，束于教也。"

儿童体验清单（一）

主题词：儿童，人生体验，成长

今天，为了我的朋友薛彭生，我要讲一节课。

几天前，他不幸因病去世，身后留下两个孩子，一个八岁，一个四岁多。彭生的妹妹告诉我，今年八月份，彭生病重回徐，把孩子也带到徐州生活了几个月。孩子们此刻还太小，不是太懂事。他们也许还不明白，父亲的去世意味着什么。

所以，这节课是写给彭生的孩子们的。自然，我也要把此课推给所有的家长们。也许，还有一群人也应该看看，他们已不是孩子，也还没有做家长，但是他们可以看看自己的童年错过了什么。

我要讲的，是一份清单，里面的内容，是德国教育研究部一项"七岁儿童认知世界"教育项目的成果。

主持人艾申波茜博士与她的同伴走访了很多德国的成年人，涵盖不同的年龄、社会阶层以及教育背景。他们通过大量的研究和比较，得出了一个七岁孩子应该具备的认知世界的经验清单。

读者评论说：清单内容涉及实际生活、社会经验、情感体验和美感，却没有一条关于孩子应该记住多少词汇、背多少诗文、能做几位数的加减法——因为在这份清单里，它们根本不是重点。

至于我自己，很后悔看到得晚了一些年，没有让我的孩子经历这个清单上列出的一些美好体验。

但是，我更感到遗憾的是，我们现存的教育体系和观念，基本上是与它背道而驰的——不是某一个家庭或学校，而是社会文化的整个系统。

也许，正是因为这一点，我们的青少年时常不快乐、不活跃，缺乏激情和想象，也不爱交际和创新，这是多么痛的领悟，又是多么大的损失。

今天起，我要陆陆续续地，把这些讲给彭生的孩子们听。

《儿童体验清单》阐述

1. 体验过自己存在的重要性。例如，听别人说过"你要是在场该有多好啊""我们上次聚会就是少了你"等称赞的话语。

杜骏飞：孩子，无论别人怎么说你，你都需要记住——你是不可或缺的！

2. 既有赢的意愿，也能承受输的结果。

杜骏飞：从参加人生第一场考试起，你就要知道，输是赢的常态，犹如跳高运动，跌落是飞跃的常态。

3. 体验过压抑的心情。不会把饥饿误认为是愤怒，把劳累误认为是悲伤。懂得一些心理因素之间的基本联系与影响，诸如情绪波动有可能导致尿床等。

杜骏飞：最重要的能力是放松。焦虑时刻，要坚决地对自己说三句话：还好！再等等！没什么大不了的！

4. 原谅过成人某次不公正的惩罚。

杜骏飞：这样，当你长大后，你就不会像他那样了！

5. 知道表示情绪波动的形象比喻。例如，"像一只气球'砰'地一下炸了"，"像水满得从桶里溢了出来"。

杜骏飞：来，造个句子："妈妈高兴得像……"，"我傻得像个……"，"好消息多得像……"

6. 有过情绪体验。例如，自己学习进步曾引起周围人愉悦满意的情景。

杜骏飞：也得有这样的情绪体验——你很尴尬，但其实没什么人注意到你的尴尬。

7. 有过亲情体验。看过父亲刮胡子。

杜骏飞：如果父亲不在，看看他的照片和视频吧。或者，看看网上的电影和视频，想象一下，他在天上正对你作示范。

8. 曾与父亲一起做过家务。例如，做饭、擦桌子、铺床、做手工；曾单独与父亲度过整整一天的时间；生病时得到过父亲的悉心照顾。

杜骏飞：你的父亲很爱你们，这些，可能他都做过，好好回忆吧。

9. 有过身体体验。体会过人体在水中的浮力；会荡秋千，体会过身体与秋千之间相互的作用力。

杜骏飞：坐飞机也很妙，和登山缆车一样，那是一只飞鸟的视野。

10. 在床上打过枕头大战。即与一人或若干人把枕头扔来扔去地疯玩。

杜骏飞：打雪仗也行，互相泼水也行。和朋友们游戏，放肆地、开心地、全身心地玩吧！

11. 冬季堆过一个雪人，在沙坑里挖过一个沙碉，在小溪中搭过一个水坝，掌握在野地里生火及灭火的技巧，尝试过做风车和风灯。

杜骏飞：要学会一些必要的生活技能，我自己推荐的是：自制一种特殊的画笔，设计一个古怪的棋类游戏，扎一个极简的风筝。这些你都能学会——现在就能，以后更没问题。

12. 有关于厨房的基本常识。例如，什么是味道浓厚；什么是食物发霉；什么食物有害于身体；掌握基本厨艺（搅拌、切碎、削皮、揉面，用筛子过滤）；懂得烹饪用语（松脆、煸炒、生食、熟食）；能把握"少许"盐的用量。

杜骏飞：学会做饭菜给自己，至少学会一种拿手菜。将来，还要帮妈妈下厨，将来，还要为你自己的孩子下厨。

13. 有过旅游的体验。在变化了的环境中感受自己的家庭和父母；体验舒适方便与将就、凑合的反差；体验过在家和在外奔波的差别；能粗浅地意会一些概念，如思乡、迁移、借宿、无家可归。

第 **7** 卷

杜骏飞：去体会惆怅吧，去理解思念吧，那都没什么不好。所有不安的思绪、失落的内心，都是作为人的感觉，更是作为人的感悟！

14. 曾在别人家里过夜。接触过不同的家庭文化，能意识到每个家庭都有自己独特的生活习惯。

杜骏飞：每个家庭都有自己的独特性，每个人也都有自己的独特性。记住，永远不要为自己而害羞——我们每个人都生而独特，永远不要为自己的家庭而害羞——自己的家才是最温情的。

15. 认识家庭的亲戚朋友。能初步理清不同的亲属关系，如叔叔、表哥、干女儿……

杜骏飞：也希望你能认识我们这些伯伯叔叔阿姨，你父亲的朋友们。我们也是你父亲人生的一部分，也许，我们也可以是你人生的一部分。

16. 有过施舍行为。曾把钱放进乞丐的帽子中，放进街头艺人的琴盒中，放进公众的捐款箱中。

杜骏飞：这世界上永远有境遇不如自己的人们。不要悲伤，帮帮他们！能帮助别人的人是更有力量的人，出一点力，帮助了别人，你也会因此更坚强！

17. 有过一些心理体验。比如，自己提出的一项修改建议曾经被他人或集体采纳，自己在那一时刻像一个拯救者。

杜骏飞：你不会一下子就有用起来，你的建议也不会一下子就被人接受，但是，相信我，第一次不行，第十次一定可以！

18. 能回答基本的医疗护理常识。比如，呼吸时感到疼痛，应当静卧还是活动；懂得抚摸对稳定情绪有益；学会初步的按摩手法；懂得休息对身体的重要性；知道保养眼睛、耳朵、皮肤和脚；体验过什么是鸡皮疙瘩；曾为自己战胜疾病而感到自豪；懂得生病在生活中在所难免的道理。

杜骏飞：照顾好自己的情绪，照顾好自己的身体，它们就像天气，有艳阳满天，也有刮风下雨。记住，艳阳满天时好好待它们，刮风下雨时好好保护它们！

19. 听过童话故事。通过故事、寓言知道受难和安逸。

杜骏飞：你应该知道，再美丽的童话故事里，也有苦难和安逸。你更应该知道，再大的艰难困苦，也无非是更大、更曲折的童话！

（夜深了，课还没有讲完，明天我会继续。）

儿童体验清单（二）

| 主题词：儿童，人生体验，成长

（刚刚到家，继续昨天的写作——写给博方和博睿。）

20. 参观过博物馆，感受过那里的一种特殊气氛。那些来自久远年代的陈列品将永久地存在下去。曾参观过一个古堡，体验到世界是在不断变化的，老祖母生活的时代与我们的完全不同，家中收藏的珍品可以一代一代传下去。

杜骏飞：博物馆是保存时间的地方，它的收藏越是丰富，时间的湖泊就越是广大。你见过的时间越是悠久，对生命的认识就越是深入。时间又像是花园里的交叉小径，博物馆里面存放着人类生活的无穷可能。当我们在博物馆里沉思，就是在沉思人类来时的路，当我们在博物馆里领悟，就是在领悟人类的归途。

21. 有收藏的兴趣。

杜骏飞：你的收藏，无需贵重，无需优美，无需与别人一样。你的收藏是你个人的博物馆，它是恋恋不舍的物品，也是恋恋风尘的记忆。

22. 知道世界是一个巨大的空间，并被分成五大洲。

杜骏飞：应该是七大洲。不过，世界既有很多个大洲，又有很多个海洋，但只有同一片天空。地上有人，有走兽，海里有鱼虾，有浮游生物，天上有飞禽，也许还有我们不知道的生命。它们，都有家庭，有自己的故事，都是独具魅力的、悠久的生命。

23. 能区别吃饭与进餐、身体的活动与姿势展示、臭味与香气、噪音和音乐，能感觉到环视、匆匆一瞥、仔细端详之间的细微差别，知道散步与赶路是两个不同的词汇……

杜骏飞：你要知道，不能运用感官，你就没有感官。用你的全身心去体验世界吧，你会感到一个完整的世界。长大之后，你还要知道，未经训练的感官不是自己的，你要成为你感官的主人，由此你才能驾驭自己的人生。

24. 能记诵报警电话号码、医院急救号码或是火警电话号码。

杜骏飞：其实，我们那些日常努力，大部分是为了有备无患。你有多少汽油，开车就能走多远；你对坏消息有多少心理准备，你就拥有多少战胜它们的力量。

25. 能为自己或他人保守一个秘密，理解如下两句话的意思：

"这事只有你我知道。""这是我们之间的秘密。"

杜骏飞：保守秘密，但不包括那些对你有害的坏秘密。

26. 曾实现过自己的一个诺言。

杜骏飞：当你说"我下午要去看看一只猫咪"时，你要真的准备去看它。小时候，学会对一只猫遵守承诺，长大以后，就会对一群人遵守承诺。

27. 曾推选出一个代表自己利益的人参加会议讨论。

杜骏飞：世界上有代表，有代理，还有代言人，这是因为他们代我们行事，比我们自己更明智。如果他们不能做到这一点，他们就将失去代表的资格。有朝一日，我们也会代表朋友去做事，那时我们要忠人之事；有朝一日，我们也会代表人民去做事，那时我们要忠人民之事。

28. 掌握一种防止食物腐烂的保鲜方法。会修理简单的东西，购买一件物品时会首先考虑维修是否方便的问题。

杜骏飞：学会服务自己，学会过自己动手的生活。你最好的朋友，肯定是你自己，你最可靠的帮助者，肯定也是你自己。多向自己求援，多依靠自己，这会使你焕发出许多你不自知的潜力。自己学着穿衣、吃饭，自己学着安排时间表，还要自己试着疏解紧张的情绪。

29. 能区分农贸市场和超级市场。

杜骏飞：一有可能，就去识别更多的地方，例如浴场、球场、农场。观察那里的人、那里的场景、那里的功能，同时，学会理解那些地方的意义。

30. 发育速度略微超前，比实际年龄稍成熟一些（比如以玩具说明书上规定的年龄为标准），能向成人解释自己的手工制作。

第**7**卷

杜骏飞：对于一个苦孩子来说，尽快长大是至关重要的。

31. 曾经提过一个任何人都无法回答的问题。

杜骏飞：嗯，包括你自己也无法回答。这时，你要去学，去观察，去思考。如果对一个困难的问题，你能回答得比其他人更丰富，明天你也就能问得更多。如果对一个特别的问题，你能回答得比其他人更独特，明天你也就能问得更深刻。

32. 曾经爬过一棵树。

杜骏飞：不要太高。如果高，要有保护措施。

33. 曾不小心掉进一条小溪。

杜骏飞：早一点学会游泳，但不要在野河沟里练习。

34. 在农田里撒过种子，收割过农作物。

杜骏飞：人有两种工作状态，一种是种，一种是收。大部分时间里，我们都是在种，然后，等了很久，才会收。春天不种，秋天就没得收，今天不种，将来就没得收。切记。

35. 研究过皮包上的拉链和门上的锁，会使用插销和钥匙，不会不小心将自己反锁起来。

杜骏飞：不小心将自己反锁起来，我看不要紧，吸取教训，下次就不会了。

36. 会将电器（比如一个收录机）插头插入插座。

杜骏飞：火、电、煤气，都是危险品，独立使用之前，要先学相关的规范。另外，你思考一下电对于世界的意义，假设这个世界没有电会怎么样，假设这个世界有一物能代替电，它会是什么，假设这个世界有一种人的价值像是电，你会称他们为什么？

37. 知道典型的男孩玩具和女孩玩具。如果有人问到时，能够按照自己的想法回答。

常
识
课

杜骏飞：一般来说，男孩有男孩的骄傲，女孩有女孩的自豪。同样的事，他们和她们理应都能做到，也都能做好，只是各有巧妙和不同。

38. 有把自己打扮漂亮的愿望，对服装风格有所感觉，比如会说："这件毛衣不适合我。"

杜骏飞：是的，要去喜欢自己所喜欢的。还有，要果断拒绝自己所不喜欢的——这一点更为重要。

39. 曾给别人写过信，并从来信中得到过慰藉；满怀热情等待过一封信的到来，或者收发过一封电子邮件。

杜骏飞：写信是一件值得认真的事。你充满诚意地写作，只对那一个人。你充满耐心地等待，等那人的回音。我现在也在写信，给未来的你。希望你读这封信时，能看到我的微笑。

40. 曾好奇地想：如果把自己的名字写在沙盘上会是什么样？要是写在雪地上、森林的地上和结霜的窗户玻璃上又会怎么样？

杜骏飞：诗人纪弦有一首诗：

> 刻你的名字！
>
> 刻你的名字在树上。
>
> 刻你的名字在不凋的生命树上。
>
> 当这植物长成了参天的古木时，
>
> 呵呵，多好，多好，
>
> 你的名字也大起来。

这几句诗真好，我好像看到读诗的你在长大了。不过，我们不能真的把名字刻在树上，因为树会痛。我们可以把自己珍爱的名字刻在记忆里，你时时想起，它愈加清晰。

（夜深了，课还没有讲完，明天我会继续。）

留言选录

野南书客：清单越详尽，越发现自己错过了很多童年。

素昧平生：前人的光，照亮你的路，尽管路需要你自己去走。感谢杜老师温暖的话语，让这世界不再冷漠！

pah%：虽然才20多岁，以后万一有了孩子，希望带他们完成这一系列神奇而又平凡的事情！

Dr. Wang：希望两位小朋友能读到并渐渐能读懂杜老师这充满爱的信。其实我们每天的所思所想所做都是在给未来的自己写信。

平：参观自然博物馆，去看看哪怕是最微小的细胞，也是有生命的，尽管科技如此发达，目前仍没有一个科学家能制造出生命，好好感受它的精美和伟大。去看看恐龙的化石，想象一下6500万年前的庞然大物，每走一步大地都会为之颤抖。那时地球的霸主也不能永远主宰世界，体会众生平等的观念，"走路不伤蝼蚁命"，不要随便踩死一只虫，不要欺负阿猫阿狗。长大了不管处于什么境地，能谦和而坚韧，能尊重他人的人格，而不是他的名气和权利。

哪哪：要像个孩子一样，对世界充满温柔、爱意与好奇。

常识课

儿童体验清单（三）

| 主题词：儿童，人生体验，成长

41. 接过一张白纸，想到即将在上面画画就会紧张和兴奋。

杜骏飞：哈哈，没有什么比创作更让人开心了，不管你创作的是什么，不管是用手还是用笔。记住，只有你喜欢画的，才会是你画得好的。还有，当你还小的时候，想想你未来的人生，那也是一张漂亮的白纸，等你去画满它！

42. 从头到尾仔细阅读过一本书。

杜骏飞：对。对待一本好书，你要从头到尾仔细阅读——书像一棵树，不要只看它那一小片枝叶。书像一部电影，不要只看一小节片段。书像一个人，不要只看他的只言片语。只有当你完完整整地读书时，你才会真正领略作者的心灵，才会真正俯瞰书里的世界，才会因沉浸于一个"思"的系统而得到心的启迪。顺便说一下，如果有人告诉你，他可以代你阅读，让你用三分钟听完一本好书——你别信。

43. 曾在一幅描绘冬天景色的画上看到过用蓝色表示阴影。

杜骏飞：每个季节，都有自己的神奇，每个风景，都有自己的魅力。不同的时刻，你看得到不同的美，不同的时刻，万物闪烁着不同颜色，透露着不同秘密。

44. 曾经向别人讲述：今天我做了个梦……

杜骏飞：根据我的体会，梦是一个人的"余思"，无论它是讲过去的事，还是讲现在与未来，它多少都与你的健康有关，与

第**7**卷

你的情绪有关，也与你的愿望有关。留意你的梦，它是你潜意识里的日记。

45. 调解过一场纠纷，并使双方停止争执。

杜骏飞：如果一个孩子都能帮人调解纠纷了，那实在太好了。一般来说，"调解"这件事，像是以水载舟，一个湖泊有足够深的水，才载得动那些小舟。你有足够宽广的眼界与心胸，才能调解那些不如你的人。

46. 使劲想象自己出生前的几个月或几个星期是什么模样。

杜骏飞：人对那么幼小的时期是没有记忆的，不过，你可以"想想看"。也许你不会"想起"什么，但是能"感到"什么。

47. 有意识地削过水果皮，然后打开果核看个究竟。

杜骏飞：果核里藏着一个水果的所有秘密，它的基因，它的生命，它的幸与不幸。人也有自己的果核，都藏在内心。

48. 曾经对树叶上的脉络和自己手上的血管进行观察，并加以比较。

杜骏飞：还可以看看从太空俯瞰地球的照片，那上面一样有沟壑纵横，犹如大地的掌纹。

49. 能够分辨不同水果的香气，至少有三种最喜爱的香型。

杜骏飞：可以有自己最喜爱的香型，也要理解别人喜爱的香型与你不同。另外，人其实是被嗅觉支配的动物，我们只是浑然不觉而已。

50. 能够找到自己唱歌的音调，曾经把自己的名字当作歌词唱出来；可以模仿鸟和动物的叫声；参加过一次多声部的合唱，并经历了各种声部的协调过程；在大自然中听过回声，从脚步声中感觉到过节奏，知道自己的耳朵有无法承受的音高限度。

杜骏飞：总而言之，言而总之，唱歌实在是太美妙的体验！如果你高兴，可以一直唱下去，如果情绪低落，也许唱着唱着，就不治而愈了。与他人的合唱，其实是心灵的伴舞，声传于耳，谐振于心。还有，大自然是一座最大的音乐厅，多漫步在水云间，踏春在山野里。有些小鸟也喜欢开音乐会，只是我们听不懂。强烈建议你要学一样乐器，如此，你就能为自己的歌伴奏，在秋天的池塘边，在春天的深夜里。那时候，你的歌声就每天都有和鸣了，你也就有了最好的朋友。

51. 能够控制自己的力量（比如在打鼓或是帮人按摩的时候）。

杜骏飞：试试把一物投进筐里，由近及远，再由远及近。

52. 掌握诅咒和骂人的话，能把握这些话的使用场合和深浅程度。

杜骏飞：不是所有的场合都不能骂人。遇事忍让，遇到不能忍让之事，要能还击。人要善意，也要能奋英雄怒。

53. 钉过钉子，拧过螺丝，换过电池。

杜骏飞：在阁楼上找些旧家什出来，拿出爸爸的工具箱，试试拆家的身手，学点修理的技艺。

54. 能将电话上听到的信息传达给他人。

杜骏飞：要区别好，转述与评述是不同的。转述要精确，争取一个字不增减。评述就比较主观了，夹叙夹议，主要是为了借别人的话表达自己的观点。很多人不懂此道，一辈子都不能区别客观与主观。

55. 看到别人把东西掉在地上，能主动帮助拾起来。

杜骏飞：特别是别人不方便时。

56. 能听别人把话说完，排队时也能够耐心等待。

杜骏飞：等待，是人类最深刻的技能。

57. 懂得不是所有愿望都能立刻实现。

杜骏飞：越是伟大的愿望，越是在很久之后实现。有些最伟大的愿望，即使永不能实现，我们依然会愿意拥有它。究其本质来说，愿望是引领人类上升的东西。

58. 能识别跑步、走路和漫步之间的差别。有过长途跋涉的体会，有过含饥忍渴走长路的经验，体会过"目的地就在眼前"的感觉。

杜骏飞：我写过《路的禅》，你有空时可以看看。

59. 认识几种树叶，知道大自然中什么植物能吃，什么植物不能吃。

杜骏飞：理解一下，什么是"吃"，"吃"的本质是什么？很多人不懂得"饿"和"馋"的差别，但你要懂。我讨论过这个题目，你有空时可以看看。

60. 认识大自然的多面性。大自然有美好的一面，也有艰难、脆弱、需要保护的一面，同时也是不可战胜和藏有危险的。

杜骏飞：如果没有防护，不要野营。如果未受过训练，不要探险。缺少专业团队支持，不要翻山越岭。

61. 曾与别人为一条既定的规矩进行过争论，曾经改变过一条规矩，能理解常规和例外的相互关系。

杜骏飞：会做事很重要，更难的是会管理，最难的是制定规则。当一个人开始理解规则时，他才会融入社会。当一个人能建立起让人心悦诚服的规则时，他就有了真正的"明智"。

62. 对计量单位有一定的概念。比如，三升相当于三个装满的牛奶瓶，并会用自己的身高丈量房间。

常识课

杜骏飞：也思考一下，用什么来测量海阔天空、山高水长？

63. 会举一反三。我会什么？电脑会什么？初步建立"智慧"这一概念，知道人的智慧和技术创造的人工智慧。

杜骏飞：还要记住，不要被机器和电脑程序所奴役。任何人工智慧，都不可凌驾于人的尊严之上。

64. 做过表象和存在的化学实验。知道空杯子并不是空的，因为里面还有空气。

杜骏飞：试着理解一下，"空"为什么有意义？看你身处的房间吧，房子的美德不在于钢筋水泥、墙和玻璃，而在于有"空"让我们居住。

65. 曾根据操作规程做过一次实验，并多次反复练习。

杜骏飞：自己在网上查询一下，什么叫"1万小时定律"。

66. 知道自己眼睛的颜色，曾画过一张自画像。

杜骏飞：任何颜色的眼睛都是美的，特别是你喜欢的人。

67. 曾给自己测过脉搏，也给小伙伴和小动物测过脉搏。

杜骏飞：是的，小动物也有脉搏。猫的心率在 110—170 次 / 分钟之间。大多数鸣禽的心率为 200—500 次 / 分钟，蜂鸟的心率甚至超过 1000 次 / 分钟。我们人类的平均静息心率约为 72 次 / 分钟。你的心率是多少？

68. 认识一位大师、一位专家或是一位能手，并与他们一道"工作"过。

杜骏飞：当你见过了不起的人，你对自己的要求便不一样了。

69. 仅仅因为自己是一个孩子（一个普通的孩子）而自豪。

杜骏飞：这是真的。理由是，你拥有一切可能。

第**7**卷

　　素昧平生：未来的路还很长，愿你勇敢，愿你珍惜。不光是这两个孩子，凡能看到这些课程的都会深深铭记。

　　香樟树：儿童体验清单真的很好，体现了真正的素质教育。明智者才会更注重对儿童非智力因素的培养。谢谢杜老师推荐并逐条阐述，建议更多的年轻父母细读并尽可能实践。若如此，国家明天会更好。很喜欢杜老师的课程，再次谢谢。

　　Dr. Wang：百科全书式的注解，六根尽赅。

批判性思考

常识课

| 主题词：批判性思维，批判性思考
编辑注：本文由周书仪根据 2018 年 10 月 11 日课外辅导对话整理。

　　周书仪：critical thinking，译为"批判性思考"。老师们都在鼓励学生在学习中 critical thinking。但是，读论文时，读者与在论文领域作过深入研究的作者相比，知识储备不足，多数情况下只能算是接受新知识而已。读完论文，觉得作者逻辑通顺、论述合理，深以为然，并不觉得作者有什么错误可以"批判"。那我们怎样才能"批判性"地阅读呢？读论文时从何处开始批判呢？

杜骏飞：critical 一词的字根含义是分开或分辨，并不是否定和负面批判的意思。80 多年前商务印书馆在首次出版康德《纯粹理性批判》时引入这个词，当时文白交替，文化变革，社科术语都还在实验探索的阶段，而翻译者胡仁源并非直接由德语翻译，而是隔了一重，由当时的英译本翻译过来。因此，很多翻译用词都有商榷的余地。在英语里，critical 也有多重意思，我们来看一下词典。

剑桥英文词典对 critical 的解释，包括以下四个意思：1. 不满意的，某人或某物不好或不对。2. 重要。3. 给出观点或判断。4. 严重。根据英文释义，可以发现，人们对这个词的理解容易停留在第一个解释上，然而我们在学术阅读上建议的 critical thinking 应该更倾向于第三个解释。也就是说，富有批判力的思考不仅是评论对错好坏，还应该给出自己的意见、观点，我认为这是一种"建构化"的思维过程。我们"批判"的目的是使客体变得更完整或更好，而不是为了反驳而反驳。

如果可以就某个论点驳倒作者，那当然是重大突破，但更多的时候，社会科学的所谓"对错"并不分明，批判性是基于思考者看问题的角度不同而成立的。因此读他人文章时，你可以从作者考虑之外的角度来提出建议，这其实已经是在"批判"了。

周书仪：那么，我们如何在作者观点上去建构呢？我感到这仍然是一件困难的事。

杜骏飞：举个例子——我来"批判"我面前的矿泉水吧。这是 ×× 品牌 600 毫升普通装矿泉水，我不是厂家，也不是检测者，甚至是个外行，那么我如何来"批判"呢？

首先，我发现每次喝一半的水就够了，剩下半瓶水就不喝

第
⑦
卷

了，而且不止我一个人，很多人都是这样，这实在浪费。那么我建议，把容量改为原来的一半，这样资源可以得到更有效的利用，也可以增强对产品和品牌的好感度。在讲究环保的时代，喝水的人本身也不想浪费。其次，我们来看一下包装：主体为红色，再加上绿水青山的 logo。红配绿，我自己觉得太俗，不符合现代的审美。我认为审美观念应该跟随潮流变化，如我们手上奶茶的纸杯设计就比较时尚，我可以因此提出包装迭代的设想。再次，看看还有什么——瓶子本身的材料，是否可以更轻薄？触感是否可以更好？最后，关于水质，现在装的是矿泉水。矿泉水是否是最适合饮用的水？有科学研究说，白开水是最适宜饮用的水，因为凉开水最容易透过细胞膜，易促进新陈代谢，增强免疫功能，提高机体抗病能力。习惯喝白开水的人，体内脱氧酶活性高，肌肉内乳酸堆积少，不容易产生疲劳。矿泉水声称富含矿物质，但水中的矿物质含量其实非常少。人体所需矿物质的摄取主要来自食物。所以，企业是否应该转变策略，售卖白开水？当然，那样一来就不能叫原来的名字了，也许可以建构一下"××白开水"试试，至少这个品类可以作为战略储备产品。

你看，我刚才这些建议，都是基于我自己的视角，在力图提出我的思考，来达成改进和完善，这就是"批判"了。

周书仪：除了提出建设性意见，批判性思维还体现在哪些方面呢？我们平常在上课学习时，要怎么训练批判性思考力呢？

杜骏飞：在大学里，老师每堂课给每个学生发一颗糖。一个学期结束后，一些同学得到了一罐糖，而有的同学把这些糖做成了糖浆，研发了具有糖分的产品。这是一个隐喻——前者也许是每节课笔记记得很好，但他仅仅得到了知识，后者融会贯通，把知识熔铸成为智识。

我们在学习批判性思维时，也是要求自己能充分领略，深度思考，富有创见。这就意味着我们要有更多的思考技能，包括：解读、分析、评估、推理、解释，还有自我修正。严格来说，这些都属于批判性思考。那么，解读、分析、评估、推理、解释怎么练，其实并没有多少秘诀，是要每天坚持接触那些践行解读、分析、评估、推理、解释功用的范本，通过不断体会、揣摩和模仿来习得批判性思维。

实际上，这就要求你不断去读富有批判性思维的书，接触富有批判性思维的人，沉浸在鼓励批判性思考的环境里。为什么我们要鼓励一个青年去读一流作品，接触一流思想？其实是希望他能够充分理解那些最好的思想家是如何批判性思考的。最重要的是，你要通过持续不断的阅读、思考、写读书笔记，有意识地模仿他们的思考，直到建立起批判性思考的成就感。

这时候，你也许就在不知不觉中开始自己解读、分析、评估、推理、解释一些主题了，然后更进一步，你也许就能轻松做到 critical thinking 了，无论你是要批判还是要重新阐释，是要补充还是要创造。

我建议你从学习计划、阅读资源、对话模式、思考的勤勉度这几个方面评估一下自己批判性思考的条件，然后作出有针对性的改善。一般来说，我们可以不断修正自己的思维习惯，但是，越早越好，越渴求，就越容易自我养成。

周书仪：好的，原来如此，谢谢老师！

附录："批判性思考"的定义

1990 年，一群美国学者发表了联合声明，对"批判性思考"作了以下界定：我们认为批判性思考是一种有目的而自律的判断，并对判断的基础就证据、概念、方法学、标准鉴定、背景因素层面加以诠释、分析、评估、推理与解释……有理想批判性思考能力的人凡事习惯追根究底，认知务求全面周到，判断必出于理据，心胸保持开放，态度保有弹性，评价必求公正，能坦然面对主观偏见，判断必求谨慎，且必要时愿意重新思量，对争议点清楚了解，处理复杂事务有条不紊，搜集相关资料勤奋不懈，选取标准务求合理，专注于探索问题，而且在该问题该环境许可的情况下坚持寻求最精确的结果。"批判性思考"必须具备以下三项特质：一、倾向于以审慎的态度思虑议题和解决难题。二、对理性的探索与逻辑推理的方法有所认识。三、有技巧地应用上述的方法。

资料来源：https://dictionary.cambridge.org/dictionary/english/critical。

常识课

留言选录

李兴强：关于批判性思考的定义，杜老师讲得很清楚，包括如何训练、培养这种思考能力。我认为应该注意一些认识误区：一、这种思考能力是一种综合能力，也就是说你在生活工作的方方面面去培养自己的观察、理解、评价、分析、质疑的能力，这种能力是相通的。二、当不能质疑对方的时候，可以反过来质疑自己，比如这种事情经常发生在身边，

作者关注到了，我为什么忽略了？或者我也关注到了，为什么没有注意到它们之间这种联系、规律？三、审视自己的思维模式、思维习惯和心理，它们有没有阻碍自己批判性思维能力的提高？

Dr. Wang：概念是学科的基石，对概念的准确解读是构建学科体系的基础。实际中确实存在望文生义、不求甚解的情况，导致阅读、写作的结论也会似是而非。三丁包子，矿泉水瓶及水，倒茶，吃面，做面条，杜老师在生活中信手拈来，皆可说法，真是善巧方便，因时因地因人施教。

M：深夜无眠，看杜老师解释"批判性思考"，加深了对"批判性思考"的理解。想象回到十七八年前的课堂，批判性思考一下"批判性思考"，进行一次师生对话。我以为，批判性思考可以牢固地建立在"敬畏"的人生观和世界观基础上，"敬"他人已有的思考和无限可能的未知世界，"畏"自己不慎思考对于他人和世界的消极影响；同时，批判性思考亦依赖于强烈的求知欲和丰富的想象力，求知欲会引导我们从不同角度观察，想象力会帮助我们看到更多的可能性。

第**7**卷

颜值正义

主题词：相貌，颜值，焦虑，自信

我们可以同意，外形焦虑是绝大多数人的心病。我们还可以同意，人人都曾受到社会规训，以至于成了客体化的自己。甚至，还要加上一句：有研究曾表明，外形出众者在其事业和社交中，拥有比常人大得多的成功率。

这大约正对应着人们的刻板印象，也似乎印证着如今网络上风传的所谓"颜值正义"。

不过，这里所说的外形出众，是否就是"外貌"？外貌，是否就是"容颜"呢？未必。

格拉德威尔（Malcolm Gladwell）在为 2005 年出版的 *Blink* 一书做调研时发现，在财富 500 强企业中，30% 的首席执行官（CEO）身高至少达到六尺二寸（1.88 米），而美国达到这个身高标准的人口仅占总数的 3.9%。因此，在这里，外形很可能是身高。

加州大学圣地亚哥分校以及杜克大学商学院的学者，曾对792 名男性 CEO 在投资者面前发表的演讲进行分析，发现声调更加低沉者的年薪，比声调处于平均水平者高出 18 万 7 千美元。无独有偶，德克萨斯的"量化通信"公司曾要求人们对 120 名高管的演讲作出评价。他们发现，对于 23% 的听众来说，声音的质量是评判演讲好坏的关键，而演讲内容的影响仅占 11%。因此，在这里，外形很可能是声音。

常识课

卡尔斯鲁厄理工学院和科隆大学的学者发布过一项调查结果：列于美国标准普尔1500指数的公司中，能跑完马拉松全程的CEO所供职的公司，市值比其他公司平均高出5%。也许，马拉松并不是一个常规测量工具，但几乎人人都能体验到这样一种社交偏见：那些体重超标的人，尤其是女性，会被认为缺乏自我控制力。因此，在这里，外形很可能是健康。

如果篇幅允许，我们会有更多的旁征博引，这个关于外形指标的列表还可以延续下去，我们或许会发现，举凡身高、体重、站姿、声音、表情、眼神、步伐、衣着、容貌、举止，都是外形的一部分，是它们共同影响了他人对你的判断。

因此，如果你沮丧于人们的刻板印象，把"颜值正义"直接等同于容貌俊美，那么，你会抱怨自己的基因，会自怨自艾，甚至黯然神伤。但如果一个人的外形，是上述无数种元素的集合，你能说自己在所有那些方面都一无是处吗？你能说自己在外形的资本上一无所有吗？你能说对自己的塑形、他人的偏见、社交的遭遇毫无责任吗？

想想，你可曾通过自我训练追求健康挺拔？你可曾对着镜子练习过表现力？你可曾对着陌生人展露过笑意？你可曾对着空旷的场地练习过声音？你可曾尝试对着一群陌生人发表演讲？你可曾对着巨大压力要求自己英勇无惧？……

如果你什么都没有做过，嗯，你确实应该为外形焦虑。

什么是一个人的外形呢？可以是眉目如画，可以是亭亭玉立，可以是气宇轩昂，可以是文质彬彬，可以是舌灿莲花，可以是岳峙渊渟，可以是明眸善睐，可以是神色弘毅。

即使这些，也还不是外形法则的全部。一个人的颜值，除了是外貌、外形，还是一种属于复杂系统的"审美场域"。它的赋值，受三类指标支配：外在指标（一切外观价值），内在指标（一切内蕴价值），旁观者指标（一切审美阈值）。这三者是相互支持的，也是相互代偿的。

譬如，即使人的"外形"看起来一无是处（请自己找一个名人举例），但倘若他的美德、素养、贡献足以受人赞许（请仍以他为例），我们依然会承认他的魅力——这就是内蕴价值对外观价值的支持。

而不管你的内在、外在指标如何，你都仍会有自己的拥趸，因为关于你的审美是被旁观者赋值的，这就是所谓"情人眼里出西施"。

那些外观价值出众的人，容易收获更好的第一印象，但也会在旁观者心中建构过高的内蕴预期，倘若内外指标形成落差，会更容易招致外部的轻视。中国人口中的"花瓶""绣花枕头"之类贬义词，往往是这种偏见所致。此外，对真正徒具外表的人，人们只愿意欣赏、消费和占有，而不愿意"相伴"——这其实是"红颜薄命"的隐秘成因之一。

反之，外观价值不高的人，容易受到低估，而一旦在旁观者面前展现出比预期更高的内蕴价值，也会形成惊喜，由此，反而更容易得到外部的承认。中国人口中的"人不可貌相，海水不可斗量"，就属于这类赞誉。布考斯基（Charles Bukowski）甚至说过："长得丑是多么幸运的一件事，因为如果人们喜欢你，你可以肯定他们都是出自真心的。"

审美是分群的，一些人所激赏的外观价值，在另一些人那里，有时却无足轻重；一些人所不以为意的外形缺失，在另一些

常识课

人眼中，却甚为致命。所以，你大概不会讨所有人的喜欢。当然，你也没必要取悦所有人，即使你是个电影明星。

内在指标就更复杂了。考虑到那些内蕴价值几乎涵盖一切美德，加之一百个观众心中就有一百个哈姆雷特，因此，人类审美的"人以群分"现象是极为明显的。

从这个意义上来说，摆脱外形焦虑的最大捷径其实是："摆脱不认同的人群"。

还有更好的路径吗？有，那就是修行，秀外慧中的修行。修行你的气质，读书使人美好，自信使人明丽；修行你的态度，一事精致，足以动人；修行你的德性，作家萨姆·莱文森（Sam Levenson）的名言是："要想拥有吸引人的双唇，请说善意的言语。"

记住：无论你的魅力如何出众，你都不必得意——毕竟，你不会得到所有人的青睐。无论你的颜值有多低，你都不必沮丧——毕竟，不是所有的美感都来自颜值。无论有多少人忽略你的外形，你都不必介意——毕竟，人世间最看重的，其实是许许多多超越外形的肯定，例如人们的尊敬。

以上，是作为系统认知的"颜值正义"。愿你铭记。

读书人的回报

主题词：读书，自信，文化自尊

编辑注：杜老师答冯雅雯同学问。

冯雅雯：刚刚选择学术道路的人总会不自信。过去，家长总会说只有好好读书，以后才有出息。可现在越来越多的现实告诉我们，读了那么多年的书，工资可能不及邻居家初中毕业的小哥。在老师看来，读书人应如何在经济压力前保持自信？

杜骏飞：回答问题之前，我想先讲一个我听过的故事。

1963 年，有一位叫玛丽·班尼的女孩写信给《芝加哥论坛报》，因为她实在搞不明白，为什么她帮妈妈把烤好的甜饼送到餐桌上，得到的只是一句好孩子的夸奖，而那个什么都不干、只知捣蛋的戴维（她的弟弟）却得到一个甜饼呢？她想问一问无所不知的希勒·库斯特先生：上帝真的是公平的吗？为什么一些像她这样的好孩子常被上帝遗忘呢？

这位希勒·库斯特，当时是《芝加哥论坛报》儿童版"你说我说"栏目的主持人，其工作内容大概类似于我忙于回答黄牧宇的问题。那些年里，孩子们有关上帝为什么不奖赏好人、为什么不惩罚恶人之类的来信，他收到不下千封，每当拆阅这样的信件，他心里就非常沉重，因为他不知该怎样回答这些提问！

不久，一位朋友邀请他参加婚礼，也就是在这次婚礼上，他找到了答案：牧师主持完仪式之后，新娘和新郎互赠戒指，也许是两人过于激动，居然阴差阳错地把戒指戴在了对方的右手上。

牧师看到这一幕，幽默地提醒他们说："右手已经够完美了，我想你们最好还是用这戒指来装扮左手吧！"

在这刹那间，站在一旁的库斯特大彻大悟：右手成为右手，本身就非常完美了，是没有必要把饰物再戴在右手上了。同样，那些有道德的人，不也是如此吗？

于是，库斯特得出一个结论：上帝让善人成为善人，就是对善人的最高奖赏了！他兴奋不已，遂以"上帝让你成为好孩子，就是对你的最高奖赏"为题立刻给玛丽·班尼回了一封信。这封信在《芝加哥论坛报》刊登之后，并在不长的时间内，被美国以及欧洲一千多家报刊转载了——并且，每年的儿童节，许多报刊都要重新刊载一次。

讲完这个故事，我讲一下昨天吃饭的故事。

昨天傍晚，几位硕士弟子来吃我煮的菜饭——我煮的，当然好吃，但菜饭的味道我们以后再说。饭后，有个女生问，她将来是要自己创业好呢，还是去北京读博士好？她对此很纠结，希望听听我的回答。

我告诉她：作决定不难，你可以观察一下一位当老师的学姐，她每天的生活安静、素淡，如果这个生活方式是你能接受的，且是终生能坚持的，那就读书去。

我说，你有很好的商业才能，创业当然是不错的选择，也有很好的利益预期；选择做一个读书人，也是一个不错的选择——虽然没什么热闹可言，也没有多少经济回报，但成为一个读书人这件事本身，就是读博最好的回报。

回到冯雅雯的问题，我觉得我昨天的回答，与库斯特的回答是一脉相承的。你不是问我读书人应如何在经济压力前保持自信

第**7**卷

277

吗？我不知道什么是"保持自信"，所谓读书人，不都应该以读书为骄傲吗？你真正具有的自信，别人是夺不走的，你也是不会丢掉的啊。

自然，确实会发生读书多年而工资不及快递小哥的情况。但是，把快递小哥的年薪给你，让你做快递小哥的事，你愿意吗？你如果不愿意，那是为什么？还不是因为内心深处有你自己的认同！

我记得我在学校工作的最初二十年，时常告诉别人：似乎我教过的每一个弟子的工资后来都比我高，但我暂时还没有改行的计划。

这个时代给予文化的待遇，往往不及他们自己的预期。那么，这个文化人应该后悔吗？应该不自信吗？

不。

成为读书人，是我们自己的选择，也是我们深刻的认同。拥有知识、思想、方法，乃至书卷气，是读书生涯给我们的回报，也是我们人生路上最可观的境遇。所以，一个真正的读书人，虽然也期待更好的生活，但不会和别人比经济，因为他们或许并不是同一个物种。同样，一个企业家，也大可不必羡慕人民教师；一个运动员，也不必稀罕做一个诗人。

你知道，鸟不会羡慕兽会跑，兽不会羡慕鱼会游，鱼不会羡慕鸟会飞。这就是每个真正的职业人都要自信的原因。

当然，对库斯特的故事，我并不是都赞同。

他说：右手成为右手，本身就非常完美了，因此就没有必要把饰物再戴在右手上了。

我想做一个小小的纠正：右手不戴戒指，不是因为它本身已非常完美了，而是因为它有更喜欢、更擅长的事要做。

留言选录

　　Ken Zhang：醍醐灌顶，身处经济浪潮，经常会怀疑读书无用，但读书教给自己的善良、理性、平等，已经令自己受益颇丰了。

常 | common
识 | sense
课 | 第八卷
共 9 课

8

"社畜"

主题词："社畜"，劳动者，人性，尊严

有同学跟我谈起一个热词——"社畜"。

"社畜"（shachiku），是日语里"会社"（kaisha）与"家畜"（kasaku）结合而来的新词，比喻舍弃自尊、为公司做牛做马的底层上班族。

这个词大热，是因为流行的日剧《无法成为野兽的我们》。在影片中，新垣结衣饰演的一位女白领，因为顺从，经常会身兼多职，被上司当牛马一样压榨，还常常承受甲方无厘头的要求，无休无尽地加班。因此，被工作占据了几乎全部日常生活的她，常在剧里感慨："人间不值得。"

在网上，"社畜"引发了众多上班族的共鸣：起早贪黑，挣扎在公司的任务考核里，赶地铁挤公交，疲于奔命地加班，修改不完的案子，写不完的报告，永远完不成的计划清单，这几乎就是他们的日常。

岂止是企业白领，基层公务员、科研人员、教师、医护人员、个体工商户，职业中产几乎无不如此。倘若新垣结衣那样的白领称为"社畜"，其他人恐怕也得称为各种"畜"了。新垣结衣是被公司利益驱使而成"畜"的，那么，其他所有过着"牛马不如"生活的人们，又是被什么驱使的呢？我想，无非还是所谓"经济效益"和"长官意志"。

在历史的长河里，不乏以集体利益之名牺牲个体幸福之事。

第**8**卷

它们所带来的，岂止是没日没夜的劳累，甚至还有暗无天日的压榨、鲜血淋漓的伤亡。

人类社会建立企业和部门，是为了以劳动和产品去创造美好生活，包括每一个成员的美好生活。倘若一个集体罔顾自己成员的身心健康、剥夺他们的人格尊严，驱使他们走向疲倦、麻木、绝望、抑郁，使他们终日劳累，毫无人生乐趣可言，那么我们会说，这是一个社会组织的反人性化，这是一种人类集群行为的异化，这是对人的价值的践踏。

所有那些让人长叹"人间不值得"的企业，都不是良善的企业。所有那些让人长叹"人间不值得"的观念，都不是善念。——无论它们创造出多少财富、增长了多少利益。

因为他们忽略了"人"。

被不正当地剥夺个人生活、剥夺欢愉、剥夺希冀的人们，被不正当地驱使并承受其无法负担的工作压力的人们，都是被"社畜化"的一群人。除了工厂，一些大学、医院、机关，也正在建造"社畜"的围栏，无限制地异化劳动，无限制地强化考评，这绝不是一种善治社会的愿景。

一种文明的制度，当以公共福祉为旨归，就必然珍视每一个劳动者的身心，而不会忍心将自己最忠实的成员驱作"社畜"。

如果它们执迷不悟，我们要有勇气说"不！"不仅如此，我们还要及早对它们发出共同的声音："不！"

在《无法成为野兽的我们》的最后，新垣结衣一身皮衣，冲进社长办公室里说了"不"，看起来，她终于摆脱了"社畜"的命运。而大多数人，大概不会像她那样轻易放弃自己的工作。

但是，如果真的被逼到悬崖边，我希望你能像她那样说"不"。

我更希望，所有警醒的阶层能团结起来，毫不含糊地对催化"社畜"制度的资本、权力、社会文化说出那一声"不"。

毕竟，我们生而为人，而非生而为"社畜"。

要注意，当我们从容地、坚定地、反复地发出那一声"不"的时候，我们不仅是朝向企业，不仅是朝向不良管理，也是在朝向内心的软弱和恐惧。

创伤课

主题词：心理创伤，治愈，自我修复

编辑注：答黄牧宇提问。

黄牧宇：据统计，超过 50% 的人在一生中至少会经历一次创伤。心理学家 James Pennebaker 指出，对创伤的表露——包括倾诉发生的事件和自己的感受、情绪，可以减少创伤引发的身心健康问题。而创伤的表露形式不仅限于人与人之间，以日记或随笔的形式记录也可以倾诉情绪。相较于陈述事实，表达情绪有着更强的治愈效果。

为何表露创伤有治愈的作用呢？显而易见，表露创伤可以释放压抑的情绪，此外，还能够给我们重新认识创伤的机会。在亲密关系中表露创伤，能为关系提供更紧密的联结。不过，人们表露创伤的意愿与创伤的强度有关，往往创伤事件越严重，人们就越不愿意表露。人们害怕遭受他人的负面回应，从而导致二次创伤，也担心表露会影响敏感的人际关系。所以，选择正确的人际表露对象是创伤表露的重要一环。

现实中，创伤在许多人心中静静发酵，这是因为人们甚至对经历的创伤没有自知，或是因创伤陷入深深的自责，而没有向外界求助的意识，如何应对这种情况呢？创伤有无治愈的可能呢？

杜骏飞：心理意义上的创伤，是因人而异的。如同树木的致密度不同，人的耐受力也不同。一事之于我为创伤，于人，或只是微不足道的划痕，同一种伤痛，于甲是经久难忘，于乙，却为过眼云烟。

因此，创伤的治愈，首先要考虑调整感知。主强客弱，主弱客强。视野大了，景物就小了，心胸大了，哀愁就小了，内心强了，痛楚也就减弱了。在这里，调节内心感知的，是自我的思想尺度。

思想的尺度，首在空间。于一人之可见，于一地约略不见；于一地之可见，于一国约略不见；于一国之可见，于世界约略不见；于世界之可见，于宇宙约略不见。着想于大尺度的空间，心念易于开阔。所以生活在大草原的民族，多豪迈旷达，坚强洒脱。

所以，疗伤之胜地，也最好是一望无际之处，或高原雪岭，僻处在旷野，或海洋浩淼，远接于天边。一旦堂庑大开，便足可衬托创伤的渺小，而平复心情，也就自不待言。

思想的尺度，次在时间。于一天之可见，于一月约略不见；于一年之可见，于一生约略不见；于一世之可见，于百世约略不见；于史传之可见，于亘古约略不见。着想于大尺度的时间，认知必得广延，忍耐也能超越寻常之限。

所以，读史使人明智，考古使人恢宏，俯见生命沧桑，有望领略"至人无己"之境界。疗伤者体悟生也有涯，而时间无限，一旦得以思想上下千年，便有浩荡磅礴之气涌入心间。既然人生譬如朝露，又何必整日里顾念些许伤痛。

另有些功夫，也值得一提。譬如遗忘，遗忘是对创伤的被动遮蔽。我以前曾说起，遗忘是修行的入门课。能自我调节记忆的强弱，是第一步；能自我调节记忆的时机，是第二步；能自我调节记忆的隐显，是第三步。

又譬如代偿，代偿是对创伤的主动弥补。如果遗忘能力不足，可以考虑厘清损失，寻求代偿。譬如失之于业绩者，可以健康为代偿；失之于身体者，可以精神为代偿；失之于名利者，可以安宁为代偿；失之于青少年时期者，可以成年为代偿；如此等等。

归根结底，人还是要懂得自我驾驭，为此，有一个清明的认知，是当务之急。心理学上有一个故事。一对夫妻天天吵闹，势同水火，不得已，去见心理学家米尔顿·艾立克森。听罢双方的喋喋不休，艾氏轻声道："你们当初结婚的目的，难道竟是为这无休无止的争吵吗？"

创伤也是如此。我们的人生目的，是为体味那无休无止的创伤吗？当然不是。当你不能改变创伤时，你唯一能做的，就是改变自己的认识；你不能左右创伤，但你可以左右自己的心情。

如果你自己实在下不得功夫，那就要寻求帮助，主要在于选择沟通。向他人倾诉，是人际沟通；著书行文，是公共沟通；

日记随笔，算是自我沟通。尤其必要时应该看医生，那算是医疗沟通。

Pennebaker 说，对创伤的表露，足以缓释心理创伤。将自己的心事诉诸可信的他人，必有心意相通的体验，如此，则有自我意识之壮大。这种感受至关重要。心神疲弱、形影相吊者，与人精神联通，会得到积极暗示，通过广延自我来重建认同，进而慰藉自己的创伤。

也因此，疗伤要注意善假于物，其间，有两个路径：一靠社群，譬如同道鼓励，导师指迷，皆是如此；一靠诊疗，譬如能为药物救济的病理治疗，能为精神救济的心理治疗，如此等等。

此刻夜幕低垂，车窗外灯火盏盏，不知灯下有多少人，不知他们各有多少创伤，也不知这世上有多少种不同的人生。

女生箴言

主题词：女生，女性，性别文化，性别歧视，自尊

编者按：昨天，"杜课"推出了"女生残酷物语"的讨论课，并留下了若干提问。今天，让我们看看老师的观点。

1. 性别平等的精微之处在于：平等不是等同。

2. 进一步说，尊重也不等于平等。

3. 你也许无法改变女性弱势，但至少你可以不做弱者。

4. 没有人规定你应该怎样，你的人生，可以选择幸福感，可以选择成就感，也可以选择独特感——或别的什么。

5. 迟早你会意识到，女性的弱点，也可能是优势。

6. 关于女生的先入之见，大多是建构之物，而最重要的建构者，则是女生本人。

7. "仇女症"不足为虑，它并不发生在成熟、体面的人群中。

8. 对女性的轻视，来自古代社会根深蒂固的文化传统。它的建立，不是靠一代人，它的消除，也不会只靠一代人。

9. 在性别歧视面前，愤怒毫无意义，奋斗才是批判的真义。

10. 口号是：坚持做自己，但要向异性学习。

11. 为什么不能有性别歧视？因为在某种意义上，每个人都是"跨越性别者"，只是光谱有别而已。

12. 何为成功的女性？——不要问这类问题。

13. 不必迷恋别人对你美色的夸赞，同时，也不必抗拒。正确的表现是：礼貌地感谢，但不以为意。

14. 女生最重要的能力是：懂得说不。

15. 为了不止于做"女生"，要不只和女生交朋友。

16. 不要只顾及身边的环境，而要尊重自己的心境。

17. 单身并不值得羞愧，草率的婚恋才是真卑微。

18. 不要和别人比你没有的技能，不要炫耀你没有的美德，不要艳羡不属于你的财物，特别是，不要和别人攀比你没有的幸运。你唯一要坚持的比较是：你是否比昨天的你更出色、更美好？

19. 你只有你自己。

二十七八岁的人生注释

主题词：青年，生活压力

编者按：此前，"杜课"推出了关于《我今年二十七八岁》这首诗的讨论课，并留下了三个问题。今天，让我们来看看老师对原诗的批注。

我今年二十七八岁，

每天起床的时间从中午12点变成了早上7点，睡觉的时间从凌晨变成了晚上11点。

杜骏飞：这倒没什么不好。

我今年二十七八岁，

工作中开始接触形形色色的人，见到亲戚朋友，他们不再问你考试考了多少分，而是问你工资多少，结婚没有……

杜骏飞：请记住，最重要的是你自己在意什么。

我今年二十七八岁，

聊天的话题从各种网络游戏变成汽车、房子……

吃饭的时候，往往讨论的是他准备结婚，她哪年结婚了……

杜骏飞：可以聊，但不用怕。如果不怕，聊也不怕。

我今年二十七八岁，

每天不再感慨学校有多少作业做不完，开始感慨油价、房价涨得有多快，股票是涨还是跌……

杜骏飞：三十七八岁、五十七八岁也在感慨这些，因为这些是时代缩影。只是，二十七八岁被亏欠的更多：他们正是渴望用钱而缺钱的时候。解决之道无非三种：1. 开源，奋斗；2. 节流，减少物欲；3. 等待时间，积蓄能力，相信会有属于你的机会。

我今年二十七八岁，

不再乱买东西，月底开始算计，还了信用卡，开销多少，还剩下多少，该开始攒钱买房子了……

杜骏飞：这不是你的过错，可以烦恼，不要内疚。

我今年二十七八岁，

渐渐地开始讨厌酒吧、KTV，喜欢亲近自然，喜欢健康的生活方式……

杜骏飞：但愿如此。

我今年二十七八岁，

偶尔会有寂寞，偶尔会挂念一个人。

杜骏飞：有人值得你挂念，当然是好的，但也要争取被人挂念。

我今年二十七八岁，

我们开始追逐梦想，不会再轻易流泪，不会再为了一点挫折而放弃……

我今年二十七八岁，

没有了年少的轻狂，把遇到的挫折困难都当作一种人生的阅历，试着去包容去忍耐……

杜骏飞：好。流泪没关系。

我今年二十七八岁，

回想起曾经，我们做了太多的错事，走了太多的弯路，我们总是在后悔，但是我们回不去了，回不去那个曾经纯真的年代了。

杜骏飞：无需回去，只需记得。

当我们被社会上无形的压力压得喘不过气的时候，我们渴望曾经的那份爱，渴望每天下班有人一起吃饭、一起看电影，我们需要有一个人为我们，来分担一些东西。

杜骏飞：最高理想是有人分担。最低要求是自己有决心承担。

我们在一条伟大的航路上，我们需要有人为我们鼓劲，也许我们累倒想放弃，深吸一口气，继续向前走，我深信，总有一个能靠岸的彼岸。

杜骏飞：真好。支撑伟大的，永远是平凡，而最可靠的，首先是自己。

我今年二十七八岁，

无聊时我们没有去玩游戏，我们开始上平台购物，买正品。

杜骏飞：玩游戏和挑折扣、买正品，这些都没什么不好。重要的是自我驾驭。

我今年二十七八岁，

孤单时我们没有去网吧，我们用手机隐身上QQ，看看谁在线，看看熟悉的人，想说点什么，究竟又什么也没说，就这样反复地纠结着……

杜骏飞：就这样吧，其实，无言也是大美，也是人生况味。

我们把空间刷新了一遍又一遍，看看谁更新心情了，看看谁更新日志了，回复了符号，却没有回复句子……

杜骏飞：太多关注别人，说明内心还是有些脆弱。

我今年二十七八岁，

烦恼的时候不再发牢骚，我们静静地，静静地看着听着，这很现实又很虚伪的世界……

杜骏飞：世界很难贴标签。有时风雨，有时晴，有时正午，有时繁星，有时快乐，有时不幸。但是，你的心情毕竟属于你，境由心生，如此而已。

我今年二十七八岁，
明明很想哭，却还在笑。
明明很在乎，却装作无所谓。
明明很想留下，却坚定地说要离开。
明明很痛苦，却偏偏说自己很幸福。

第**8**卷

明明忘不掉，却说已经忘了。

明明放不下，却说他是他，我是我。

明明舍不得，却说我已经受够了。

明明说的是违心的假话，却说那是自己的真心话。

明明眼泪都快溢出眼眶，却高昂着头。

明明已经无法挽回，却依旧执着。

明明知道自己很受伤，却说你不必觉得欠我的。

明明这样伪装着很累，却还得依旧……

杜骏飞：你需要一个无需在他面前伪装的朋友。你需要一个无需在人面前伪装的空间。当然，最好是你有一个无需伪装、确实坚强的灵魂。

为的只是隐藏自己的脆弱，即使很难过，也会装得无所谓……

只是不愿别人看见自己的伤口，不让自己周围的人担心，不想别人同情自己……

杜骏飞：其实，如果真的学不会坚强，那就放松下来吧，有时我们还是可以试试以本来面目示人的！

只想在心底独自承受，虽然心疼得难以呼吸，却笑着告诉所有人"我没事的！"然后静下来时，自己就笑话自己，何必把自己伪装得这么坚强！好像自己可以承受所有的苦难……

杜骏飞：你会没事的，一切都会好的。你知道，在时间的长河里，一切深刻感受，都终将归于平淡。一切艰难困苦，都会烟消云散。此外，如果你愿意以垂死前的视野看这眼前的世象，欢乐也好，苦难也罢，都是最真切、最宝贵的人生。或许，只需再过几年，你就会回望此刻，对自己如是说：二十七八岁过去了，我很怀念它。

王尔德夜访"杜课"

| 主题词：教学

王尔德走进房间时，我吃了一惊。毕竟像他那样高傲的人，我没指望他真的能应约前来。

他礼貌地挂起礼帽，左右晃了晃自己漂亮的鬈发，而我，则不熟练地表达着对他的感谢。但显然，他对我和他说的客气话，并没有太大兴趣。

"你知道，我是主张艺术高于生活的，我甚至认为，一切坏的艺术都是返归生活和自然造成的。"王尔德说。

我按下咖啡壶上的开关，有些疑惑地看着他："我知道您的这一高见，不过您关于为艺术而艺术的主张，与我们要谈的话题，有什么关系呢？"

王尔德微微一笑，不过，犀利的眼神却反映出，他并没有什么笑意："我的意思是，既然你在这儿上人文课，那最好还是不

第**8**卷

必涉及社会生活的好。"

我摇摇头，道："我不这么看。您知道，上课就是上课，就像艺术就是艺术一样。上课是服务于目的而不雕琢于过程的，只是为了让听课人有真正的成长。如果一个社会生活的故事能让人收获更多，那为什么不呢？"

王尔德叹一口气，似乎对我这类回答早有思想准备，于是斜靠在沙发上，让自己坐得舒服一点，开始讲起他真正想讲的话："你知道吗？只有两种人最具有吸引力，一种是无所不知的人，一种是一无所知的人。我想知道，你对你的听众有多少吸引力？"漫不经心地提出了他的问题后，王尔德慢条斯理地掸了掸身上的烟尘。

我当然知道，这位天才人物每句话里都是陷阱，我必须谨慎作答："我以为，其实做一个好老师最重要的，不是考虑自己的吸引力，而是要考虑他的学生能否成为优秀的人。如果失去吸引力能达到这个目的，那么我愿意；当然，如果必须具有吸引力才能做到这一点，我也愿意。"

王尔德哈哈大笑，大概对这个回答既感意外，也还算满意，于是提高音量，继续说道："老年人相信一切，中年人怀疑一切，青年人什么都懂。我想知道你的课，主要是想讲给谁听呢？"

现在，轮到我笑了："所谓老年人相信一切，我认为他们那种笃信并不重要，重要的是他相信什么。所谓中年人怀疑一切，我相信人有权利怀疑一切，直到找到自己笃信的知识为止。至于青年人什么都懂，我想这是青年人的文化反抗，你想，在那些陈腐不堪的说教面前，一个年轻人说他早已什么都懂，这不是最自然而然的抗议吗？"

听到我的驳难，王尔德出乎意料地点点头。但紧接着，他又摇摇头道："不过，人知道的，总比他认为自己所知道的更多，但比他想知道的更少……"

我不等他把话说完，立即接话道："那么您认为，一个人自认为知道的更重要呢，还是想知道的更重要？"

王尔德跷起二郎腿，悠然道："都不重要。我看一个人，真正在乎的是他实际知道多少。"

我把视线从他身上移开，看着窗外道："明白了，不过我这种职业所要在乎的，不是他愿不愿意知道，而是他是否知道应该知道什么。"

大约，我的话对王尔德产生了某种刺激，他站起身来在房间走来走去，道："尽管如此，我对你在这儿漫无目的地讲课不以为然。你大概听说过我的名言吧？——我同相貌美的人交朋友，同名声好的人相识，同头脑灵的人做对头。如果我的话还有几分正确，我想知道，您在这里对空言说，可曾知道自己交往的是哪些人？"

他的自负我早有所闻，但这种毫无顾忌的傲慢还是让我颇有几分气恼，便不客气地回怼道："我当然知道您到这儿来，是要送名言给我的，不过我想反问您，您今天来这里，是因为我头脑灵，还是相貌美，或是名声好？"

王尔德大概没有想到我会如此直接，竟然有些结结巴巴："我来这里是应邀，当然也有欣然来访的特殊理由，至少我读到你昨天在第 900 课里写摆渡人的诗，很有些东方哲学的美感。不过我真正好奇的是，你当真不计较读者是谁吗？"

这时咖啡机才刚刚鸣笛，我花了点时间，给他倒上一杯咖啡，然后重新坐回自己的座位上。我没有直接回答他的问题，谈起了另一件事："在您去世很多年之后，有人曾经问丘吉尔：你来生最愿意与谁倾心长谈？丘吉尔毫不迟疑地回答：是奥斯卡·王尔德。您认为，丘吉尔是因为什么而得出了这样的结论？"

听到丘吉尔的如此恭维，王尔德的脸上难以掩饰自得的心情，他开心地自言自语道："是因为我是一个修辞家吗？不，我可不只会修辞。是因为我聪明过人，比伦敦那帮漂亮的傻瓜更有趣吗？也许。不过，我觉得最好的原因应该是：只有我说出了生活的真理。"

我微笑着看他："说出了生活的真理，真是一个好理由。我也希望如此。"

王尔德把手一摊，表示他不得不接受我的解释。但是，他神情郑重地补充道："说出真理是一件痛苦的事，但被迫说谎更痛苦。我但愿你没有过后者的麻烦。"

我微微地一鞠躬，表示接受他的好意，道："我当然有，我只是希望下一代人不会再有这样的麻烦。"

王尔德端起咖啡杯，轻啜了两口，表情一派祥和，似乎对刚才的谈话大感满意。史书上说，这位天才人物从不拖泥带水，既然谈完了，他立即站起身来，准备离去。

走到门口取礼帽的时候，他转身对我轻声耳语道："今天我空手而来，临走时我想送一句忠告，作为我赠你的礼物：同一切好名声一样，你一有出色表现就会招来敌人。要受人欢迎就得平庸。"他停顿了一下，补充道："这句话是我说的，但未必代表我的本意，你明白吗？"

我和他握手作别，道："我明白。每一个人更难接受的，却

常识课

是甘于平庸的自己。我们唯一要在意的，只是修行。我相信，您是赞同我的看法的。"

王尔德踌躇了一下，凝视着天空，道："我赞同，我也赞同你的咖啡，它很慢，但香甜可口。"

留言选录

　　张英健：太有趣了！巧妙的对话，中间夹杂着很多严肃的价值观念的选择。

逻辑谬误

主题词：逻辑，逻辑谬误，思维

编辑注：关于逻辑谬误的讨论课。文中《15个常见逻辑谬误汇总》由"杜课"编自网上译介文献和百度百科诸条目。

　　逻辑谬误是推理中的错误，它们出现得非常频繁，值得给它们找个特殊的名字方便我们记忆和识别。能够发现谬误，并识别出是哪种谬误，是一项宝贵的人生技能，它可以节省你的时间、金钱，也可以维护你的个人尊严。以下，列出在对话中最有可能遇到的 15 个逻辑上的谬误（fallacy）。

1. 人身攻击（Ad Hominem）

不理性的人参与争论，缺少理性观点时，就会转向人身攻击。在逻辑和修辞中，个人攻击被称为 ad hominems 。例如针对希拉里·克林顿的外号"杀手克林顿""谎言希拉里"就属于人身攻击。同样，不讨论观点而给对方贴上"美分""五毛"标签，也属于人身攻击谬误。

2. 稻草人（Straw Man）

如果对手的论点是稻草做的，打败它就很容易。稻草人谬误是指所攻击的并非对手本意，而是先对对手的论点进行曲解，再予反驳，就像在攻击一堆无生命也无害的稻草。例如，当你说电视台不应播放啤酒广告，对方狡辩说：嗯，但是人们总不能不饮酒吧？人类饮酒的历史太长了。同样，当你说对方引用的中国数据不准确时，对方怒答："你是想做个外国人吗？"这也属于典型的人身攻击谬误。

3. 诉诸无知（Appeal to Ignorance）

把无知（不知道）用作支持论证的前提，就是诉诸无知谬误。诉诸无知，除了能证明一个人不知道之外，并不能证明任何事情。有趣的是，这种谬误经常被用来支持多个相互矛盾的结论。比如："没人能明确证明外星人存在，所以外星人不可能是真的"，和"没人能明确证明外星人不存在，所以外星人肯定是真的"。科学哲学里有一句谚语："缺乏证据不是证伪的证据。"同样地，一个假设缺乏证据，也不能被当作另一假设的证据。当说话者诉诸无知时，通常会把一件事的难以置信作为他坚持另一事物的证据。例如，在网上会有人告诉你："我就说天下乌鸦一般黑，你要是不知道乌鸦还有什么别的颜色，就别来跟我争。"这就属于典型的诉诸无知谬误。

4. 虚假两难（False Dilemmay）

这种谬误还有一些其他的名称：非黑即白、非此即彼、错误二分法、分歧谬误。它的错误在于把选项限制为只有两个，事实上有更多选项；另外，即便只有两个选项，选项之间未必互斥，而有可能兼得。例如，"要么我们开战，要么我们显得软弱无力"。同样，当你表达一个观点后，对方怼（这个字应该写作"㨃"）你："给个痛快话吧，你支持我还是支持他？"这就是典型的虚假两难谬误。

5. 滑坡（Slippery Slope）

滑坡谬误，是从一个看似无害的起点开始，不合理地使用一连串的因果关系，将"可能性"转化为"必然性"，以形成某种极端的结论。也有人称之为连续体谬误。例如："你必须让我去参加这次聚会！如果没去，我就会成为没有朋友的失败者，等我到了 30 岁，会成为一个独自生活在地下室里的失业者！"同样，当你说在瑞士滑雪很受时，对方会对你上纲上线："滑雪还去瑞士？中国没有雪吗？你这不是崇洋媚外是什么？恐怕你现在吃不下大米饭了吧？"这就是典型的滑坡谬误。

6. 循环论证（Petitio Principii）

一个人的论点需要使用论据和逻辑支持，但有时候，人的结

第**8**卷

论其实是在重复结论成立所需的假设，而非新的结论，这便构成循环论证。比如，"鸦片能催眠，因为它有催眠的力量"，"我的大脑告诉我，它是可靠的"。当然了，如果我们的大脑告诉我们，我们的大脑是可靠的，我们确实会认为我们的大脑是可靠的。亚里士多德把循环论证归纳为实质谬误，而非逻辑谬误，实质谬误的意思是：非证实，也非证伪，没有实际意义，即为无谓，所以也不算真正的谬误。当一个人说："吃转基因大米的都是'脑残'，你想想，正常人能吃那玩意儿吗？"这种毫无意义的话，就是典型的循环论证。

7. 轻率概括（Hasty generalization）

轻率概括是在没有充分证据的情况下，作出具有一般性的结论，这些结论过于匆忙，因此它们通常犯有前提不恰当、刻板印象（陈规定型）、结论无根据、过度渲染或者夸大其词等错误。比如，"我敢说，每个人都会为它哀悼"。再比如："你不会说法语吧？我也不会说法语，告诉你，我们这个旅行团就没人说法语。"当你在网上说要尊重专家意见时，对方嘲讽道："提出某某的欧阳是专家吧？提出某某某的司马是专家吧？我们能尊重专家意见吗？！"这就是典型的轻率概括。

8. 红鲱鱼（Ignoratio elenchi）

红鲱鱼味道刺鼻，据说驯犬师可以拿这种气味测试猎犬追踪气味时会不会分心。红鲱鱼谬误，是指误导或分散对相关或重要问题注意力的东西。有些讨论会偏离主题，分散辩论者的注意力，其论点就可以称为"红鲱鱼"。在逻辑学中，也会以它代指相干性谬误（relevance fallacy）。红鲱鱼谬误的本质就是偷换前提，导致论证与原前提毫不相干，它很类似于中国人说的"顾左右而言他"。为此，我建议称之为跑题谬误。下次，如有人跟你说："不要到莆田玩，上次莆田系医院的事你忘了吗？"你可以回答他："我们是去旅游，不是去看病，你这是红鲱鱼谬误。"

9. 诉诸虚伪（Tu Quoque）

诉诸虚伪又被称作"你也一样"（拉丁语 tu quoque，意思是 you also），是企图通过指出对手的虚伪而使讨论偏离主题。这种策略并不解决问题，也无法证明自己的观点，因为即便是伪君子也可能说的是实话。例如："别告诉我别抽烟，你自己每天抽两包呢。""你们美国人无权对沙特人权指手画脚，看看关塔那摩监狱吧！"诉诸虚伪要么是通过反唇相讥，以"你没有资格批评我"来否定对方的批评；要么将自己的行为大众化，从而达到淡化客观事实的目的。显然，这些都不属于论证，无法否证对方命题的合理性（reasonability），因此属于谬误。

10. 归因谬误（Causal Fallacy）

归因谬误是在寻找原因时犯下的逻辑错误。归因谬误是一个大类谬误，有很多变种。其中主要的一种是虚假原因（英语 false cause）或乱赋因果（拉丁语 non causa pro causa），泛指各种没有充分证据便轻率断定因果的不当推论。例如："你父母给你起名叫'牧之'，他们是牧民吧？"许多人会将事物之间的相关（一起发生或依次发生）看成是因果（一个事物实际上导致了另一个事物的发生）。例如，有人告诉你："某某真是雨神，每次开演唱

第**8**卷

会都下雨。""某某真是世界杯灾星，他表扬哪个队，哪个队就输球。""调查记者很重要吗？这几年调查记者少了，我看我们的经济反而突飞猛进了嘛！"这类谬论都属于归因谬误。

11. 沉没成本谬误（Sunk Cost Fallacy）

"沉没成本"（Sunk Cost）是经济学术语，指已经发生的、无法收回的费用。有时我们对某个项目过于投入而不放弃，就算这个项目已确证无意义了也不愿终止。这种现象在行为决策理论中，被称为沉没成本谬误。它也是一种逻辑谬误：人们在决定是否去做一件事情的时候，不仅看这件事情的利益和成本，而且看过去是不是已经有过投入。在生活中，有人会说："我知道我的婚姻已经完了，但跟他已经在一起很多年了，所以我最好还是和他继续过。"在战争中，政治家会说："不能撤军，不能让我们已经牺牲的士兵白白牺牲。"

12. 诉诸权威（Appeal to Authority）

诉诸权威是对权威的误用，其具体做法包括：只引用权威意见、引用无关的权威、引用假权威。关于只引用权威意见，实际上，即便是权威的主张，判定其正确与否，仍取决于他的论据和论证，权威的身份是无法作为直接论据的。关于引用无关的权威，其逻辑错谬就很明显了，你不可以说："我买了某某内衣，因为迈克尔·乔丹说这是最好的。"当权威的主张不在其专业领域内时，该主张不具有任何论证价值。引用假权威的错谬与此相仿，有时候是通过主张者自己来认证权威，而其他人并不承认。例如，两个教派的人在辩论时，通常会倾向于否认对方引述权威的正当性，就是典型一例。诉诸权威的逻辑谬误，也是在网上争论时经常遇到的。有人一遇到无论说服的困境，就会祭出名人、名言、信条、口号作为法宝，殊不知恰好落入了诉诸权威谬误的陷阱。

13. 含糊不清（Equivocation or Ambiguity）

含糊不清，也是常见的逻辑谬误，我们也可以称之为语焉不详谬误。equivocation 作名词时，一般译为"含糊的话，模棱两可的话"。当一个词、短语或句子被故意说得很含糊，以期产生混乱，误导听众时，就是在制造含糊不清谬误。当这个技巧被用于写诗或者喜剧时，还算正面，我们可以称之为"文字游戏"，甚或理解为某种"蕴藉"。但是，当它在政治演讲、价值辩论中有意误导他人时，那就构成了逻辑谬误。例如，用"年轻人的轻率"代替"犯罪背景"，或者用"强制提前退休"代替"解雇"，以及在市面上、文件里会遇到的那些掩饰本质的漂亮概念，都是在用逻辑谬误来欺骗受众。

14. 诉诸同情（Appeal to Pity）

诉诸同情或诉诸怜悯，与人身攻击一样，都试图利用他人的同情或情感共鸣去绕开主题、达到自己的诉求目的。换言之，诉诸同情就是一种对情绪的操纵，当事人试图仅仅以某人某事值得怜悯为论据。旧小说里，盗贼被捉拿后会以"家有八十老母"为由向英雄好汉求饶，便是自发使用诉诸同情的逻辑谬误。大学里也有这类例子，例如，"老师，这篇论文你能不能给我打个A，我特别怕学分绩不足影响保送"。或者，"特别希望你们能录取我，上周我的祖母去世了，她临终的愿望就是我能从事某某行业"。

15. 花车谬误（**Bandwagon Fallacy**）

花车谬误是指：因为其他人同意一件事情，这件事就是真的、正确的、好的。一系列相近的谬误都可以归在此题之下，比如，诉诸流行（拉丁语 ad populum，即 to the populous/popularity），指流行的就应该被接受；诉诸民意（拉丁语 concensus gentium，即 consensus of the people），指因为人民群众都同意，所以你也应该接受此事；地位诉求（status appeal）是指如果一件事会让你"受欢迎""重要"或"成功"，这件事就是真实、正确或好的。例如，"麦当劳已经为 990 亿人次提供过美味食物，你是下一个"。

讨论题

1. 本文所指的诸种逻辑谬误，在你自己的日常生活中或你目睹的案例中，是否也出现过？试举例说明。

2. 关于常见逻辑谬误的类型，你还有哪些补充？

3. 如果说逻辑谬误是我们常见的思维缺陷，你认为它们是由什么催生的？

4. 请举例说明课本、课堂、电影或电视剧里的逻辑谬误。

5. 如果你已经是个成年人了，如何提升自己的逻辑思维水平？

常识课

与杜老师共进晚餐

主题词：师生，聚会，人生，学业

编辑注：杜门 2019 级硕士研究生讲述。老师很久没有上"杜课"了，虽然稿库里积压了很多课。昨晚，与杜老师共进晚餐。颇多情感共鸣，颇多思想激荡，晚风冷而心热，一切刚好，我们乘兴而至，尽兴而归。于是，赴宴同学每人追忆了几句，成文在此，聊作留念，并绐"杜课"读者。

童思寒的讲述

正逢我们爱笑，气氛暖得刚好。

和杜老师一起进晚餐。从老师到师姐到同门朋友们，大家都极度可爱，让我对大学的依恋又多了一层。老师的讲述一直很有感染力，从酒桌文化的介绍，到之前学生出差采访的遭遇，再到提高学习效率的方法，老师的话里有无尽宝藏。有时，听着兴起便放下了筷子，饭菜逐渐失去吸引力。

印象最深的还是故事，让我对记者的新闻理想有了更实在的体会。老师将刺激紧张的氛围营造得刚刚好——心中默想，如果老师转行讲故事，一定也是很棒的说书人。师生做调查性报道时，险情迭出，老师讲得好，画面感饱满，当年执着追求新闻理想的大学生，很打动我。

饭前，和同门迎着不刺骨的晚风走向饭店时，只预见过丰盛晚餐会让人忍不住轻盈，而我并未能想象出，饭后，心会比胃感到更满足。今晚的遗憾，是没能留下一张合影，大家都沉浸在讲述与聆听中了。

告别老师后大家往回走着，我抬头看了看月亮，正值十五，

第 8 卷

月亮安稳而明亮。

张帆的讲述

再次和老师聚到了一起。

席间，老师细致地教我们各种中国式的餐桌礼仪。印象最深的，是对女生的嘱咐："女生在外，尽量不要喝酒，实在不行，就说老师不允许！"此时此刻，被老师暖到了。

每次和老师谈话都能让我充满力量，从第一次见面的"发现自己比发现世界更重要"到这次的"做事要做到极致"。

真的成为杜门一份子了，这么幸运。我清楚地记得，当初老师回我邮件，说加微信继续联系的时候，我激动的样子。

昨晚的此情此景，或许就是过往的意义所在。

刘蒙轩的讲述

聚餐时，老师告诉我们，要找到自己一天之中的黄金时间，把黄金时间用在最紧要的事上。哈哈，我突然想到，电视剧里有个片段不就是，Sheldon 发现 Amy 通过脑电波记录仪捕捉自己的大脑灵敏度，通过灵敏度变化来制订计划（具体记不得了，大概意思你们懂就好）。是不是有一些共同之处呢？

每个人的精力和时间都是有限的，需要我们把最好的时光用在最值得的事情上。

明天，又是新的一天。

李鸣的讲述

在学生的脑海里，一个老师的形象，是被论文著作建构起来的，不吃饭，你很难发现老师在生活中更生动、更随和的一面。

昨晚，与杜老师聚餐了。并没有像其他师生聚餐时先等老师"训话"，菜一上来，老师就说你们低下头好好吃饭，我说话的时候不用看我。你可能无法想象，在学术上措辞严谨地讨论新闻业未来发展的老师，在饭桌上会用诙谐幽默教你餐桌礼仪。你可能无法想象，在学习中对你严格的老师，在饭桌上像家长一样教你如何应对职场。和老师接触越久，越觉得老师是一个可爱的人。

有幸相聚于杜门。

高岩的讲述

因为过几天要和老师出差，于是，入席点完菜后，杜老师就开始给我们辅导中国的酒文化。生于北方的我，从小耳濡目染了一些这方面的内容，但是听杜老师绘声绘色地一一讲来，还找人演示，仍觉得津津有味。想不到每天课堂上、组会上一句不离"论文、项目、研究方法、学术贡献"的杜老师能在饭桌上谈笑风生，教我们如何给主宾让菜、如何给长辈敬酒，甚至如何在不胜酒力时撤退。

关于酒文化，还没听够，不知怎的，老师的话锋就转到当年带着学生们做调查报道的故事了。相比于我们大多数人当下安逸的学习，老师口中的新传往事，比电影还要精彩。"夜晚翻墙去污水厂里取样"，"千防万防，没防住乡下的狗，上来就咬人"，"对方开着吉普车追，同学们坐着摩托车跑"，"每个小组都配了一个体育生"……一个个场景仿佛就发生在昨天。无奈，调查报道的黄金时代已经逝去，杜老师也颇有辛弃疾"醉里挑灯看剑，梦回吹角连营"之感。

第**8**卷

和老师道别后，我们三三两两地走回校园，一路上欢声笑语，这样的场景在校园里常常能感受到，但是总觉得今天不一样。何夜无月？何夜无竹柏？但少闲人如吾几人者耳。

江潞潞的讲述

晚餐，印象最深的，是杜老师分享他的文字经验。他谈到，自己在写作时非常注重对"转瞬即逝"的灵感的捕捉。"一日之计在于晨"，清晨时分，往往是自己灵感苏醒、兴致极高的时候，得抓住时机好好记下脑海里的内容，杜老师笑称，"等这一刻过去了，我会惊叹自己曾写出过这样的文字"；再就是与人交流时，思维会处于一种被挤压到呼之欲出的状态，在碰撞中产出火花；夜深人静时，当外界的纷扰散去，内心也逐渐回归平静，可以更专注地写下从心底出发的文字。

我想到，做着文字和精神相关的工作，就意味着胸中多了些许波澜壮阔，思想多了些许离经叛道。在师门的每一次谈笑间，我总被碰撞出复杂的情感，有醉心、有仰止、有失落，于知识的洗礼中检讨自身的浅薄。

手机里保存了很多师门伙伴夕阳西下一起行走的背影，每当看到这些照片我就会想，这群人都有着类似的期许和抱负：希望能坚守理想主义情怀，而杜老师则是我们勇气的庇护所。理想，或许是支撑我们在衣食住行以外的全部意义。

杨昕晨的讲述

吃得尽兴也聊得畅快。席间，老师赠我们许多做人、做事的箴言，也同我们聊身边趣事以及过往经历。气氛酣然时，老师说，

"你们埋头吃饭，听着就好，不要抬头"，大家一齐放声大笑。

开学至今，加入杜门刚满三个月。起初，对老师的印象只是传道授业解惑，吃了这顿饭，看到了老师温暖的一面。

回来路上，月亮朦胧，夜色微凉，我们结伴回寝室，一边走一边聊。大家不知怎地说起去年此时的愿景，有人说当时许愿是希望能考上研究生或找一份好工作；有人说去年的两个愿望，一个是考上研究生，另一个是希望加入杜门。我们很开心地说："你看，这也太好了，两个愿望都实现了。"

在此，借用卡尔·萨根的一句话——"在广袤的空间和无限的时间中，能与你共享同一颗行星和同一段时光是我的荣幸"——以表感怀。

费凡的讲述

见过老师在谈论学术课题时的严谨博学，在指导创意项目时的慧心巧思，餐桌上的我导，则多了几分温暖素朴的烟火气。

这周有部分同学要跟随调研，老师于是临时传授了大家一些受用终生的深度访谈经验和社交礼仪，又叮嘱我们要多带一些厚实的衣物，以及在外出差如何保障人身安全。

席上有一位师姐，是老师多年前的学生，今日回来与老师小聚。看着老师与师姐共同回忆当年师生相处的美好时光，身不能至，心向往之。师姐笑言，在杜门时，学习工作非常充实而"拼命"，努力拓展自己的"带宽"，等到步入社会后，觉得所接手的工作对她而言，早已不再具备挑战性。从老师这里获得的启迪和成长，她感到终生受用。

于是我也不禁设想，在我们毕业后，会是怎样的契机能与老

第 **8** 卷

师重聚？想必那时老师依旧博学儒雅，而我们的酒杯里，不知又盛着多少弹指春秋。

人间有真味，欲辨已忘言。在和杜门小伙伴们步行回校的路上，想起一年前的自己许了两个愿，一个是考上南大，一个是加入杜门。

离 2020 年考研，仅有十余天了，祝福所有看到这节"杜课"的学弟学妹，一切也如自己所愿。

致青年

主题词：青年，文明，秩序，价值观，智识，独立思考，认知偏差

作者按：为"五四青年节"而作。
编辑注：杜老师读《后浪》后的点评。

常识课

1

青年并不是一个确定的社会阶层，"后浪"更不是。青年也并不必然拥有美德，尤其是先验的美德。

每一代都面对着下一代，每一个时代也都有更年轻的青年一代。倘若年少必然优秀、年轻必臻美好，那么后世继起的那些恶与坏，又从何而来？

青年，与中年、老年一样，也有贫富，也有左右，也有贤愚不肖，也有隳颓与不朽。也因此，世界上并不必然有一个阵营叫"青年"——对抗着上一代人。

相反，有史以来的人类斗争，始终是善的人心对抗着恶，正义的阵营对抗着不义，科学的力量对抗着蒙昧，理性的人群对抗着非理性。

也因此，无论是年届耄耋，还是二八芳龄，你不因为年长或年少而骄傲，而只因为体面和文明而自豪。

2

在人生体验的深处，青年时代，其实并没有多少优越感，除了颜色与肉身。——但即使是那些，也并不全然是骄傲，它们同时也是沉重的人生负担。

而在社会性的那一面，年轻，则几乎全然意味着艰辛。处处荆棘、步步惊心，那才是涉世之初的真实情境——尤其是在这个最难毕业季、最苦应届生、加班"996"、买房靠两家人积蓄的时节，尤其是在这个动荡不安、危机迭发、世界处于百年未有之大变局的历史时期。

要告诉青年一个真实的世界。不能只唱海阔天空与伟大征程，而不提惊涛骇浪和死海沉船。"在那镀金的天空中，飘满了死者弯曲的倒影。"有些人死于温饱，有些人死于饥馑，有些人死于战乱，有些人死于安逸，有些人死于归顺，有些人死于叛逆，有些人死于轻信，有些人死于怀疑。

最终，决定你的生存的，不是年轻，而是一个美好的生存秩序：法制的公正，政治的宽容，社会的关怀，身心的自由。

第 **8** 卷

最终，支撑你安然走过青年的，不是年轻，而是健全的判断力和诚实的努力。

所有人，当你参与这世界的时候，也绝不只是依靠年龄。

3

青年的好处是，有充沛的精力，有饱满的激情，时至今日，看上去更有无穷无尽的知识资源。

然而，那些精力是否用于有价值的人生？抑或，只是在程式的执行和机械的打卡中消磨殆尽？

那些激情是否用在对自由、平等、公正、法治——那些核心价值观的呐喊与奋斗？抑或，不幸被引向极端观念的歇斯底里？

而那些知识，又有多少是智识、多少只是信息，又有多少是真切的认识、多少只是感知的幻影？

当我们强壮得只剩下精力时，我们是虚弱的；当我们勇敢得只剩下激情时，我们是怯懦的；当我们博学得只剩下知识时，我们是无知的。

因为青年将缔造未来，他们引来了多少期待和指引，又引来了多少诱导和觊觎！

如果一个人求学多年，老师却从不教他分析、综合，不教他逻辑论证、批判性思维，不教他创意、想象，不教他媒介素养、议事规则，不教他民主协商、公平正义。那么，他在精神上是盲目且虚弱的，在灵魂里是缥缈而无助的，无论他的周遭看上去有多么繁花似锦。

青年最好的财富是，他曾经拥有过专门的学习时期。但你如果不曾学到过科学的思考，不敢拥有自己独立的见地，不曾探索过令人激动的未知之境，那么，你就不曾真正地有过学习。

也因此，你不曾完整地有过年轻。

胡适先生说："争你们个人的自由，便是为国家争自由！争你们自己的人格，便是为国家争人格！"（出自《介绍我自己的思想》）

4

以我之见，对这一代青年来说，以下修炼是至关重要的：

（1）至关重要的修炼，是铭记历史的教训，为此，要读真正的历史。

记住，上一个时代，以及上上一个庚子年里，那些动乱狂躁的人群也正年轻。如果说，忘记历史，就意味着背叛，那么，忘记民族的历史悲剧，毫无疑问就意味着历史重演。

一个民族的历史往往如此：即使它不能重演，也一定会押韵。

（2）至关重要的修炼，是要睁眼看世界，要努力获取关于这个世界的真实信息。

自林则徐、魏源、严复以来，整个中国的近现代史，就是一部看清世界、认清现实、拨正未来的历史。凡闭关锁国、举国蒙蔽之时，便是灾难频仍之世。

不要被动接受他人的推送，要时刻准备主动探寻。要假设一切喧闹的新闻都有伪饰，要对不请自来的推广怀有警惕。

（3）至关重要的修炼，是要有真正的能力，要努力让你身边的世界能有所依赖于你。

当你的能力不伴随名片上的头衔，也不受制于你所在的平台，那才是你真实的能力。对所有人来说，成为一个能主动创造的人，远比被人号召更重要。

多做一份工作，做自足的自己。多学一些技能，使自己在危机中足以助人。学习制作，学习修理，学习人文，学习科技，学习谦卑服务，学习自我管理，学习经商，学习公益，学一切能让自己丰富和坚强的东西。

（4）至关重要的修炼，是关怀他人，一如关怀自己。

我们不能只对自家人共情，对所谓外人却毫无同理心。我们可以自由批评，但要用事实和逻辑、以文明的方式来辨理。我们要关怀边缘群体，关怀被歧视的人们，因为，也许下一个需要关怀的人群里，就有你。

爱你的邻人如爱自己，关怀他人才不算自暴自弃。

（5）至关重要的修炼，是尊重知识，尊重气节，尊重知识分子的良知和勇气。

"文革"期间，许多有才能、有成就的知识分子遭到打击和迫害，备受折磨，甚至离开了人世。

我们与其在几十年后深自忏悔，不如在他们在世时善待他们。假使你不能成为他们，希望你能帮助他们；即使你不能帮助他们，也希望你能声援他们；即使你不敢声援他们，也希望你能容忍他们。

（6）至关重要的修炼，是不惧威权，也不惧人群。

资本和权力最容易使人匍匐在地，从而忘记自己的本性。至于人群，它向来倚多为胜，以大多数人的名义，终至让你放弃自己的本心。

我们终将学会独自思考、独自言说。实际上，当一个人开始享受孤独的时候，才会彻底解放自己的灵魂。

5

无论你是否还年轻，都要警惕集群的狂奔和轻率的鼓励。

轻率的鼓励，也许无法蛊惑理性又有节制的人，却恰好能伤害经验不够、智识不足、喜欢蒙目狂奔的人群。

脑科学告诉我们，人脑新皮层中最重要的前额叶皮层，也就是负责调控注意力、作出计划、理性思考的部位，一直要等到25岁左右才发育完全。正如人脑的重量，会在60岁左右时逐渐变轻一样，这不是年龄歧视，而是科学意义上的一般事实。

我们每一个人都是这样慢慢长大的。也因此，我们需要对自身抱有警觉，对成长抱有耐心。

达克效应（D-K effect）揭示了一种认知偏差现象：能力欠缺的人得出错误结论时，恰恰无法正确认识自身的不足，辨别自己行为的错误。他们沉浸在自我营造的虚幻优势之中，常常高估自己的能力，同时低估他人。

达克效应最无情的结论之一是达尔文的名言："无知要比知识更容易产生自信。"

不要让一个国家产生不恰当的自我认识，也绝不要以过度的鼓动加诸青年群体。

6

需要叮嘱的还有很多，这里就不重复了，请参见旧课：

（1）敬畏（杜课 169 期）

（2）反思（杜课 183 期）

（3）宽容（杜课 196 期）

（4）美（杜课 208 期）

第**8**卷

（5）钝感（杜课 212 期）

（6）坚毅（杜课 227 期）

（7）遗忘（杜课 231 期）

（8）利他（杜课 238 期）

（8）修心（杜课 252 期）

（9）乐群（杜课 336 期）

（10）自制（杜课 414 期）

（11）磨炼（杜课 420 期）

（12）定力（杜课 544 期）

（13）苦痛（杜课 748 期）

（14）悲悯（杜课 359 期）

（15）羞耻（杜课 622 期）

（16）死亡（原第 135 课）

……

关于你的青年时代，唯一能确定的是，它很可能是不确定的。在一片未知中，我希望，至少你的观念是确实而坚定的，符合人类有史以来所遵从的共同价值。我在《敬你》中写道：

> 也许有一天，我也会敬你，敬你乱云飞渡还懂得追问，敬你柔肠百转还铁骨铮铮，敬你阅尽浮沉还敢爱敢恨，敬你身不由己还一往情深。

这是我给你的寄语——不仅在你青春年少之日，也直到你两鬓斑白之时。

婚恋中的人身安全

主题词：婚恋，危险，人身安全，识人

编者按：备受关注的"杭州女子小区失踪案"终于水落石出，真相却令人不寒而栗。其实，像来女士这样死于爱人之手的事件并非唯一。本应给人幸福、安全感与力量的亲密关系，竟成为施暴的"优势条件"。一再见证此类事件，杜老师说教育不能沉默。当晚，他抱病写下了本期"杜课"。

婚恋方面的话题，我以前谈过一些。"杭州杀妻案"出来之后，我看到了一篇辅导课件（《如何筛查关系中的危险分子》），觉得很好，今天请编辑把它转发出来。

此外，我有一些嘱咐写在下面，因为缠绵病榻，所以只能力求简单了。

我是想提示，投入婚恋的你，应该如何更好地鉴事识人，以保障最重要的人身安全。

这里，关键词在人身安全，而不是婚恋，请大家注意这一点。这个世界还有很多不同的婚恋追求，比如浪漫的、勇敢的、伟大的、不可思议的，等等，但那些不在本文谈论之列。

同时，就那些不同寻常的婚恋来说，我以为：如果你自认为是普通人，最好还是追求一个普通的婚恋，因为那是你所能驾驭，也是你所能适应的。至于小说和电影中的婚恋故事，喜剧化的传奇，大部分都不真实，而悲剧故事，固然动人心魄，但大多不幸福。

人身安全，最大的敌人是暴力、仇恨和疯癫，以及诸如此类

第 **8** 卷

的心理扭曲、精神变态。归根结底，大部分这些不可思议、令人恐惧的行为，来自人格障碍。因此，观察清楚你的"他（她）"人格如何，就显得至关重要了。

例如，心理学认为，攻击性人格的人，行为与情绪有明显冲动性，他们急躁易怒，无法自控，向外攻击，反复无常，盲动。特别重要的是，"他们在行动之前有强烈的紧张感，行动之后体验到愉快、满足或放松感"，"心理发育不健全，经常导致他们产生不良行为和犯罪倾向"。

再如，你会在《九种病态人格的特征及医治》中读到：反社会人格的突出表现是非常自私、无责任感和无羞耻心。因为这种病态的自我中心性格，他的心理发育会不成熟，没有爱和依恋能力。同时，他也通常没有后悔之心，没有羞耻之感。最重要的是，他的犯罪行为会突然迸发。

这些人格有问题的人，固然也是值得同情的，需要社会的帮助。但是，处在婚恋中的青年男女，并没有承担这种社会责任的能力，也没有以爱来陪葬的义务。因此，对于无辜的你来说，懂得审慎判断你的婚恋对象的人格特质就很重要了。

我想，我们在这里常常提到的人文教育、通识教育、人格教育，其目的并不是一味要你做一个道德好人，而是——希望你由此成为一个健全的人。

这样的课其实原本越早越好，从小学开始为佳。可惜今天，我们还只能谈应对——只能面对已经长大的成人。

以下，我从自己的有限视角，给出一些告诫：

常识课

1. 一见不如百闻。

"百闻不如一见"是片面的。做私人化的婚恋寻访，可以重视亲见，但更要重视探究其人其事的长期口碑。每一个人都有口碑，其身边众人口碑中的真相沉淀，远大于他（她，下同）在你面前的表现。

2. 不要看他的"朋友圈"，而要看他的朋友圈。

他和谁在一起玩，和哪些人气味相投，与谁是知己，推崇身边哪些人？一个成人在人生里喜欢与谁为伍，大致说明了他是谁；如果他还小，这将决定了他未来是谁。大部分人发的微信朋友圈，不是生活状态，而只是他的店面。

3. 不要看他如何待你，而要看他如何待人。

他如何待你，可能是一种特殊的激情所致，也可能是他的一种策略。而如何待其他人，才是他真正的精神底色。尤其是对待远亲近邻、同事同窗、清洁工、陌生人等，还有容易受伤害的小动物。

4. 注意他的负面情绪。

看重他的爱，但更要重视他的负面情绪，例如猜忌、仇恨、愤怒、残忍、自虐、绝望。心里深处的恨意，尤须防范。注意听他话语中的仇恨部分，对周遭事物恨意越多，怨恨越频繁，态度越激烈，心理越容易失衡，人格上越危险。

5. 不只看愿景，还要看过去。

在成人世界里，一般来说，其生活史都是线性的：过去昭示

第**8**卷

了未来。至于黄赌毒、家庭暴力这些恶行，则基本上具有承袭性。非线性的人格跃迁，也是有的，但那需要非同一般的强大外部变量，而不是靠你。

6. 不仅要看他，还要看他的家庭。

心理学家克莱克利在其《正常的假面具》中说，产生反社会型人格的主要原因来自不正常的原生家庭，譬如丧失父母或双亲离异、养子、家庭环境等。这些因素并不代表因果，但说明了相关性。而攻击型人格障碍的原因除了生理、心理因素，还有父母和子女的早期关系：被父母溺爱的儿童往往个人意识太强，受到限制容易采取"还击"；专制型家庭中儿童常遭到打骂，心理受到压抑，一旦爆发，往往会选择较为激烈的行为来发泄积怨。

7. 警惕一切狂热的追求。

大部分过度狂热、浮夸而急切的追求，都是欠理性的，要么，是他没头脑，是对他人的不尊重；要么，则是他屈服于激素，泛滥于激情，以至于要以迅速征服为目的。一般而言，这种狂热示爱都是有心理代偿的：容易骤冷，伴随愤怒，在碰壁之后由爱生恨，等等。

8. 不要看他的正式表演，而要看他的闲暇表现。

大庭广众下彬彬有礼，工作勤恳，赢得业绩，这些东西，归根结底，依然是一个人的外在表现。闲暇时间，则是他的自然状态，因为在这时，他将脱离纪律、规训、礼仪环境。酒桌上能看到的人，真过会议桌上。星期日能看到的人，真过星期一。

常识课

9. 不要试图做拯救者，而要做自救者。

在危险而有吸引力的婚恋对象面前，你将是双倍脆弱的。克莱克利甚至提到，反社会人格的第一个明显特征竟是"外表迷人，具有中等或中等以上智力水平"。当然，迷人的不都反社会，不过，仅这里的非全称表述，也已惊人。此外，拯救一个人，爱是远远不够的。一般而言，你不可能充当拯救者，因为你没有这类能力。如果你认为有，那很可能是情感错觉。注意，爱情不是游戏，尤其不是冲关打怪的游戏。你不要试图做拯救者，能做一个自救者，已是万幸。

10. 要看清楚：他是不成熟，还是心理不健全？

譬如，他自信，但是不是病态自恋，以至于对任何理性的建议都鄙夷不屑？譬如，他会自责，但是不是喜欢自虐自残？——这与他虐已相去不远。他是反潮流，还是反社会？他喜欢动武，是英雄主义，还是暴力暴行？……永远不要轻易把不健全当作不成熟。不成熟是可以自愈的，更可以随时成长，但大部分的心理不健全，会伴随他和你的一生。

第**8**卷

常 | common
识 | sense
课 | 第九卷
　 | 共 ⑦ 课

9

把信带给李雪琴

主题词：脱口秀，抑郁，讨好型人格，娱乐，生活

编辑注：杜老师读《李雪琴：我很痛苦，但我想让别人快乐》一文后所写。作于 2020 年 9 月。

　　如今大家都知道，你叫李雪琴，你是一个"网红"。前些天，为了做研究，你的脱口秀，我大都看了，包括"地大物博，还有王建国"。

　　以我对脱口秀的肤浅认识，你应该是深刻地领会了脱口秀。你的垂头丧气里，有着喜剧的基本原理：看到一个人真心不想笑，别人会真心想笑，因为你越紧张，观众越不紧张；在笑话的人生里，你的故事越平淡，"笑果"就越荒诞，比如你的无可奈何，就藏着不少心惊胆战；还有，越不像是说段子的家常话，就越像是灵魂的脱口秀。

　　我总觉得，喜剧让人变轻，但不是为了让人相信。说笑话，不一定会是一个自我实现的预言，有时候自我矛盾才是一个典型的脱口秀——你看，越没有王建国，你就越提王建国，而我们越说王建国，就越没有王建国。人生也是如此。

　　曾经你被采访时说，你很痛苦，但你想让别人快乐。我今天读了，心情很不好，于是以你习惯的语言，写了这封信。想想看，作为一个时常抑郁的人，你有这么个高尚的习惯，看上去是名人名言，其实是走在危险的边缘。你说，那时候你自杀过，我在想，其中，不只是你自己说的你有抑郁症，你会不会还有讨好

型人格？

人，还是首先要愉悦自己，再愉悦别人，才有持久力；自己站得住了，让别人放松，才有说服力。你说，要是有个尼姑，自己不结婚，还老是催你去相亲，你会去吗？——你恐怕还是会去。但那肯定是因为，你是自己想去。

心理学上说，讨好型人格，大多有一个过度敏感的童年，和一个脆弱无助的青少年。别人成年前，都像幼儿园，他成年之前，都是"解放前"。

至于成年之后，他心理上是不是就一定康复了呢？其实也未必，演员、公务员，还有许多公众人物，如果小时候养成了讨好型人格，成年后也就容易成为抑郁者。这也就像是你说的，漂亮女生，其实不容易上北大。因为她们的注意力，往往都在聚焦于身外之人。

当年，你倒是上了北大。因为天赋不错，心理压力把你逼进了北大，所以说，那时候进北大，你也是因为实在没办法。可是上了大学，又并不见得能健康。我见过不少大学生，生性快乐，后来，在中小学被辛勤教育多年，终于抑郁了。之后，在大学里学习认真，抑郁严重加深，我还从死亡边缘救助过他们中的几个。

有些人小时候不快乐，便天真地以为，考第一就能一了百了了，事业成功就能解决人生的一切烦恼了，结果，他们迟早会发现，这个想法错了，是太想讨巧了。因为真正的烦恼都是内生性的，与外部评价无关。人生中，总有些东西，得自己修炼，别人帮不了——比如笑，真正的笑是真心想笑，被人逗着笑，只能算是高兴地吃药。

就你而言，如果小时候过度敏感，是不是因为环境不安全？如果曾经脆弱无助，是不是因为家里需要你帮助，但你那时候其实还没来得及成熟。如果真是这样，你得记住，这不是你的错，因为小时候你没有选择。而你现在成年了，成熟了，也从各种不快乐的学校毕业了，甚至，也有成就感了，那就别停留在从前的习惯里了。推而广之地说，所有抑郁过的女生，能不能坚决地从思维定式里走出来，关系到今后的人生，也关系到许许多多王建国的人生。

读到这里，你肯定以为我不是给你写信，是在做报告，其实，我就是做报告。如果这封信还有类似的读者，我想说，你们最重要的任务，是要摆脱过度的内心焦虑。就像我常说的，用脑焦虑，不如用手，这意思是：努力做点有意义的事，别多想；如果内心的"带宽"不足，别去承担过多的责任，更别试图去讨好所有人；还有，要挖掘一些自己的爱好，纵容一点独特的怪癖，因为人有自我，才不会抑郁。

今天，既然是带信给你，还要送上几句诚恳的个人建议：现如今，你渐渐卷入娱乐中心，但以你的性格，其实，边缘一点，小众一点，生活会更好；不要轻易开业，不要亲自做管理，娱乐圈人人都喜欢自立门户，但李诞那样全面的人，其实非常少；要刻意远离五花八门的"合作者"，力求做得少一点，并且多接近少数人，特别是能让自己充盈的身边人；还有——好的人生，都是一半生活，一半工作，当然，你知道的，好的脱口秀，也是如此。

我看了你对表演的态度，还有你与记者的对话，我觉得，作为一个新闻传播专业的毕业生，你很了解媒体，很了解粉丝，也很了解娱乐新闻。以我之见，一个演员的自我修养，至少包括以下认识：如今大部分媒体，没有专业性，所以越是专业的艺人，越要适度与媒体保持距离；大部分粉丝，只为消费明星，所以越是敬业的艺人，越不会为粉丝着迷；大部分娱乐新闻，其实都没有真新闻，而新闻对所有娱乐又都不会太认真。说这些，我也是在说明，为什么建议你要接触少数人。要知道，即使是朋友，也是少一点会更美好。

最后，你或许知道，波兹曼曾经说过：印第安人的烟雾信号里，一定没有任何哲学思想。我认为，脱口秀也是这样。脱口秀表演毕竟是娱乐，不可能过于深刻。但我觉得，脱口秀演员自己，不能活成娱乐，他的生活方式可以稍多一点思想。换言之，印第安人的烟雾信号里没有哲学，但印第安人自己，可以有思想。

这就像你说的"天赋异饼"。其实生活的真谛，就在于此：人可以没天赋，但是，要有饼。我猜想，幸福健康的印第安人，也会给自己画一个思想的饼，有了饼，他们的人生，就有了可以仰望的星空。

匆匆就说这些，请代我问候王建国。

常识课

满分作文

主题词：作文，教育，自由，写作

编辑注：原题为《满分作文，花与果，与自由的灵魂》，参看 2020 年浙江省高考满分作文《生活在树上》及作文阅卷大组组长陈建新的点评。

对于满分作文，编辑嘱我谈谈意见，下午坐在书桌前，一时有些语塞。

大家的评论，纷纷纭纭，都自有道理，但标签化的批评读得多了，便觉得了无意趣。又想到，写作此文的，还是个中学生，无数人到媒体上来隆重地批评之——或以学术，或以修辞，或以文风和人品，于他本人，这并不算有德行的教育，也不算是"论本事而作传"，而是要拿一人之得失以示众。虽然叩其两端，有教化之功，但顾及作者年少，话的轻重，还是要斟酌的。

满分作文，是什么问题？主要问题，就是得了满分。倘若只是个还算将就的分数，读者里，又有谁会在意？见到满分，大家就耸动了，以为是立了高考的新标杆。其实，倒也不会。

每年，各省都流出不少满分作文，陈词滥调者，假模假式者，故弄玄虚者，都不在少数，也未见得就左右了所有人的作文观，何况，眼前这篇作文，还独具面目，颇有意味。说到底，再招摇的新闻，再炙手可热的潮文，也多是一时一事一人而已。即便有一个省偶尔标举了一篇另类作文，也不至于指涉举国的文风，以及作文的标准。

倒是有另一种恒久矗立的存在，实在需要学术界反复审视：

第 ⑨ 卷

被代代学子视若"经书"的中小学语文课本，其典范性如何，有没有诚意和感情，讲不讲理性和逻辑，于现世困苦有哪些关怀，于人文理想有什么阐发，于科学精神又有何种启迪，如此等等。

还有一个话题。满分是考生被动得的，要计较，也只能计较到阅卷老师的身上。于是，阅卷组长见责于各路方家，各种讥诮，卷地而起。有批评学问不足的，有呵斥见识低下的，有借麦金太尔、海德格尔之考据的，有诉诸"嚆矢""滥觞""祛魅"之用法的。简言之，是以众人之学问，衬托阅卷者水平之不堪。有些话，甚有学科歧视、人格侮辱之嫌。此种情形，往好处理解，大概类似于舍勒在怨恨理论里所说的，他们的怒意另有所指，不是冲着阅卷组长本人来的。只不过，另一种怨恨，论者往往不便宣于口而已。

而旁观群众，又何尝不是如此？高考政策多变，应试方法存疑，感考生进身之不易，觉通识教育之贫瘠。于是，看了满分作文，通篇难解，一则以惊，一则以疑，于是，便嘈嘈杂杂满是批评。

其实，这篇作文里的好处坏处，都在于以知识的炫技，增加思考的栉密。于青年人，这是往往而有的习性，只是本文更为过分而已。说到底，这种写法，也只是初学者的一个学习过程；旁征博引，也只是写作的风格路径之一而已。纵然此文这回得了高分，读者也不必惊，亦不必疑。要知道，世界上有的是各种好文章，或以平实胜，或以真挚胜，或自出机杼，或清澈动人，皆不同于此文。

要说明的是：作文能引发阅卷者的惊叹，自有其必然性。学生比赛作文，大都是要炫技的，但是，博赡若此而又能在片刻间示人者，即便在大学生的文字里，也很少见。前面说了，不必苛求阅卷人，因为在文科中，知识颇难通约。至于学习者，学社会学不知麦金太尔的，学文学不读海德格尔的，学西文不熟悉文言的，都是寻常之事。而这篇中学生作文，对不同学科的章句能随性摘引，纵然不尽准确，也已委实难得。由此可见，该生至少是一个博闻强记而又求知若渴的读书种子。缺点是，字词里有些错讹，语法上有些生硬，文风还有些造作不自然，从完成度来看，算不得上乘，如此而已。

《战争与和平》里，托尔斯泰有一句话，像是此刻应时的偈语："每个人都会有缺陷，就像被上帝咬过的苹果，有的人缺陷比较大，正是因为上帝特别喜欢他的芬芳。"作文，如做人，本就是花园里的故事，一朵花，一个果实，有人看见缺陷，有人闻见芬芳，这也叫作无可如何。凡事利弊互见，评定难在持中。作文的同学，几乎在顷刻间，以六经注我来自圆其说，之后，遇有因缘造化，得了一个好分数，在情理之中。而阅卷人终日批阅泛泛之作，难得遇到这等才思，起了惜才之心，以高分代作赞叹，也在情理之中。只不过，满分之评，有些夸大，如此而已。

我的学术朋友中，不满于作文者多，不满于阅卷人者众，但那都是因为批评者才学过人，站在高处，俯瞰凡间而已。在《了不起的盖茨比》里，菲茨杰拉德写道："我年纪还轻，阅历不深的时候，我父亲教导过我一句话，我至今还念念不忘：每逢你想要批评别人的时候，你就要记得，这个世界上并不是人人拥有你的优越条件。"在这里，我还想加上一句：条件优越的人，往往只把指责当批评，其实一切批评之中，引领才是真正的，祝福才是最好的。

就算是，作文者走错了路，阅卷人会错了意，这场满分，打得有些失误了，那也不必批评得如此铺天盖地。至于网上言论，

第
⑨
卷

也不必上纲上线到道德人品，必欲去除之而后快，更不必株连到阅卷人所在的大学，甚至贬斥阅卷老师们的阶层文化。我自问，如果自己在场阅卷，是否有勇气以满分鼓励这一另类作文？恐怕没有。这是我的安稳，也是我的差距。

想起几十年前，我参加高考，作文题没这么难，知识也远不及这名考生，更要命的是，少年时的文风，八股且浮夸。可是，因为还算有些优点，作文居然也在报上刊登了，连同三个错别字也一一注明。高考后，我没勇气回看自己见报的作品，但因为得到了如许的宽容与鼓励，后来在写作上，也就慢慢地成长了。而那些写作的缺点，大概，我也认真地改了。

木心有一句诗说："不知原谅什么，诚觉世事尽可原谅。"或许，当你面对同类将心比心的时候，人生也只能这样。如果我们不知在原谅什么，那就当原谅自己吧，因为，原本每一个人的错，都可能是你的。

不知是因为遇到了什么，我们常常及物而惧，不知是因为错过了什么，我们往往一触即痛。一草一木，一言一语。即使是一篇作文，也能成为全社会的隐痛，好像所有人都害怕作文里有变故，害怕作文里有不公，害怕作文里有妖孽，害怕作文里有欺负。为何？归根结底，是因为我们没有一个好的写作花园。

《道德经》说："是以圣人处无为之事，行不言之教，万物作焉而不辞，生而不有，为而不恃，功成而弗居。"大意是，圣人用无为的观点对待世事，用不言的方式施行教化，听任万物自然兴起而不为其创始，有所施为，但不加自己的倾向，功成业就而不自居。我想，这是一个美好社会最理想的样子，也是一个写作

常识课

花园应该有的样子。

天色已晚，掩卷而问：我们要什么样的作文，谈什么满分？作文不是作出来的，而是心里流淌出来的。作文是言志，也是写心。在这个世界上，每一个人的心灵都如此不同，又哪会有什么满分的作文标准呢？于是，对着月色，且说一个祝祷吧——

但愿下一代人的写作，更诚实，更倔强，更自由，更奔放。日常的作文，高考时的比赛，想写什么就写什么，想怎么写就怎么写，依自己的天性，往最刻骨铭心处书写，以论理，以说明，以赞美，以批评，以现实，以虚拟，以诗以词以歌以赋，以兴以观以群以怨。万事皆备于文字，万物并作于平野，万籁尽响于钟磬。

说远了，一声长叹，就此住笔。

教与学的九句话

主题词：教学，交友，学习，老师，成长

编辑注：摘自杜老师本周的朋友圈。

1

如何交朋友？如何识人？

关于这一点，我给学生提过一种简单的二分法：有肝胆之人，无肝胆之人。周恩来的联句"与有肝胆人共事，从无字句处读书"，斯为真言。

倘要进一步定义此二字，良知、勇毅也。

人生短暂，没时间周旋路人，没精力敷衍万千，不妨只从有肝胆处任事，与有肝胆人同行。

一个人，其所为之事成其人，其所交之人成其一生。

此节甚是要紧。

2

斯宾塞认为，要避免过度教育和过度学习。

以我之见，所谓过度教育，约有三种：常见的是"过多"，为人忽视的是"过高"，但真正危险的是"过于规范"。

——过多，所教多于所当教，则导致学生思想"带宽"超载，于是逐步丧失思考力，如此可谓过犹不及。

——过高，所求高于学生之所能，则导致学生畏惧学习，纵然勉强学得些什么，也是满心厌弃，于是逐步丧失学习乐趣，如此可谓适得其反。

——过于规范，所训诫之细事多无必要，且极容易导致学生以循规蹈矩为能事，而非以自主思考为追求。时间一长，学生畏首畏尾，因循守旧，甚至在成人之后也毫无激情，更毫无创意，连在生活中都战战兢兢。

而所谓过度学习，也有三种：常见的是"劳累"，为人忽视的是"不快乐"，但真正危险的是"缺乏良善之皈依"。与之相对的，概而言之，是信念，是希望，是自我肯定，是向善之心，是服务社会的决心和勇气。

3

古人说，经师常有，而人师不常有——何谓经师，又何谓人师？要之，经师是为学业，人师是为人生。

又何故人师不常有？究其根本，很多从教者，即便满腹经纶，而自己犹未能学以成人，如此又何以教人？这等困境，高等教育时或有之、危害甚烈，而中小学亦然。

空心人、精致利己、学习者抑郁、成功学、富而不贵病、气节匮乏症、文化低俗亦复面目可憎——种种当代功利主义教育体系的原罪，正在于此。

4

我说过，有灵魂的生活才是真正的生活，否则，你的一生只不过是活着。

和同学们共勉。

5

网上有一篇文章，谈什么样的老师才是真正的老师。此文可读。但"教学就像一种天赋"，说得并不完整。

好教师的价值有三：理解学生，爱护学生，成就学生。

——能否理解人，大致取决于感知上的天赋；

——爱护人的品格，大致源自教师自己曾领受的教养；

——至于能否成就人，除了专业认知能力，还要看教师对教学志业的认同深不深。

6

读佛陀传，以为亦是教育学之隐喻。所谓释迦十弟子，各具卓越，各执法门，撇开其神话色彩，无非是说这十个学生，各有偏长，也各相不若。

譬如，目犍连"神通第一"，亦可理解为其智慧不如舍利弗，优婆离"持律第一"，亦可理解为其说法不如富楼那，罗睺罗是释迦做太子时所生的独生子，本有种种不如人意处，但父亲管得严，要求甚深，故也有"密行第一"。如此等等。

其实，这便是佛家教育哲学的真谛：善法平等。很显然，这也是儒家教育哲学的起点：有教无类。

凡教师在学生种种不如意处，当作如是观。

凡家长在儿女种种不如人时，当作如是观。

7

人在年轻时希望遇到好老师，是想要好风雨；在年老时希望遇到好学生，是想要有来年。

学友邓教授留言说，一个人延续生命有三个途径：儿女、学生和著书立说。科技是否靠得住，还未可知。甚是。

并且，我以为，在文化记忆上最靠得住的，还是学生。盖因著书立说或可能成明日黄花，但学生衣钵相传，辗转不绝，才真是精神之永续。

想起我上大学的时候，刚入学不久，古文课老师便郑重相告："诸位，你们的老师是我，我的老师是洪诚先生等，洪先生他们为胡小石、黄侃等诸公所教，胡先生师事李瑞清先生，黄先生师事章太炎先生，究其所学，皆上溯至乾嘉学派……因此，各位同学，按理来说，你们都是乾嘉学派的传人。"时隔多年，这段话言犹在耳——据此而言，虽我辈今日大多已离乾嘉之学甚远，但列代老师无疑正活在无数后学者心里，远甚于老师们之自家子孙。

8

菜花之美所以为人所忽略，无非是因为更常见。可见俗世间所谓审美，略不在美，而在贵贱。

且说个偈子：

四时难具足，草木由心栽。

云天千万亩，昙花处处开。

9

写完札记，去做饭了。

你的"鬼故事"

主题词：鬼故事，人生，未来，清明节

作者按：写于 2021 年清明节。

今天，你一睁眼，竟然看到了久违的画面——你几乎不敢相信，眼前是你小时候的家门，门旁站着年轻的母亲。

好不容易，你明白过来，原来，你是穿越到了少年时。你向母亲走去，热烈地呼唤她。但是，和电影上的穿越不同，你无法和她说话，她也看不见你。

忽然，一个熟悉的身影向母亲跑来，他热切、矫健、充满活力，那正是年幼的你。只见他拉住母亲的手，说起未来的人生计划，眼神里充满憧憬。他说："我长大后要成为一个伟大的人，一个造福人类的人，要去全世界旅行，我会反对不公正的社会，我会和一切虚伪、丑恶作斗争……"

听着年幼的你那些豪言壮语，感受着那扑面而来的少年意气，你想起现在的你：虽然还算年轻，但脸上已满是风霜，心中也已满含丧意——你早已成为一个疲惫而虚弱的路人，早已没有了幼时的壮志凌云，也适应了现实社会。你向环境做出了一切妥协，却没有做出过什么令自己满怀敬意的事情。你既没有坚持自己的人生原则，更放弃了一切梦想和诗意！

想到这里，你热泪盈眶，满腹悔意，不禁幽深地长叹一声！

不知为什么，这一声叹息，仿佛惊动了正在滔滔不绝的那个年幼的你。只见他忽然停住了畅谈，向身后那一片虚空——那里站着现在的你——迷惘地看去，脸上也流露出一丝惊疑。这时，你母亲问他："孩子，你怎么了？怎么不说下去了？"

那孩子嗫嚅着答道："我好像听到身后有人在叹气。"母亲连忙搂住他："傻孩子，别乱说，哪有什么人叹气，今天是清明节，院子里有点阴气。不要怕，妈妈在这儿，你说下去吧。"

这时，你终于忍不住泪水长流，却不敢哭出声来。

你仰脸看向天空，只见夕阳余晖下，几只二十年前的飞鸟从树下飞过，慢慢地向未来飞去。它们飞得那么慢，仿佛是一部慢动作的电影，带着你，带着无限的苦涩和悔意，艰难地向未来飞去。

啊，未来！未来的几十年，你是否也会像此刻一样，重复了昨天的故事，然后，在某个感伤的清明节，从深不可测的时间尽头，也向今天的自己发出一声幽深的叹息？

你不知道。虽然，你很想知道自己是否将虚度人生中所有剩下的光阴。

于是，你霍然站起身来，担心地看向身后，看向墙角，看向另一个遥远而不确定的自己。

喂，那里有人吗？那里有人在说什么吗？你努力地分辨着来自未来的声音。

研究生自救指南

| 主题词：研究生，抑郁症，学业，心理危机，自救

这两年，研究生自杀事件变多了，与抑郁症日益频发的趋势一致。这些不幸的现象日益合流，已是一个可感知、可辨识的趋势。作为教师，对那些不曾知晓以及即将发生的悲剧，有一种因无力相助而产生的悲伤感，这是我写下这篇小文的原因。

以"指南"为题写作菜单体文字，不是要惜字如金，更不是自以为是，而是因为几天来健康不佳，加上毫无叙事修辞的心

情，故此只能匆匆行笔。

另，讨论心理危机、自毁行为及其干预问题，在学术上有许多更为称职的科学家、医学及社会工作者，他们才是专家。我对这一议题稍有一点发言权，是因为我从教三十余年，与各层级的学生多有密切的咨询联系。最重要的是，我曾以自己的疏导方式辅导过一些学生及其家庭，帮助那些有抑郁倾向甚至有自杀冲动的同学度过心理危机（也有高中生、教师、官员的案例，但他们不在今天讨论之列）。此外，我对社会心理机制和劝服方法，也有自己的认识。

以下是我的一些观察和建议。在必要或适当的时候，我愿意以直播方式答疑，但今天，先提纲挈领地作一说明——

1. 判断

（1）以我之所见，除了一些偶发的外部特殊因素，大部分在研究生时期出现抑郁、自闭、自毁倾向的案例，源自心灵意义上的过载、排异、失衡。其中：

过载是接受了自己能力所不能及的精神任务；

排异是个人意愿与被动选择、社会环境与个人心智之间的强烈冲突；

失衡是自我认同与外部认同之间、主观期许与实际能力之间形成大幅落差，从而导致心理紊乱。

（2）进一步分析这些过载、排异、失衡现象的根源，通常需要回溯到学生的童年或少年时代。通常，主要责任方是家庭（在培养孩子上不称职的父母）。其次，是读书期间的学校教育环境：中小学时期，塑造了自我宾格化的性格，磨灭了批判性和反抗精神（而在研究生时期，则可能在一个强竞争环境下，接受了超越他个人能力的学业任务）。在这里，自然还要谈到他自己，因为是他本人应对软弱，错失了正确的选择。

（3）以上心理病症，可能在读研究生期间加重，尤其是环境不友好、学习任务畸重或个人能力达不到时。其主要后果是：内心深处的痛感、撕裂感、绝望感、空寂感、无意义感、无助感，这些都可能导致人身和人生意义上的自我否定。

我所提供的这一思考框架，或许能帮助解释一部分研究生自杀事件的成因。

2. 方案

（1）如果还来得及再规划

在人生目标的制订上，例如要不要考研、要不要上名校、要不要读博、要不要选择某一热门专业等，不要接受任何违拗你实在意愿的强制。万一它们来自你不称职的父母（他们对自己的家庭野心一味纵容，对你的意愿毫无尊重，对你的痛苦也毫无怜悯），考虑到人生危机，请你在拒绝时也绝不要犹豫。

只要还有任何一次选择机会（理论上说，只要你愿意，永远有下一次选择），请务必尊重自己真心的爱好，务必宽容自己真实的缺点，务必发扬自己真正的所长。参见此前的一课（《生涯规划》）。

（2）如果恰在危机中

a. 隔离。对强迫自己意愿者、对不良环境、对不良陋习要建立起"心理隔离屏障"。为达到这一点，可以无所不用其极。

b. 宽容与止损。要以比宽容弱势群体更深、更广、更诚意的

第 **9** 卷

宽容之力对待自己，不折不扣地善待自己。为达到这一点，可以大幅度降低对自己的要求（没有什么指标比命重要）。从研究生的学业压力角度说，这包括，在对外坦诚说明的基础上：

向四周寻求技术性的学业帮助；

拒绝不合法不合理的学业负担；

在必要时寻求换导师、换课题组；

尝试延期学业；

尝试换专业；

主动休学疗养；

不惜退学（关于博士学位的实际价值问题，我改天谈）。

果断做到以上，成功实现人生止损，才是"意志的胜利"。反之，如果与痛苦、抑郁、绝望感作无止境的纠缠，那只能叫作"崩溃的执念"。

c. 积极就医。自怀疑自身陷入心理困境时起，就要积极寻求专业帮助，包括看心理医生、服药等。对自己有苦闷和抑郁倾向的事实，对外也绝不遮掩。要特别注意，有些学校的心理干预水平不佳，要有意向外寻求专业的诊断治疗。在现代文明意义上，积极就医是有科学精神的表现。

（3）如果焦虑来自社交和环境

a. 对不良的社交影响及恶劣环境，最直接的应对仍然是"隔离"，参见上一条。在危急情形下，还应认真考虑"撤离"。人生的出发点是人驾驭环境，而不是相反。

b. 主动与少数可信任的朋友建立密切的精神交往，在坦诚相待的基础上，随时寻求聆听、慰藉和其他救援。在一所正常的大学里，这样的关系是容易建立的，其中不乏志愿者、专家、触手可及的知己和闺蜜。要知道，一般情况下，能帮助一个人如此之深，这些人引以为荣。

c. 如果是环境全系统与你格格不入，你也无法在人际交往上得到任何回响，为此形成了强烈的孤独感，可以考虑虚拟交往机制，或经常性地回到发小与亲友群中。在极端的情形下，也要适当学会享受"独自的愉悦感"——有时候，你因为无法找到一个自己完全欣赏的人相交往，因此故意结交形形色色的人，寄希望于他们能拼凑出一个自己愿意面对的虚拟而完善的人。其实，这是多余之举，你本人原本就是你最好的知己。

（4）如果痛苦来自与他人的比较

a. 强者从不与他人攀比，弱者的攀比则毫无意义。一个健康的人，最大的特征是只和昨天的自己比，只要能接近最好的自己，就是最令人向往的成就。

b. 与其在你不擅长之处痛苦地比来比去，不如换个赛道，或者换个场地。如果昨天你等到了一个糟糕的比赛结果，记住，只要你愿意，你还有下一场比赛，这是一定的。

c. 如果择业、待遇不如人意，记住，这是大多数人的处境。不要把全社会的责任背负在自己一个人身上，这一点至关重要。实在不能实现"满足感"，那就先降低"需求感"。降低"需求感"后，你会发现，这至少暂时缓释了心情，再寻求下一次比赛的机会。

d. 每个人都是一粒上帝的花种，请相信，如果你没有开花，要么，是你开花的季节尚未来临，要么，是因为你的生活本在别处——那里才是你的应许之地。

e. 如果你希望这世界上有人接纳你，首先你当接纳你自己。

3. 提醒

（1）在极度窘迫危急时刻，一定要寻求专家支持和医学干预。因为，如果你"死"后有知，第二天也会做此选择。

（2）在药物和自身努力无效之时（假如真是这样），可放开眼前任务，全力以赴，投身于这样的生活（我称之为"四简法则"）一段时间，最好是直到痊愈：处于简单环境，直到无所困扰；从事简单劳作，直到挥汗如雨；设置简单社交，直到无需应对；安放简单心情，直到无忧无虑。

（3）从哲学上提升自己，努力破除"我执"。佛家以"执"表示人对某事产生的强烈的、难以变动的愿望。其实，这世上没有什么是不可变动的。尝试一下：放开当前目标，我还是我；我如不再是我，一切目标皆无意义。类似的方法是：多从大尺度上看历史、看大地、看星空、看人生，尽可能体会悠久、辽阔、深邃、伟大、壮丽，在这样的认知基础上，放开那些微不足道的执念，就会更容易。

（4）长期以优美、真诚、善意的元素来填充自己，务求深刻记忆，也以此经营自己的微观环境。在天人交战时，可在纸上列举这一切美好的东西。

（5）人世间一切美好的事物，亲情和友谊，对科学的信任，以及"时间治疗一切"的规律——这些是你在人生最后关头的锚定。

常识课

毕业课

主题词：社会，毕业，职场，成长，心理建设，人生规划

作者按：写给毕业生的临别赠语。

1. 20 岁时，勇敢地探索人生的可能；30 岁时，坚定地投身于自己最擅长的事业。

2. 走进职业生涯，如何界定你的目标？以我之见，"寻求人生的成功"不如"探求人生的意义"，前者容易抑郁，后者更有韧性。

3. 要反对职场"PUA"，但也不要动辄把"内卷""躺平"挂在口边。有时候，那会成为我们懒、馋、娇气、无能、懦弱的借口。

4. 如果你的同事们比你优秀，你要充满学习的动力；如果你的同事们都不如你，你要对职业机遇充满感激。

5. 无论你遇到什么困难，都要只对其作技术性的策略思考，而不可任失败、惊慌、畏难的情绪蔓延。

6. 人生，就其本质来说，辛苦是其常态，而快乐、满足，往往都只是一瞬间。要不断学习，不断精进，并在这样的过程中找到恒久乐趣。

7. 珍惜你的工作机会，珍惜你的同事，珍惜你所服务的人们。

8. 要有竞争力，但也要满含善意。在这个向度上，最好的隐喻是：做你伙伴们的容器。

第 ⑨ 卷

9. 其实，你的领导，也需要你的鼓励。

10. 要记住，父母在飞快老去。今天是父亲节，父亲节的真正意义在于：每一次过节，都是一次时间里的告别。今后，你和父母的每一次见面，都将有这样的含义。

11. 要记挂导师们，坚持给他们写汇报信。

12. 要爱你的同学。同学关系，往往能建立起牢不可破的友谊。

13. 即使做不到，也要永远记住什么是对的，什么是尊贵的。

14. 要学会欣赏别人。从本质上看，一个人能否欣赏他人，不仅仅靠德行，更要靠能力。一个能欣赏自己的人，方能欣赏一个路人。一个发自内心欣赏自己的人，方能欣赏一个竞争者。

15. 不要只积累，而不肯升维。从本质上说，人看待事物，主要取决于他看待的方法。也因此，真正的学习，不是不断观察，而是不断观察到更多的观察方法。

16. 判断一个人，最根本的二分法是：为善去恶，还是为恶去善。不过，真正危险的人是第三种：对所为之恶，他们不知其为恶。接近善心，远离恶人，这是保障人身安全的不二法门。

17. 不要冷漠。无论有过什么挫折，都不要冷漠，也不要和冷漠的人交朋友。

18. 不要麻木。许多成年人困在那样一个世界里：言语无味，虚与委蛇，不讲良知，更无激情。简言之，他们的人生像是一场Siri。

19. 要读书，要有一个执着的信念：无论是否做学术，都要争取做读书人。

乘火车旅行

主题词：人生，旅行

作者按：2022 年新年寄语。

旅行之于人，是广袤藏身一隅，是恒久照见一瞬。

旅行，是时间给你恩典，又与众人均分。旅行是蓦然观看，有惊奇，也有自问。

在座间安放自己，不取巧，不忧烦，不僭越他人。不以迅达而自喜，不为迟到而挽尊。

心存车窗内外，平视大城小城。与天地往来，只想象风景，不怨憎人。

旅行纷纷攘攘，但终是孤独。而道之不孤，在"诚、真、勤、仁"。

旅行须当细谨，又不必事事认真。兴会可以尽欢，言说每有分寸。

旅行者，不要只见人群，而不见人。要成为人群之上的人，看见人群之中的人，看顾人群之下的人。

乘火车旅行。穿越尘寰，过千山万水，始见众生。

见众生。"水为舟楫旱为霖，社稷生民注意深。"

常怀敬畏，常怀恻隐之心。

时时欣赏，有时倾慕，从不求恳。

旅行是顺应，心灵却直道而行。道不同，不相问。人不同，不相争。

第 **9** 卷

乘火车旅行，在平淡处深情，一草一木，都是法身。乘火车旅行，在险峻处平易，一悲一喜，皆成人生。

日复一日，有夜必有昼。年复一年，有冬必有春。

远道不至，岁月不居，若良心清白，便四时安稳。

乘火车旅行。每到一站，有怀念，又有忘却。有遭遇，又有离分。

"人生如逆旅，我亦是行人。"如是我闻。

跋 「杜课」的故事

2016 年，一个冬天的清晨，我在南京的花神湖边漫步，几只越冬的飞鸟艰难地飞过，寂寥的湖面上吹着寒冷的风，万千心事涌上心头。

——那时，我发了愿，要在网上开办一个特别的公益课程。

几天后，微信公众号"杜课"诞生了，简介是："杜骏飞教授的课外辅导，一千零一次人文课"。"一千零一课"，用的是阿拉伯民间故事《一千零一夜》的典故，是要学习一个讲故事的人坚持劝服而不肯放弃的精神。

我从教半生，一直有课外辅导的习惯，那些业余时间里的问答、讲解，不知凡几千次。跟我谈话的，有我的学生，有职场青年，有机关干部，有企业家，还有专程从边远地区前来拜访的学生家长。一个自然的想法是：既然，我年复一年都在回答问题，其间更有许多问题是相似的，那么，若能记录下来给后来人参考，会不会更有益于社会？

"杜课"最早的一期，是那年 11 月 5 日推的，题为《从眼前的生活走向诗意的远方》。从那以后，在将近 6 年的时光里，我在公众号里讲了差不多 1000 次"课"，其中有 950 篇原创内容。如果包括日志、随笔，大概有 1100 多期。

在这 6 年里，还发生了许多事，我和无数读者一起，也曾见证过无法忘却的历史，经历过波澜壮阔的心路历程。如今，"那美好的仗我已打完了，当行的路我已行尽了，应守的道我也已守住了"，而当年的宏愿，那个被朋友们称之为"不可能完成的任务"，也算是完成了。

有时候，我会到"杜课"的后台，重温读者们往昔的留言。令我欣慰的是，那些锱铢积累的对话，确曾在夜雾中点亮过微茫的灯，也曾指点过遥远的行路人。

这本小书，是"杜课"内容的初集，也是那 1100 篇文字中最接近"基本常识"的几十篇。"杜课"的文体，主要是问答式，这是因为我相信最好的教育是谈话体的。谈话的题材颇为广泛，很多提问超出了我的眼界，于是，那些问答也就成了我跟学生商量培养、求知决疑的记录。

"杜课"的抱负是在传道、解惑，尤其是要讲解人生里非常重要而学校教育往往忽略的内容。以我的术语来说，这是"常识教育"——其教育学性质，大概接近于西方的"通识教育"或"全人教育"中的心智培育部分吧。

许多人都注意到：我们当下的教育，习惯于追求优绩而不及其他。中学以学生考上好大学为己任，大学以学生有专业知识为己任。至于学生心理是否健康，成长是否快乐，思维是否完善，人格是否光明，多不在被关心之列。中国式的家长也日益急功近利，有些人习惯于剥夺孩子的自我，使他们慢慢走向抑郁和麻木。当代教育的功利心，与一部分家长的短见交相激荡，建构了许多青少年的成长环境。这种教育，其实已经耽误了几代人。

长期身处教育流水线的末端，我因此真切地了解到，一些年轻人在长大过程中，没有自主的生活，缺乏对社会的接触，思维被伤害了，个性被湮没了，渴求被忽略了，他们在少年时甚至无从幻想自己的人生。等到上了大学，读了研究生，甚至工作之后，这些问题纷纷显现。有人不会恋爱，有人不会思考，有人不会生活，有人不会说话，有人不懂得成事，有人不知道如何跟父母、领导、客户相处，有人惧怕探索和失败，还有人日夜焦虑未来，甚至罹患了心理疾病。

如果一种我们所向往的、完善的教育环境不会马上来临，那么，我们这些教师就要自觉地帮助学生"养成人生"，其急迫性远甚于养成学业。除了专业授课之外，教师不妨以力所能及的方式，贡献一点关于人格、思想、思维方式、社会阅历的意见。

是的，总还是需要有一些人，去解答课堂上绝不触及的问题。我就是在尝试做这件事情。

推送这些课程的 6 年，是我人生中最为劳累的时期，周遭的世界也风云变幻。"一身家国伤从此，两处云门病至今"，我的这句诗，算是对这个多事之秋的真实写照。但无论怎样疲倦，我不曾中辍这个社会教育的小小工程，无论遇到多少困难，我也没有放弃过这个自愿承担的责任。

我是多么希望有更多的教师、学者、读书人来参与"常识教育"啊！同时，我又是多么希望更多有能力的阶层能站出来，为"常识教育"贡献自己的力量。

这个社会会好吗？我想，这个问题的答案，在我们自身。

这几年，我还一直在筹办"杜课堂"。

我有过两个心愿，其一是承继过去的书院传统，在目力所及之处建几个书院，让那些有价值的对话，能在山水有情之地延续；其二是面向数字媒体的日常生活，让更多的辅导短视频化，甚至在网上直播一些日常的师生问答。

如今，我在想，或许无论线上、线下，凡是有师生对话的地方，就都是教育了；而凡是我能参与教学的地方，就都算是"杜课堂"所办的书院了。

以往，由热心读者组织，我还出席过一些茶叙、晚餐会、"家董会"，气氛热烈而温馨。新的一年里，我会在南京的仙林，以及我所居住的宝华山下，定期接待学生，借着《常识课》的出版，举办一些读书讨论活动。

欢迎有兴趣的读者们留意微信公众号"杜课""杜课 II"的通告，或关注我的新浪微博。那些愿意参加和支持"常识教育"的人们，我也等待你们的来信。

从前我曾说过，要以"一期一会"作为座右铭。一期一会，是日本茶道文化里的观念，意思是：一生只能遇到一次那唯一的人与事。

我会以庄敬之心，对待每一个陌生人的每一个提问。

杜骏飞

2022 年 10 月，于宝华山下

附言

请读者给我来信：dujunfeivip@163.com。亦可在微信公众号"杜课"后台，或我的新浪微博下留言。加入"读者群"的方式，请参见"杜课"第 1000 期。

主题词检索